SE SOUVENIR DES BEAUX LENDEMAINS

NICOLAS CARTERON

SE SOUVENIR DES BEAUX LENDEMAINS

ROMAN

GRANNONIO

Oui Thomas ! J'écris toujours des livres quand je m'ennuie.

Non Célia ! Tu ne pourras pas lire mon roman avant sa sortie.

À mon frère et à ma sœur.

Derrière chaque grand homme
se cache une femme.

1

Je suis ce que je dois être et non ce que je voudrais être.

Cette phrase résonne dans mon esprit avant chaque début de concert. Le miroir me renvoie une image enviable par beaucoup. Mon corps est techniquement parfait, des heures entières à travailler ont été nécessaires pour atteindre cet idéal. Chacun de mes muscles est dessiné avec le crayon de Léonard quand, en son temps, sa main avait esquissé l'homme de Vitruve. Il suffirait d'une pose lascive pour que l'on me compare à un Dieu Grec. Apollon me va très bien. Plusieurs tatouages embellissent, à des endroits stratégiques, mes membres d'athlète. L'illusion d'optique, sous mon pectoral gauche, d'un trou béant de chair en lambeaux et d'os brisés offrant une vision de mon cœur ouvert sur le monde, est de loin mon préféré. N'importe quelle femme, ou homme d'ailleurs, n'a qu'un désir, caresser cet organe palpitant pour se l'approprier.

Mon cœur est à prendre.

Treize scarifications recouvrent mon être, la superstition ne fait pas partie de mes traits de caractère.

La malchance, ce n'est pas intolérable.

Je m'approche un peu plus de moi-même.

– Ô mon beau miroir, dis-moi qui est le plus beau de tous les chanteurs ?

Ma mâchoire carrée est délimitée avec élégance par une fine ligne de barbe taillée quelques minutes plus tôt. Les mèches rebelles de ma coupe de cheveux sont en harmonie avec mes couleurs capillaires, brun, blond, blond, brun ou blond, brun, brun, blond, à débattre. Ma nouvelle coiffure a fait fureur dans le dernier hebdomadaire people, ça au moins, c'est une certitude. Le gel a fixé chaque touffe dans un excès de folie. Mes sourcils débroussaillés par mon esthéticienne personnelle, au fessier plus qu'attrayant, mettent mon piercing à l'arcade sourcilière bien en évidence. Un dé pend sous l'anneau accroché à mon oreille gauche, le cube de la chance.

En apparence, chaque détail compte et je compte chaque détail.

Je m'inflige toujours ce rituel avant de monter sur scène. Je dois être le beau mauvais garçon que les fans fantasment d'emmener dans leur lit pour être malmenés. Mon verre de Ti Punch attend d'être bu, lui aussi, il fait partie de mon rite. J'ordonne qu'un centilitre supplémentaire de sucre de canne soit inséré lors de la confection de mon breuvage. Si ce n'est pas le cas, il y aura un licencié avant ma montée sur scène.

En des temps anciens, les guerriers gaulois buvaient de l'hydromel pour se donner du courage avant d'aller au combat. Je ne considère pas cette boisson venue des Antilles comme un caprice. Elle est une façon de me donner des forces pour affronter la hargne de mon public. La saveur délicieuse s'écoule en moi dans un ruisseau de chaleur rassurant.

Seul dans ma loge, comme à l'accoutumée, j'écoute le silence dérangé par l'inlassable musicalité de l'horloge.

L'heure est venue d'aller à la rencontre de la foule.

Je m'habille comme d'autres se préparent pour aller au bureau ou rester huit heures derrière la machine vrombissante d'une usine. En enfilant mon tee-shirt en stretch, je ne peux m'empêcher de repenser à mes premiers spectacles dans des grandes salles. Une angoisse indéfinissable me saisissait, j'avais un besoin constant d'être rassuré. Mon métier à moi, c'est chanteur, c'est show man, c'est star, c'est Dieu.

Mon débardeur me moule avec un soupçon de sexualité convenable. La matière, le stretch est très importante. Par-dessus, j'enfile un blouson en cuir, unique exemplaire dessiné par un ponte du stylisme. Ma tolérance vestimentaire se résume à l'unicité et l'élégance. Il n'est pas envisageable que le grand, le magnifique, le beau Nilse se vête de prêt à porter.

Nilse n'est prêt à être porté que par ses fans.

J'aime parler de moi à la troisième personne.

Je ne cesse de me contempler dans le miroir, je vais devoir me laisser, à mon grand désarroi. En position d'un boxeur, je m'envoie deux directs et un crochet, mon jumeau rétorque par un clin d'œil glamour.

La porte de la loge est à peine entrouverte qu'un son désuni rebondit contre les murs du couloir. Ce long corridor dans la pénombre m'emmène vers ma représentation. Mon champ de vision s'engouffre dans un tube en spirale. Le bruit augmente et mon esprit s'enfonce dans un océan, si profondément, qu'aucune onde ne peut plus m'atteindre. Durant le trajet, les régisseurs, les techniciens, des hommes et des femmes me font des signes du pouce, d'autres mettent leur doigt en « O » tels des plongeurs pour me signaler que tout se déroule correctement. Je poursuis mon immersion d'une respiration lente, régulière et maîtrisée, la meilleure apnée de ma vie.

Devant l'escalier, dernier rempart avant la scène, j'attrape la rambarde et laisse la froideur de l'acier pénétrer ma chair.

Une seule et même voix scande mon nom :

NILSE ! NILSE ! NILSE ! NILSE !

Ils m'attendent.

Je suis un gladiateur avant son entrée dans l'arène, le condamné avant la potence, le chanteur populaire qui s'en va, qui revient, qui se retient.

Je suis Nilse.

En haut des marches, les lumières de la salle s'éteignent dans le vacarme étourdissant d'un interrupteur géant. Les musiciens m'attendent devant leurs instruments. Je grimpe dans le noir, je connais le chemin sur le bout des pieds, même dans l'obscurité, comme si un fil d'Ariane guidait mes pas. Des cris explosent par endroit. Quatre pas en avant, deux sur la droite, je passe entre le pianiste et le batteur, huit pas en avant et me voilà au centre de toutes les futures attentions.

Je me mets en situation pendant qu'une voix robotisée prend la parole :

Ladies and gentlemen ! Bienvenue dans la quatrième dimension, celle de Nilse. Votre commandant de bord vous informe que le thème du voyage sera celui de l'amour. Avant le décollage nous vous demandons de bien vouloir éteindre vos portables. Merci.

Des hurlements retentissent de partout, une hystérie générale gagne chacun. À partir de là, je sais qu'il va falloir patienter cinq minutes pour que le calme emplisse la salle. C'est long trois cents secondes quand on est seul dans le noir à patienter. Les paupières fermées, je compte.

Deux cents secondes.

Ma respiration devient de plus en plus lente.

Cent secondes.

Mon rythme cardiaque s'accorde aux chuchotements du public.

Soixante secondes.

Une minute avant le commencement de deux heures de chants et de danses.

Quarante-cinq secondes.

Les premiers pas de ma chorégraphie se dessinent dans mon esprit.

Trente secondes.

Les spectateurs sont plus indisciplinés que d'habitude.

Vingt secondes.

Ils vont en avoir pour leur argent.

Dix secondes.

Je fais un calcul rapide de la somme d'argent remportée ce soir.

Cinq secondes.

Avec une division rapide par deux heures, j'obtiens mon taux horaire.

Quatre secondes.

C'est un métier lucratif.

Trois secondes.

Je racle le fond de ma gorge pour réveiller mes cordes vocales.

Deux secondes.

Je suis prêt.

Une seconde.

J'ouvre les yeux.

La voix robotisée reprend la parole :

– Silence! hurle-t-elle.

Un mutisme glacial saisit les dix mille spectateurs.

J'aime l'autorité et c'est là que le show démarre !

Dos à la salle, un rai de lumière blanche vient s'éclater sur mon cuir. J'entends les trépignements, l'aigu des cris monter crescendo. À mi-voix, j'entonne la première chanson de mon répertoire. D'un pas facile à réaliser, je tournoie dans ce qui devrait être les premières notes basiques de ma première chanson mais voilà, une faute d'accord du guitariste me déconcentre. Mon pied bat le sol et mes yeux jettent un regard noir à ce musicien en fin de contrat ce soir. La clé de mon succès est d'offrir un spectacle haut de gamme, si je commence à faire du low cost, je finirai comme... Je me ressaisis et salue la foule. Un éclairage furtif de la salle me permet de constater que la majeure partie du public est mineure.

La soirée débute, les bras s'agitent au-dessus des têtes. Une vague d'algues prend pied devant moi et ondule sous la houle rythmique des instruments.

Le temps s'accélère, je ne cesse d'aller d'un bout à l'autre de la scène en grimpant sur les enceintes. J'aime le pouvoir que j'ai en cet instant : si je demande aux gens de se baisser, ils le feront, si je leur ordonne de sauter, ils obéiront.

Il faut parfois peu de choses pour satisfaire un homme.

Je transpire à grosses gouttes ; entre les morceaux, je profite d'une accalmie pour me réhydrater.

Les jeux de lumière copulent avec la musique, la voix de la fosse singe mes refrains, les musiciens grattent, frappent, secouent leurs outils et moi, je suis le chef d'orchestre de ce cirque.

Je n'ai qu'une hâte, chanter ma dernière litanie musicale, l'ultime titre, mon plus gros tube. Cette chanson douce et enivrante contant l'amour et l'espoir sur un air sino-cubain a fait danser le monde entier.

Je dépose le micro sur son pied pour ôter mon cuir, je lance le vêtement à mon public, un fantôme plane. Des cris gagnent les heureux qui se battent pour obtenir le cul tanné d'une vache ayant été porté par Nilse. Comme à chaque fin de concert, face au public, je réalise qu'ils savent tous qui je suis et, qu'en retour, j'ignore tout de leur vie.

On est peu de chose pour plus grand que soi.

Je reprends le micro tout en caressant un peu le pied. Mes muscles sont bandés, la transpiration les fait scintiller. J'entame d'une voix suave les paroles de ma réussite et tous beuglent. D'un signe de la main, je fais déplacer quatre gardes du corps entre la fosse et moi. Je saute entre mes protecteurs, j'ai l'air d'un gringalet à côté de ces gorilles.

Je ne suis qu'à quelques centimètres des mains tendues. Tous rêveraient d'être à la place de ces quelques privilégiés arrivés plusieurs heures avant le début du concert. Je m'approche pour qu'en une fraction de seconde, mon tee-shirt en stretch se volatilise, arraché par les furies. D'où l'importance de la matière !

Je remonte et m'assois sur le bord de la scène tout en continuant de chanter. La salle est éclairée comme en plein jour, je cherche du regard celle que je vais choisir ce soir. C'est le moment que je préfère, celui qu'elles attendent toutes.

Difficile de faire ses courses quand il y a trop de marchandises. Rousses, blondes, brunes, crânes rasés, binoclardes, grosses, anorexiques, trop de choix tue le choix. Je plonge dans les yeux d'une jeune femme, mignonne. D'un geste rapide, elle tire sur son haut et me montre un sein comme dans la charité romaine. La coquine m'a convaincu, c'est elle que je choisis. Mon index la pointe et deux de mes gorilles la sortent du reste du troupeau. Elle ira m'attendre dans ma loge.

Personne n'a jamais refusé mes invitations.

Maudite soit celle qui affirmerait ne pas désirer une *sprintria* ou une *I Modi* à mon effigie.

Je me lève et fredonne la fin de ma chanson. Ma main droite glisse sur mon cœur béant.

Mon corps se plie en deux. Vient le temps des remerciements.

– Je vous aime, je vous aime tous, leur crié-je.

Je m'incline une dernière fois et quitte la scène.

La descente est rapide, on me tend une serviette. Les gens me parlent, me félicitent, me tapent dans le dos. Je les laisse faire : après tout, c'est moi qui les nourris, ils sont un peu comme mes enfants auxquels j'apporterais la becquée mais il faut reconnaître que ma progéniture d'employés ne m'intéresse pas au-delà d'une certaine limite.

De toute façon, à cette heure-ci, je n'ai qu'une idée en tête, retrouver la petite gourgandine que j'ai choisie pour lui faire passer la soirée de sa vie.

2

J'ai toujours préféré Paris la nuit, les rues sont atteintes d'une légère désertion, les piétons y sont moins nombreux, seuls les vrais parisiens flânent encore entre quelques banlieusards égarés. On distingue souvent les deux espèces à leur façon d'être, leur langage et leur goût vestimentaire. Je crains fort qu'une différence flagrante n'existe toujours. Le parisien élégant, raffiné et sobre ne se mélangera jamais avec l'extravagance de l'ignorance ; c'est l'image des torchons et des serviettes, il vaut mieux les séparer.

La vitre blindée de ma limousine est une protection simple mais tranquillisante pour me rappeler que je ne fais pas partie de ces mondes-là. Je suis le foulard de soie rangé loin des torchons. Avec du recul, je ne peux prétendre à une vie de Monsieur Tout Le Monde. Tout dans mon existence appelle à la démesure, j'ai pour obligation de faire rêver. Vie normale, travail normal, sommeil normal, mariage normal, propriétaire normal, citoyen normal ou président normal, tout ceci est bon pour tous ceux qui vivent au rythme des trente-cinq heures et des cinq semaines de congés payés avec RTT en bonus. Toutefois ils peuvent avoir raison de penser que leur existence est possible. Un quotidien transversal n'est qu'une affaire de choix et de persévérance dans la médiocrité.

À côté de moi, une voix bien trop aiguë n'arrête pas de piailler. La fille choisie lors du concert est toute excitée.

– Je n'en reviens pas, c'est moi que vous avez choisie, Monsieur Nilse. Si vous saviez combien j'en ai rêvé…

Si tu savais comme je rêve que tu fermes ta gueule, est une pensée comme une autre. La pauvre ignore le numéro qu'elle porte. À chaque fin de concert, je me sens redevable envers mon public. Offrir mon corps à une pucelle amoureuse est le seul don acceptable retenu par moi-même. La reconnaissance, ce n'est pas inenvisageable.

– Tais-toi chaton ! la coupé-je.

Mon intervention la fait se figer dans un garde-à-vous approximatif.

– Veux-tu encore un peu de Dom Pérignon ?

Elle hoche la tête, la coupe est à peine remplie, qu'elle l'avale en quatre gorgées dans des gloussements gargantuesques répugnants. « Cette boisson n'est pas le sein de ta mère », est une nouvelle pensée que je coince derrière mes dents serrées. Je m'apprête à la resservir, moi je n'en prends pas, je préfère être sobre pour la suite des évènements, il est préférable pour elle d'être légèrement éméchée. Une mélodie pétillante glisse dans la flûte.

– Bois lentement, ne va pas être malade.

– Merci, Monsieur Nilse.

– Oublie le Monsieur.

– D'accord Nilse, obéit-elle tout en me lâchant du regard.

– Quel est ton prénom ma belle ?

– Marjorie.

– C'est un joli prénom mais ce soir, tu te nommeras Lange, ça sera notre petit jeu.

Je détache chaque mot de cette phrase alors que j'attrape son menton arrondi pour redresser son visage afin que ses yeux plongent dans les miens. En cas d'acceptation, elle passera une nuit à mes côtés, en cas de refus, je ferai arrêter la voiture et elle descendra. Heureusement, aucune n'a jamais répondu négativement.

– D'accord, opine-t-elle. Je suis si heureuse d'être là avec vous. Je sais que tout à l'heure j'ai…

Elle me fatigue. D'un tiroir incrusté dans la portière, je sors un calepin et un stylo. Les pages défilent, à chaque en-tête est écrit : *Lange*. Je dessine un nouveau bâton, Marjorie devient la cinq cent quatre-vingt septième Langienne. Mon plus beau sourire doit être en train de faire son apparition sur mon faciès, elle doit penser que ce moment de tendresse lui est dédié, je le crains vu la moue pathétique qu'elle me fait. Lors de ma première nuit post-concert en compagnie d'une femelle, j'avais longuement hésité pour le nom que j'allais lui donner, Mademoiselle Lange est apparue assez facilement.

Son monologue reprend. Ses cheveux noirs tombent loin dans le bas de son dos, ils sont beaucoup trop lisses pour une sortie de concert, je ne peux imaginer le temps qu'elle a passé à les coiffer en loge pour un tel rendu. Tout sur son visage est anguleux, sévère ; la voir avec des lunettes noires aux bordures épaisses et une règle à la main, ne me surprendrait pas. Sa jupe dévoile ses jambes dont les extrémités sont accoutrées d'étranges souliers. Ses chaussures à talons sont des chaînes faites de maillons entremêlés les uns aux autres jusqu'à mi-mollet, à croire qu'elle aimerait avoir un boulet au pied. Ses lèvres gigotent à frénésie mais je ne prête pas attention à ce qu'elle déblatère. Un rapide coup d'œil par la fenêtre me rassure, nous ne sommes pas loin d'arriver. J'ai beau connaître les rues par cœur, je trouve le décor plus intéressant qu'une discussion avec Lange. Je confirme, je préfère vraiment *Paris by night*, surtout dans les beaux quartiers. Tous les bâtiments haussmanniens sont éclairés, il n'y a pas d'économies de bout de chandelle à l'ouest de la capitale.

Illuminer de vieilles pierres blanches, polies et classées dans une multitude de couleurs chaudes est convenable par ici.

Laisser de la caillasse froide, terne et taguée dans l'obscurité est recevable par la France d'en bas.

Que la lumière soit, et la lumière fut… Mais pas partout.

Il m'est impossible de prétendre défendre la veuve et l'orphelin, le riche et le pauvre. Je vis dans le luxe, et le fait que mon quartier soit éclairé, de telle sorte qu'à chaque sortie j'ai l'impression d'assister au bouquet final d'un feu d'artifice, me va très bien.

Les Champs Elysées se montrent enfin. Dans la plus belle avenue du monde, n'importe quel individu découvrant ces décorations nocturnes aurait l'impression de se trouver en pleine fête de Noël et comparerait cette foison lumineuse à Disneyworld.

La limousine nous dépose enfin devant mon hôtel, nous pénétrons dans le hall d'entrée. Les yeux de Lange s'ouvrent proportionnellement à la hauteur sous plafond. L'excès de richesse en ces lieux en a déstabilisé plus d'une. Les seules à ne pas avoir été surprises par cette opulence avaient bu trop de Dom Pérignon pour savourer cette somptuosité.

Des doigts s'enfoncent dans mes bras, Lange déglutit.

– Que se passe-t-il ? lui demandé-je.

– Là-bas, pointe-elle d'un geste mal assuré, c'est… c'est… c'est…

– Oui Lange, c'est bien lui que tu vois partout à la télé et au cinéma, pesté-je avec dépit. Nous pouvons monter dans ma chambre maintenant ?

Je déteste ne pas être le centre de toutes les attentions.

– Oui, bien sûr, pardonnez-moi Nilse.

J'aime le vouvoiement, ça me donne de l'importance. Si je m'empresse à la faire disparaître du hall, c'est parce qu'elle fait tache avec ses vêtements achetés en solde dans un centre commercial de banlieue. Ma réputation passe avant tout.

Dans ma suite, je me sens mieux, mes règles sont imposables. Lange ne peut rester de marbre, elle se fige bouche ouverte et me fait penser à une statue de cire. En appuyant sur une télécommande, une musique douce et sensuelle s'échappe des murs pour voltiger entre le mobilier épuré. Les bibelots sont en quantité limitée, l'important est d'aller à l'essentiel.

– Ne reste pas dans l'entrée. Bon, je t'annonce le programme de la soirée. Je vais aller dans la salle de bains me changer. Pendant ce temps, je t'autorise à te servir une coupe de champagne dans le bar qui se trouve en face de toi. Une fois servie, tu te mettras nue et tu m'attendras, coupe à la main, sur le lit. Attention, si tu n'es pas dévêtue et que tu as vidé ta coupe avant mon arrivée, je te punirai, insisté-je en frappant ma ceinture contre le meuble en pierre italienne.

Le claquement la fait sursauter.

– Mais… commence-t-elle.

– Ne discute pas et exécute. T'as intérêt à être en place quand je reviens.

Je la laisse et me dirige vers la salle d'eau. Par la porte entrouverte, je l'observe retirer ses chaussures à maillons. Déchaînée, elle dévoile ses pieds propres mais ça ne signifie pas qu'elle est quelqu'un de bien.

En moins d'une minute, ma nudité est totale, prêt pour le bon déroulement de mes vices. J'ouvre la main droite, à l'intérieur un tatouage, un dessin représentant une pomme belle et ronde. Je la tends vers le miroir, le fruit défendu veut être croqué.

J'ai l'air terriblement fatigué par ce rituel répété trop de fois. Je sais déjà comment tout ce cirque va se terminer, je connais déjà le ressenti final et pourtant… pourtant, je me sens obligé de le faire. Nous avons tous des actes à oublier, à nous faire pardonner, la punition est parfois l'ultime alternative. Cinq ans, cinq années… Plus vite tout cela sera fait, plus vite je sortirai. Dans un tiroir, je prends des préservatifs et du lubrifiant, les armes nécessaires pour le combat à venir.

Je jette un dernier regard à mon reflet.

Je m'apprête à quitter la salle de bains quand une dernière pensée me traverse l'esprit :

– Lange, j'espère que tu as respecté mes consignes.

3

Lange est couchée sur le ventre, la tête posée sur l'oreiller, ses cheveux s'étendent et s'agrippent au tissu dans un pêle-mêle comparable à un parasite se déployant sur un organisme sain. Sur la blancheur de sa chute de reins un tatouage pigmente la toile vierge. Le dessin est un œil grand ouvert, la pupille me sonde de manière providentielle, un peu trop gênante. Je remonte le drap. Pour vivre mieux, vivons cachés.

Le Dom Pérignon a terminé sa mission anesthésiante, la respiration de Lange est rapide, saccadée, non loin du ronflement. Il faut admettre que je l'ai usée la petite, elle a compris que le chant n'est pas ma seule qualité, j'ai d'autres atouts. Quand je pense à demain… elle va téléphoner à toutes ses amies pour se vanter de ses exploits. Alors que l'aube sera à peine sortie de son lit, Lange quittera l'hôtel pour retourner à son quotidien dans une bulle coupée du monde. Sa démarche sera franche, son cœur pulsera plus vite qu'à l'habitude, son menton sera levé, un sourire ne quittera plus ses lèvres et elle aura la sensation d'être admirée. Durant un temps bien trop court, elle se sentira unique et au-dessus du lot, et ce, grâce à Nilse. Un souvenir impérissable rejoindra le coffre des plus beaux instants de sa vie alors que moi, j'aurai effacé cette ligne sur le tableau insipide de ma grandiose existence.

Ne pas attacher d'importance, ce n'est pas immoral.

Maintenant qu'elle dort à poings fermés, je dois poursuivre ma traditionnelle pénitence. J'enfile les premiers vêtements à portée de mains, un miroir m'aide à remettre les mèches de cheveux qui ont déserté leur position initiale. Avant de quitter la suite, je prends un fruit dans la corbeille qui doit toujours être emplie. Mes fringales sexuelles nocturnes n'autorisent aucune carence. Je choisis toujours le pêché, la pomme la plus rouge, elle roule sur mon avant-bras gauche, je déplie mon coude, le fruit décolle et ma main droite le saisit au vol.

Le hall de l'hôtel est depuis longtemps délaissé, c'est compréhensible à quatre heures du matin. Seul le concierge à l'accueil est à son poste, les yeux écarquillés en direction d'un écran, il est fort probable qu'il préférerait être ailleurs.

– Bonsoir Monsieur Nilse.

– Bonsoir.

Le portier me salue de la même façon, la fraîcheur de la nuit s'engouffre dans mes poumons, m'offrant une liberté illimitée. Je pourrais disparaître que personne ne le saurait. Un pouvoir non négligeable.

J'entame ma marche de l'Empereur, j'erre sans but ni destination. Depuis cinq années, après chaque concert, je crée une nouvelle Lange docile et enjouée. Et moi, le marionnettiste, je tire les ficelles de cet avilissement, satisfait, jubilant de ce profit de la célébrité. Mais dans le fond, ce cœur béant dessiné sur ma poitrine est à vif, meurtri, il souffre. Chaque battement me rapproche du gouffre et m'éloigne de la rive saine et calme que j'ai quittée… Que j'ai quittée pour quoi ?

Mes dents se plantent dans la chair de la pomme rouge, un bruit d'os brisé rassurant ricoche contre les murs de la ruelle. Je ne peux pas me retourner, j'aurais trop peur d'apercevoir les restes de mon passé déchiqueté.

En tournant au coin d'un immeuble, j'arrive devant un square, les réverbères parisiens éclairent d'une lumière blafarde les trottoirs. Sous ce halo, je constate qu'un objet a été oublié sur un banc.

L'objet en question est une boîte, mon attention est attirée par les lettres gravées dessus : Nilse.

Je l'attrape sans appréhension… bien que… Pandore avant moi… des conneries ! Le bois est lisse et laqué, les gonds sur un côté me griffent la paume.

J'ouvre.

Je sors ce qui se trouve à l'intérieur, c'est un livre. Il n'est pas bien épais. La matière semble ancienne mais la lumière révèle un ouvrage récent. La couverture est noire mais pas totalement, un dégradé de blanc pâle s'étale au centre. Le nom de l'écrivain et le titre sont notés en lettres d'or.

Nilse, même les étoiles s'éteignent, de Maieul Rittod.

Je ne connais pas l'auteur ni son œuvre. De toute façon, voilà des années que je ne lis plus. Durant ma scolarité, deux choses ne me quittaient jamais, ma guitare et un livre mais ça, c'était avant. J'adorais lire.

Il fait trop sombre pour le feuilleter mais je l'entame quand même. La tranche craque, le livre n'a pas dû être ouvert plus d'une fois. Sur la première page, un texte manuscrit attire mon regard. L'écriture est droite et carrée mais toutefois parsemée d'élégance, probablement celle d'une femme.

Je me tourne, l'éclairage du réverbère tombe directement sur la page tel un faisceau biblique écartant les nuages.

Ce livre est un cross-booking, je l'ai abandonné là pour le partager, pour échanger avec vous à travers ces pages. Ce récit conte l'histoire d'une vie, savourez chaque chapitre, chaque ligne, chaque mot. Cette histoire a changé mon destin, j'espère pour toi, Charles Piller, qu'elle changera le tien car les astres nous guident mais même les étoiles s'éteignent...

Bon voyage.

Je relis ce paragraphe, une fois, deux fois, trois fois et au bout du compte, l'air ne pénètre plus dans mes poumons. Mon cœur frappe lourdement contre ma cage thoracique, un silence funéraire s'est emparé des alentours, Paris s'est tu. Mon regard s'agite, effrayé, il cherche l'inconnu en train de m'épier, droite, gauche, la rue est déserte. Mes yeux louchent, du moins j'en ai l'impression, tout tangue, il y a quelque chose d'irréel dans cette situation. J'ai peur. Comment expliquer que… Calme-toi Nilse, calme-toi. Il doit y avoir une explication rationnelle, tout problème a une solution et toute solution a un problème, seulement…

Bien des années auparavant, quand le nom de Nilse n'était pas dans tous les foyers, les gens m'appelaient Charles, Charles Piller. Alors comment…

Comment mon nom s'est-il retrouvé dans ce putain de livre sur ce putain de banc ?

4

Pour ma sécurité, je devrais déguerpir d'ici en quatrième vitesse, un guet-apens me guette peut-être. Seulement, l'envie de lire le début de ce roman est plus forte. En tournant rapidement les feuilles, je constate que les pages de cet ouvrage sont blanches, seules les deux premières sont recouvertes d'un texte imprimé. Avec l'aide de l'éclairage public, je discerne tant bien que mal les lettres aux allures de pattes de mouche.

Préface

Charles, ou peut-être préfères-tu que je t'appelle Nilse ? Non, Charles, c'est mieux, après tout, c'est sous ce nom que tu es né. Depuis combien de temps tes proches ne t'appellent plus Charles ? Est-ce que seulement tu te souviens de la dernière fois que l'on t'a prénommé ainsi ?

Je me doute que la réponse est : non, n'est-ce pas ?

Assez parlé de toi, je pense que c'est bien trop souvent le cas.

Nilse par ci, Nilse par là, Nilse chante ici, Nilse chante là-bas, Nilse dans Voici, Nilse dans Gala, Nilse veni, vidi, vici.

Quelle ironie ! Tu es constamment entouré, tu ne parles que de toi, et finalement, tu ignores de qui provient ce livre que tu as entre les mains.

Tu dois être en train de cogiter et tu as raison, secoue-toi les méninges. Ça ne peut pas te faire de mal, qu'une fois de temps en temps, tout ne te tombe pas tout cuit dans le bec.

Ne t'en fais pas, tu vas très vite comprendre.

D'abord, je veux te rassurer, je n'en veux pas à ta vie, je ne veux pas de souffrance.

Cette histoire va, si tu le souhaites, changer ton quotidien mais uniquement si tu le désires et que tu respectes quelques règles.

Comme tu l'auras certainement remarqué, toutes les pages après la préface sont blanches. Je sais que je ne peux pas te faire confiance et te remettre immédiatement tout le manuscrit.

Si tu veux lire le premier chapitre, il faut que tu découvres qui je suis.

Ta pensée et le livre te permettront de me trouver. Si tu te désintéresses du dénouement de cette histoire, ne perds pas ton temps et passe ton chemin. Retourne à ton quotidien. Tu n'es pas obligé de jouer, si ton existence te convient, cette aventure ne te sera pas utile.

Tu sais ce qu'il te reste à faire, me chercher ou mettre ce livre à la poubelle.

5

Ma course effrénée serpente dans le dédale parisien, le fouet du diable ne claque pas loin derrière mes talons.

Certains parleraient de paranoïa, à l'égard de ma fuite, je peux le concevoir. Après tout, cette terreur provient d'un livre trouvé sur un banc avec mon nom à l'intérieur. Cependant, certains ignoreraient ce qu'est la vie d'un chanteur. Ils ne pourraient imaginer le nombre de menaces de mort que j'ai reçues, par exemple.

Mourir à moins de trente ans, au plus haut de sa gloire, ce n'est pas envisageable.

En pénétrant dans le hall de l'hôtel, je sors le concierge de sa somnolence. Il se redresse subitement comme le diablotin à ressort jaillissant de sa boîte, les yeux écarquillés.

– Bon… Bonsoir Monsieur, me dit-il.

Pas le temps de lui répondre, les politesses seront pour plus tard, quand ma sécurité sera assurée. On ne plaisante pas avec ces choses-là.

La porte de ma chambre s'ouvre à la volée et claque bruyamment contre le mur, ce qui ne réveille pas Lange pour autant. Toujours enfoncée dans les abysses de ses songes, elle n'oubliera pas de si tôt le Dom Pérignon.

– Eh, la belle au bois dormant, debout, c'est l'heure de prendre tes affaires et de rentrer chez toi, lui crié-je au visage en la secouant comme un arbre fruitier.

Ses paupières ont du mal à se décoller mais la brutalité de mes gestes installe un climat de panique sur son visage, une dépression de terreur descend de ses sourcils vers sa bouche et repousse au loin l'anticyclone de la tranquillité, la plénitude ne sera plus au beau fixe.

– Quoi… Qu'est-ce qui se passe ? bafouille-t-elle.

– Tu prends tes affaires et tu te casses.

– Hein ? Mais quelle heure il est ?

– Cinq heures du matin, autant dire le moment de partir, t'es pas venue ici pour faire la grasse matinée. J'ai du travail.

– Mais je peux rester au lit, je ne te dérangerai pas, ose-t-elle en se redressant.

– Ta présence me dérange. Tu as dix minutes pour t'habiller après quoi je balance tes affaires par la fenêtre. Un taxi t'attendra au bas de l'immeuble, il te déposera où bon te semble. La course est à ma charge.

Lange s'assoit et se frotte les yeux avant de se mettre les doigts de chaque côté des tempes, un mal de crâne, effet secondaire de l'abus de bulles.

Abuser des bonnes choses sur l'instant, ce n'est pas irraisonnable.

Je ne bouge pas, j'attends qu'elle foute le camp avant de m'atteler à ma tâche, je ne tiens pas à ce qu'elle apprenne ce que j'ai vécu cette nuit. Etaler cette histoire dans le prochain tabloïd n'est pas judicieux.

– Il te reste quatre minutes, Lange, lui indiqué-je en tapotant le cadran de ma montre.

– Je m'appelle Marjorie.

– Ne gâche pas tout maintenant mademoiselle Lange.

– T'es qu'un salaud.

– Peut-être mais un salaud que tu es venue voir en concert et qui t'a fait jouir ensuite.

Elle lève les yeux vers moi, je soutiens son regard, ses joues s'empourprent et elle baisse la tête prétextant d'enchaîner ses souliers. Avec des hommes comme moi, il est difficile de trouver chaussure à son pied pour les femmes d'aujourd'hui.

La porte claque à nouveau, Lange est partie, l'important dans la vie est d'être lucide, réfléchir efficacement, même dans l'urgence.

Comme le répète souvent le frère de mon producteur : « Il faut accepter de perdre du temps pour en gagner ensuite ».

Je saisis mon téléphone portable, il me faut une seconde pour composer le numéro de mon producteur.

– Allô... Nilse ? demande-t-il d'une voix éraillée.

– Oui, c'est moi Herbert. J'ai besoin de toi.

– Mais t'as vu l'heure qu'il est ? Ça peut pas attendre demain ?

– A ton avis ? Si je t'appelle à cinq heures, tu crois que ça peut attendre demain ?

Un grognement.

– Bon, dis-moi ce que tu veux.

Je lui raconte mon aventure nocturne sans omettre aucun détail, je lui explique le livre, mon nom, la préface et lorsque je termine mon récit, j'attends une réponse rassurante de sa part.

– Oui, effectivement, ce n'est pas banal.

– Ce n'est pas banal ! C'est tout ce que tu trouves à dire ? Je te parle de ma vie là !

– Bon, bon, calme-toi, on va procéder rationnellement. Tu me dis qu'il n'y a que la préface d'écrite et que, pour avoir la suite du roman, il faut que tu devines la véritable identité de l'auteur ?

– Oui.

– Et il connaît ton vrai nom ?

– Oui.

– Hum. Tu dois forcément le connaître.

– Merci, tu m'aides vraiment.

– Bon ça va, tu viens de me tirer du lit alors essaie de rester courtois. Si c'est un livre, tu dois avoir un titre, le nom d'un auteur et d'un éditeur.

– Alors l'auteur est Maieul Rittod et son livre est : Même les étoiles s'éteignent.

– Ça ne me parle pas.

– Moi non plus.

– Et l'éditeur ?

– Il n'y en a pas.

– Il doit forcément y en avoir un, il faut un éditeur pour que le livre soit publié parce que…

– J'te remercie mais je sais ce qu'est un éditeur.

– Alors trouve-le moi, son nom doit être sur la couverture, au dos ou dans les cinq premières pages.

– Je pose le téléphone deux secondes pour chercher.

Je retourne le livre dans tous les sens, rien, pas d'éditeur.

– Je t'assure qu'il n'y en a pas Herbert.

– Bon, écoute, j'ai noté l'auteur et le titre, j'ai quelques contacts dans l'édition, je vais les appeler mais pas tout de suite, il est trop tôt. Je te tiens au courant, même si ça ne semble pas malveillant, ne fais rien de stupide.

– Tu me connais.

– Oui, c'est pour ça. À tout à l'heure.

– Herbert ?

– Oui !

– J'ai une dernière question. Est-ce que tu sais ce qu'est un *crossing-book* ?

– Non, tu veux que je cherche en même temps ?

– Oui, je vais le faire aussi de mon côté. Merci Herbert.

Je contemple le livre, c'est incroyable que cet objet me cause tant de préoccupations. Avec l'éclairage de ma suite, je visualise mieux le dessin de couverture, la calligraphie est en lettres d'or. Au centre, la tache blanche est une étoile collée à l'obscurité de l'espace, un astre unique. Le titre est en osmose avec la clarté du point céleste, *Même les étoiles s'éteignent*. Dans l'angle en bas à droite, le chiffre « 1 » est noté en tout petit, à peine visible.

Pas d'éditeur ! Qu'est-ce que ça veut dire ?

Je retourne le livre une nouvelle fois.

La quatrième de couverture est tout aussi simple, un fond noir avec la même écriture dorée.

Un livre a-t-il déjà changé votre vie ?

Afin de fouiller chaque page avec méticulosité, je laisse mon corps s'enfoncer dans un Maple. La triple relecture ne m'apprend rien d'extraordinaire, à part que je dois partir à la recherche d'une personne qui me connaît. Ces pages blanches, après la préface, me travaillent sérieusement.

Pour m'aider, je me rends devant l'ordinateur de la suite, il sera le plus à même de m'aider dans mon enquête. C'est le Watson des temps modernes. Découvrir les fondamentaux, à savoir, qui est l'auteur, la date de parution, l'éditeur et autres détails techniques, me paraît important pour démasquer ce *fregoli*.

Ma première recherche est consacrée à Maieul Rittod.

Le résultat est nul, personne n'a désiré porter ce nom de pourri.

J'ajoute *auteur*, puis *écrivain* mais rien. Ce livre a bien été écrit par quelqu'un, pourtant.

Je tente le nom du roman, *Même les étoiles s'éteignent*, c'est le vide total, le néant, l'infini du cosmos.

Je fais la même démarche avec le mot *livre* en plus et là, même mes espoirs s'éteignent.

Je me retiens de ne pas envoyer l'ordinateur terminer ses jours contre un mur.

– Bon, reprends-toi Nilse. Que va me dire ce fumier à propos du *cross-booking ?*

Le Cross-booking est un phénomène culturel créé par des passionnés de la littérature pour partager des livres entre eux.

L'idée consiste à déposer des livres dans des endroits comme des bancs publics, dans le métro, etc. D'autres personnes peuvent venir les prendre, les lire et revenir les déposer à leur tour.

Mon nom est inscrit dans le livre, je serai donc le prochain passeur ? Ce livre m'est dédié alors… Je ne comprends rien…

Ce mystérieux personnage n'aurait-il pas juste pu me donner son nom ?

Bien entendu, le plus simple serait un autodafé mais là où on brûle un livre, on finit aussi par brûler un homme.

La logique voudrait que j'abandonne, Herbert voudrait que j'abandonne, je devrais balancer ce roman aux oubliettes. Pourtant, je ressens la nécessité de découvrir qui me fait cette mauvaise blague. Mon prochain album est pour la fin de l'année et va me demander beaucoup de travail, je dois sortir cette préface de ma tête.

Mais c'est un peu comme quand j'étais enfant, maman m'avait bien dit de ne pas toucher les plaques de cuisson parce qu'elles brûlaient.

Une conviction croît en moi, une conviction comparable à une bulle d'air remontant des tréfonds pour venir éclater au grand jour.

Ma curiosité va accepter le défi et tenter de découvrir l'auteur. J'y mettrais ma main au feu.

Dans la préface, il m'est indiqué qu'avec le livre, je dois pouvoir trouver la solution.

Si je résume, le titre ne donne rien, le nom n'est qu'un pseudo, je n'ai pas d'éditeur…

Cet auteur se fout ouvertement de moi, je déteste les moqueries. Personne, je répète, personne ne se moque de

Nilse. Le roman fait un vol plané. Les cent pas ne m'aident pas à me concentrer, je reprends ce maudit bouquin.

Qui aurait-pu me faire cette mauvaise blague ?

Un employé ? Un fan ? Un ami ? Une ancienne Lange ?

Je n'ai fait souffrir personne au point de franchir ce cap. Fouiller dans le répertoire de mes fréquentations ne s'avère pas être la méthode la plus efficace. Que disait-il dans sa préface ?

Ta pensée et le livre te permettront de me trouver.

Au dos, rien à part cette question débile. Il ne me reste plus que l'étoile sur la couverture.

Une étoile, quel rapport avec moi ou cette personne ?

Je suis une star, je chante, je suis connu dans le monde entier.

J'aime les énigmes mais la patience n'est pas une de mes qualités.

Même les étoiles s'éteignent.

Je crois avoir trouvé !

Je dois mettre la pièce dans l'obscurité, il est probable qu'un dessin phosphorescent recouvre la couverture et m'indique le chemin à suivre.

Ma grande Ourse.

Je fonce vers les toilettes, je traverse la largeur de la suite pour atteindre ce coin confiné.

Une fois la lumière éteinte, je fixe l'ouvrage entre mes mains, espérant une apparition.

Rien.

Ta pensée et le livre te permettront de me trouver... je cale un peu tout seul, il me faudrait de l'aide. Je ne peux pas compter sur Herbert. À tous les coups, il va s'occuper de mon problème en début d'après-midi. Non, je dois trouver du soutien ailleurs. Qui pourrait m'aider ? Je n'ai aucune connaissance dans le monde de l'édition. Qui maîtrise la chaîne du livre ? Qui travaille avec les livres ?

Putain mais oui !

Un libraire !
Je dois demander de l'aide à un libraire…

6

Une nouvelle recherche internet m'indique, à mon grand désespoir, que les librairies parisiennes n'ouvrent pas avant dix heures, l'avenir appartient à ceux qui se lèvent tôt, à croire que l'avenir n'est pas écrit dans les livres. Il n'est que sept heures, j'en profite pour aller me coucher un peu. C'est un des avantages de mon métier, il m'a appris à dormir par intermittence au fil de la journée.

Un peu plus tard, après m'être douché pour me décrasser de mes ébats de la nuit et avoir avalé deux cafés, je file à mon rendez-vous. La plus proche librairie de l'hôtel est à deux rues de là. Les vitrines sont assez grandes mais très épurées, des livres plus ou moins gros parsèment des étagères à des hauteurs différentes, l'effet bordel volontaire rend l'ensemble très chic. L'intérieur du magasin se tient dans la pénombre. En poussant la porte, je constate que la librairie n'est pas encore ouverte. Dix heures et dix minutes à ma montre, la ponctualité n'est pas écrite dans les livres non plus.

Si l'on m'avait dit un jour que j'attendrais l'ouverture d'une librairie…

Les lampes s'illuminent, un homme vient m'ouvrir, il n'adresse même pas un bonjour à son éventuel client, il va directement se poster derrière sa caisse et se tient droit comme un « i ». La boutique fait froid dans le dos, les meubles sont en merisier marron foncé, une couleur chaude, sauf que l'agencement rend l'atmosphère glaciale. Tout est carré, chaque livre a sa place et n'en dépasse pas d'un millimètre, aucune décoration hormis les étagères trop bien alignées. On croirait une librairie témoin.

En y regardant de plus près, l'ambiance colle bien au physique du libraire, ses traits ont été dessinés avec une règle et un compas, tout est proportionné, une raie blanche sépare ses cheveux noirs épais, des lunettes parfaitement rondes tiennent en équilibre sur la pointe de son nez aquilin, ses lèvres pincées forment une ligne parallèle au sol. Je m'approche pour lui demander mon information, sa chemise à carreaux est boutonnée jusqu'au dernier bouton, un badge attaché à la poche gauche m'apprend que son prénom est Régis.

Régis est plongé dans une lecture, ses yeux sautillent par-dessus ses verres épais.

– J'ai besoin d'un renseignement, commencé-je poliment.

Seuls ses globes oculaires prennent la peine de bouger et m'analysent de haut en bas. Je ne suis pas certain que mon jeans troué et ma veste en cuir conviennent à ses goûts vestimentaires.

– Je peux vous aider ?

Ses lèvres n'ont presque pas bougé. De ma poche intérieure, je sors *Même les étoiles s'éteignent*.

– Oui, en fait, je vous expl…

– Je vous arrête tout de suite Monsieur, nous ne prenons pas les livres à compte d'auteur ici dit-il, en prenant enfin la peine de faire pivoter son bassin pour me faire face.

– Ça tombe bien parce que ce livre…

– Pardonnez-moi de vous couper à nouveau mais vous devez comprendre que, dans ce magasin, nous ne vendons que de la littérature, marmonne-t-il en appuyant sur son dernier mot. Si vous voulez que je vous parle de Nao Lee, l'auteur chinois en vogue avec son écriture transgressive métaphorique, je m'en ferai un plaisir sinon, ne me dérangez plus, conclut-il en replongeant dans son roman.

– C'est comme ça que vous vous occupez de vos clients ?

Régis souffle.

– Mes clients ne viennent jamais avec des livres mais repartent avec des livres, ils savent ce qu'est la lecture.

– Savez-vous qui je suis ?

– Non.

– Vous m'avez déjà vu à la télé, c'est une certitude.

– Je n'ai pas la télé.

Vexé, je tourne les talons.

– Vous ne me reverrez plus jamais dans votre magasin.

Régis ne me répond pas mais, de toute façon, Régis est un con.

En sortant, je téléphone à mon chauffeur pour qu'il vienne me chercher et qu'il m'emmène dans des quartiers plus populaires.

C'est incroyable de voir un libraire aussi peu commerçant. Comment peut-on mépriser des clients de cette façon ? Il me semble que tout le monde a le droit de lire. Si la littérature devient élitiste alors il n'y aura plus de rêves. Heureusement pour moi, la musique est différente. Si les disques étaient vendus uniquement aux fans de Piotr Ilitch Tchaïkovski, l'ambiance des fêtes d'anniversaire serait *Casse-noisette* et mon rêve de vivre de la chanson aurait coulé au fond du *lac des cygnes*.

La librairie devant laquelle je suis déposé est bien plus accueillante. Ses vitrines sont aussi à la mode du capharnaüm sauf que dans ce cas, c'est dû à l'ignorance. Dedans, on est plus proche du souk que de la librairie d'un maniaco-dépressif. Ce n'est pas désagréable pour autant, au contraire l'ambiance est conviviale. Seul client, je m'avance vers la caisse, le libraire pianote sur son ordinateur, mes pas l'alertent et sa tête se dresse brusquement comme les oreilles d'un lapin quand une branche craque sous la botte du chasseur.

– Bonjour Mon… Vous… Vous êtes ?

– Oui, je suis Nilse !

– En quoi puis-je vous être utile ?

– J'ai besoin d'un renseignement. Voilà, j'ai trouvé ce livre et j'aimerais savoir qui est l'auteur pour le contacter.

Le libraire attrape le livre et le retourne dans tous les sens, on voit qu'il en manie tous les jours.

– Je dois vous avouer que cet auteur ne me dit rien et le titre non plus. Pas de nom d'éditeur, ce n'est pas bon signe, ça sent le compte d'auteur.

– C'est quoi le compte d'auteur ?

– C'est quand un auteur n'a pas trouvé d'éditeur et qu'il croit suffisamment en son œuvre pour investir des fonds et se publier lui-même. Par acquit de conscience, je vais taper dans ma base de données. *DILICOM* regroupe tous les romans déposés à la bibliothèque de France.

Après avoir cliqué plusieurs fois, il fait une moue peu encourageante.

– Je suis désolé, votre roman n'existe pas.

– Pourtant il est bien là.

– Oui mais il n'a pas été déposé.

– Comment vais-je pouvoir découvrir qui est cet auteur ?

– Je n'en ai pas la moindre idée.

– Bon, tant pis…

– Monsieur Nilse, puis-je vous demander un service ?

– Tout dépend mais allez-y !

– Accepteriez-vous de prendre une photo avec moi ?

– Bien sûr, si vous faites vite !

J'aime que l'on me prenne en photo. Il sort un appareil de sous son comptoir, fait le tour et se met près de moi. Son bras se tend et son doigt appuie sur le déclencheur, le flash nous éblouit, le moment est immortalisé.

– Merci Monsieur Nilse et désolé de ne pas avoir pu vous aider.

– Pas grave, au revoir.

– A bientôt, vous êtes le bienvenu dans notre librairie.

Lui au moins, il a la télé chez lui. L'idée de repartir bredouille et de reprendre mes recherches à zéro m'exaspère déjà. Je m'apprête à sortir quand il m'apostrophe.

– Attendez, j'ai peut-être une idée pour vous. Vous avez raison, le livre existe, ce qui signifie qu'il a été imprimé quelque part. Normalement, le nom de l'imprimerie est indiqué au début ou à la fin du roman.

J'ouvre le livre en commençant par la fin, en bas de la deuxième page, ou de l'avant-dernière selon l'angle sous lequel on se trouve, est indiqué l'emplacement de mon graal.

Imprimerie Print'Art
Alice Flort
17 rue Baudelaire
93220 Gagny

Enfin une bonne nouvelle, enfin un soulagement, je sais où je dois me rendre.

7

Quel bonheur d'avoir un chauffeur. Ne pas se concentrer sur la route est merveilleux, je peux penser à autre chose sans le risque d'un accident. Quand j'étais enfant, j'adorais la veille de Noël, je veillais le plus longtemps possible pour tenter d'apercevoir le père Noël. Bien entendu, je finissais toujours par sombrer et, au milieu de la nuit, quand l'excitation venait me tirer de mes songes, je courais pieds nus jusqu'au sapin encore allumé, les cadeaux avaient déjà été déposés, je l'avais encore raté.

Je me trouve un peu dans le même émoi, impatient de découvrir ce farceur.

Je ne sais pourquoi, les jeux m'ont toujours attiré, les énigmes et la compétition sont des moteurs. Je me suis fait prendre à mon propre jeu. L'auteur est bien tombé avec cette chasse au trésor.

J'arrive enfin à l'imprimerie, je n'en avais encore jamais vu, celle-là ne me surprend pas, le bâtiment est un hangar fait de tôles ondulées, rattaché à une autre partie. Cette ramification ressemble à une chaumière de contes pour enfants, un mélange des maisons des trois petits cochons, les matériaux sont un enchevêtrement de briques et de bois devant lesquels s'amasse un bric-à-brac d'ordures dont la présence apparaît comme incongrue. À l'intérieur un hall octogonal reçoit les clients dans une architecture psychédélique. Je constate que la décoration met en condition pour venir imprimer un livre ou un journal. Des étagères, accrochées aux murs, donnent l'impression d'être en lévitation, elles portent des ouvrages de toutes tailles et de toutes épaisseurs. Plusieurs portes closes créent une atmosphère oppressante, sur l'une d'entre elles, une plaque métallique indique : accueil.

Après avoir frappé, une voix féminine m'invite à entrer. Deux bureaux se font face dans un duel ennuyeux, un seul est occupé. Une femme avec un chignon et un sourire niais me fixe, elle porte un col roulé épais en laine, aberrant pour la saison. Sur son plan de travail trône une éphéméride à l'image de personnages de dessins animés.

– Bonjour, je peux vous être utile ?

– Je viens voir Alice Flort.

– Vous avez rendez-vous ?

– Non, mais c'est une urgence.

– Je vais voir si elle est disponible.

Ses doigts frappent sur deux touches et sa main porte le combiné à ses lèvres épaisses mais pas pulpeuses pour un sou, sans me lâcher du regard.

– J'ai l'impression de vous connaître, on ne s'est pas déjà vus ?

– Je ne crois pas mais vous m'av…

– Oui ? Allô ? Alice, une personne veut te voir… Hum… C'est de la part ? me demande-t-elle.

– De Nilse.

Sa mâchoire inférieure n'est pas loin de se décrocher.

– C'est… C'est de la part de Nilse… Le chanteur oui… Très bien, je lui dis... Merci.

Elle raccroche.

– Elle pourra vous recevoir dans dix minutes, vous pouvez attendre ici ou sur un siège dans le hall. Je savais bien que je vous avais déjà vu.

– Je vais attendre dehors.... Ah, avant de partir, je voulais savoir, l'architecture de ce bâtiment est comment dire...

– Elle fait penser à un conte de fées ?

– Ce n'est pas le terme que j'aurais employé mais oui ! Pourquoi ce choix ?

– Monsieur Hémoi, notre patron, est un homme riche, cette société est sa danseuse, son passe-temps post-retraite. Un de ses chevaux de bataille est les contes des frères Grimm et de Perrault, c'est dans cet esprit qu'il a construit cette annexe à l'atelier.

– Bien, je vais attendre dehors.

– Au revoir.

Quand Alice Flort vient me chercher, la première idée qui me traverse l'esprit est, qu'en concert, j'aurais adoré en faire une Lange. Son chemisier légèrement entrouvert dévoile un soupçon d'innocence sous des yeux verts cachés partiellement par une mèche noire de jais... Je ne reste pas de glace, un détail féminin anodin peut me faire fondre.

– Bonjour Monsieur Nilse.

Sa poigne est ferme, une femme de caractère.

– Voulez-vous bien me suivre jusqu'à mon bureau ?

J'irai où bon te semble ma coquine, est ce que j'ai envie de lui répondre mais un simple oui semble plus approprié.

L'office d'Alice rappelle à quiconque l'importance d'une place élevée sur l'échelle hiérarchique pour prendre de la hauteur et obtenir un espace de travail plus confortable. Par association d'idées, je me demande si mademoiselle Flort s'est occupée des biens de Monsieur Hémoi pour en arriver là.

– Monsieur Nilse, je vous en prie, asseyez-vous. Que puis-je faire pour vous ?

– J'ai trouvé ce livre, il a été imprimé par votre entreprise, lui dis-je en sortant le roman. Je voulais savoir quelle société vous a fait cette commande ?

– Je dois vous dire deux choses Monsieur Nilse, la première est que nous ne dévoilons pas l'identité de nos clients, ce n'est pas dans nos habitudes. Vous savez, toutes sortes de maisons d'édition font appel à nos services, des grandes, des petites et aussi, des personnes du public. Des hommes et des femmes qui pensent avoir écrit le roman du siècle ou leurs mémoires à destination de leur famille. Ces derniers tiennent à notre discrétion, nous ne pouvons nous permettre de dévoiler une telle information.

– Mais je…

– Cependant, laissez-moi finir. La deuxième chose que je dois vous dire, c'est que je vous attendais Charles.

8

C'est impossible, tout ne peut pas venir d'Alice Flort, je ne la connais pas. Cette manie qu'elle a de faire tournoyer son stylo plume entre ses doigts commence à me taper sur le système.

– Pouvez-vous répéter, lui demandé-je.

– Vous avez très bien compris.

– Comment connaissez-vous mon nom ?

– Je ne pense pas que ce soit le plus important en ce moment, voulez-vous connaître le message que j'ai à vous transmettre ?

– Quel message ? Un message de la part de qui ?

– Je pense que ce que j'ai à vous transmettre vous apportera les réponses à vos questions.

– Qu'attendez-vous alors ?

– Vous me semblez bien pressé Monsieur Piller.

– Tout le monde ne veut peut-être pas imprimer un livre dans la minute mais, dans mon métier, je suis très demandé et mon emploi du temps est très chargé.

– Je n'en doute pas.

– Alors, je serais fort aise de vous voir accélérer un peu

tout ce manège, lui dis-je avec mon ton le plus sarcastique.

– Une personne est…

– Un homme ou une femme ? la coupé-je.

– Ne m'interrompez pas, s'il vous plaît. Je reprends. Une personne est venue nous voir pour imprimer un texte au format que vous avez sous les yeux. Jusqu'ici c'est normal me direz-vous. En plus de ce service, elle nous a fait une requête, elle nous a demandé de vous transmettre un message car elle était persuadée que vous viendriez nous rendre visite. Elle nous a bien payés pour ce supplément.

– Que devez-vous me dire ?

– Cette personne nous a donné un mot de passe, un code pour que je vous donne les informations.

– Quel code ? Je n'ai pas de code !

– Là, je ne peux pas vous aider, c'est à vous de le trouver. On m'a bien stipulé de ne rien vous révéler sans ce mot de passe.

– Mais c'est ridicule, je n'ai pas de mot de passe, on ne m'a rien donné. J'en ai marre de cette connerie. J'ai perdu une partie de la nuit et maintenant de ma matinée pour de la merde. J'abandonne ! Vous direz à votre client qu'il le bouffe son livre.

– Monsieur Piller, calmez-vous, mon client m'avait prévenue que vous réagiriez de la sorte et dans ce cas, de vous dire que le jeu en valait la peine.

– Écoutez, je n'ai pas la moindre idée de ce code alors ne tournons pas autour du pot, votre client n'est pas là et n'en saura rien.

– Je suis désolée mais je ne peux pas.

– Pourquoi ?

– Je suis tenue par un contrat.

– Mais puisque je vous affirme qu'il n'en saura rien.

– Désolée.

– Je n'ai pas le temps que je veux, alors dites-le moi s'il vous plaît.

– Très bien, je vais le faire.

– Quoi ? Vous allez me le dire ?

– Oui, vous venez de me donner le mot de passe !

– Je n'ai rien dit.

– Si, le code était : s'il vous plaît.

– Je… Je ne comprends pas.

– Moi non plus, j'applique des consignes Monsieur Piller.

– D'accord, quel est ce message ?

Alice pose enfin son stylo et ouvre son tiroir duquel elle tire une carte.

– Voilà pour vous.

En me penchant au-dessus de son bureau pour saisir ce qu'elle me tend, j'en profite pour plonger dans ce décolleté trop beau pour ne pas être admiré.

La carte est petite, de forme rectangulaire et la matière ressemble à du papier mâché entre le blanc et le beige.

Société Anagramme 11 12 4 6 3 1 13 5 8 9 10 2 7

Associe les lettres et les chiffres, quand tu auras trouvé mon nom, demande à mademoiselle Flort de passer au chapitre suivant.

– Qu'est ce ça veut dire ? demandé-je à Alice.

– Ce n'est plus de mon ressort, il va falloir vous débrouiller seul.

– On ne vous a rien dit d'autre ?

– Non, rien du tout. Je ne veux pas vous mettre dehors mais je ne vais pas tarder à recevoir mon prochain rendez-vous et…

– C'est bon, j'ai compris, ce n'est pas la peine d'être désagréable.

De retour dans ma voiture, j'ordonne à mon chauffeur d'attendre sur le parking le temps que je résolve cette énigme. Je me permets de prendre un peu de temps pour remettre tous les derniers évènements dans un ordre cohérent. D'abord ce mot de passe, *s'il vous plaît*, quelle blague, quelle honte, m'apprendre à moi, Nilse, la politesse. La civilité n'a jamais été une obligation.

L'argent permet d'oublier la bienséance !

Mon attention oblique vers cette carte, une si petite chose accuse tant de questions.

Société Anagramme 11 12 4 6 3 1 13 5 8 9 10 2 7

Associe les lettres et les chiffres, quand tu auras trouvé mon nom, demande à mademoiselle Flort de passer au chapitre suivant.

Anagramme, je connais, c'est un mot obtenu par transposition de lettres d'un autre mot mais cette suite de chiffres, aucune cohérence, même Fibonacci n'y aurait vu qu'une accumulation numérique sans queue ni tête. J'obéis à l'indice en dessous, qui me suggère d'allier les numéros aux lettres mais quelles lettres ?

Maieul Risttod, l'écrivain de *M*ême les étoiles s'éteignent à 13 lettres dans son nom. Je sens que je trouve… Tu as du mouron à te faire l'invité-mystère, tu ne sais pas les malheurs qui vont s'abattre sur ta petite vie tranquille quand je t'aurai percé à jour.

Je n'ai plus qu'à mettre le nom sous les chiffres.

11|*12*|*4*|*6*|*3*|*1*|*13*|*5*|*8*|*9*|*10*|*2*|*7*|

M A I EUL R I S T T OD

Chaque lettre a un numéro et chaque numéro a une place, de 1 à 13, un cercle vertueux de bon sens. Je suis assez fier : à mon humble avis, peu d'esprits auraient pu résoudre un si étrange et néanmoins complexe casse-tête. Le lever de rideau tant attendu va enfin dévoiler le nom de cet écrivain de malheur. La mine de mon crayon griffonne le papier, les lettres se mélangent, se mettent en branle dans la discipline la plus stricte.

1|*2*|*3*|*4*|*5*|*6*|*7*|*8*|*9*|*10*|*11*|*12*|*13*|

L OU I S E D I T T M A R

Séparer les lettres, ou plutôt le nom du prénom n'est pas nécessaire, j'ai déjà saisi. Mon cerveau a fait sa gymnastique, ce grand écart m'éloigne de la réalité et me rapproche brutalement de mon passé.

Comment est-ce possible ? Cinq ans ! Pourquoi aujourd'hui ? Pourquoi la seule femme que j'aie jamais aimée, la seule femme que je n'arrive pas à oublier, Louise Dittmar, elle qui m'avait quitté une demi-décennie plus tôt, me contacte-t-elle avec ce livre ?

Louise ! Pourquoi ?

9

Quand je suis retourné dans le bureau d'Alice Flort sans frapper alors qu'elle était en réunion, je n'avais pas l'air triomphant que j'aurais dû avoir. Je n'avais que Louise en tête mais je lui ai tout de même annoncé que j'avais trouvé le nom de l'auteur. Après le lui avoir donné, elle sort un exemplaire de *Même les étoiles s'éteignent*, identique au mien en apparence.

À présent, je me trouve dans mon appartement parisien, je ne suis pas retourné à l'hôtel, mon chauffeur ira récupérer mes affaires pour moi. Vautré dans le canapé, mes yeux surfent sur les courbes du plafond, mon regard se noie dans le vague et mon cœur est submergé par un flot contrasté de sentiments. *Même les étoiles s'éteignent* repose sur mon ventre, le livre s'élève et redescend au rythme de ma respiration. Dans la voiture, j'ai voulu lire la suite mais je n'étais pas concentré, Louise ne me sortait pas de la tête, son sourire apparaissait trop nettement dans mon esprit, l'image n'avait pas vieilli, sa beauté restait incommensurable.

Se souvenir, ce n'est pas incompréhensible.

Par contre, j'avais pu constater que, dans l'angle en bas à droite, le numéro « 2 » avait remplacé le « 1 » et, surtout, le premier chapitre noircissait les premières pages mais le reste du livre était encore blanc. J'en ai déduit qu'elle me donnerait la suite étape par étape.

Je devrais être excité, pressé de lire ce chapitre et pourtant, l'envie de prendre mon temps tiraille chacun de mes gestes. Ces retrouvailles peuvent être de mauvais augure, Louise est partie en de mauvais termes. Son retour signifierait-il qu'elle a oublié une erreur incomprise ? Je me sens perdu au milieu de nulle part, sans soleil, sans astre, sans carte, j'avance dans le noir, guidé par la prochaine ligne. À quel étage va-t-il me déposer ? Au septième ciel ? Au sous-sol de la solitude ?

Je ne devrais pas m'en soucier, juste aller de l'avant, vers de nouvelles perspectives. Qu'ai-je à perdre ? Je l'ai déjà perdue, elle.

J'ouvre le roman, bien décidé à lire ce premier chapitre pour découvrir ce qu'elle me veut quand le téléphone sonne.

– Allô ?

– Nilse ? C'est Herbert.

– Ah Herbert !

– Bon, je me suis renseigné pour ton livre et aucun de mes contacts dans l'édition ne connaît ton auteur ou le roman. Mais bon, je ne pense pas que ce soit important, tu as déjà eu des vraies menaces de mort, ce n'est pas un petit livre qui va te faire peur !

– Ce n'est pas un petit livre qui va me faire peur ? Je te rappelle juste pour information que j'ai trouvé ce roman en bas de mon hôtel, sur mon chemin, le type savait que j'allais passer par là et tu trouves que j'ai déjà eu pire que ça ?

– Bon vu comme ça… Tu veux que je demande à notre société de protection rapprochée de t'envoyer un gars ?

– Non, ça ne sert à rien, ce n'est pas un petit livre qui va me faire du mal !

– Oh arrête un peu, mes mots ont dépassé ma parole. Je les appelle tout de suite.

– Non, je ne veux pas d'un gorille dans mon ombre toute la journée.

– Je ne plaisante pas avec ta sécurité !

– Oui, quand ça t'arrange !

– Ne fais pas le super héros, Nilse !

– Bon la discussion est close, je ne veux pas d'un garde du corps sur le dos ! De toute façon, j'ai abandonné. J'ai balancé le livre.

– Tu as bien fait. Le message n'était pas menaçant, tu en as déjà eu de bien pire. C'était sûrement une fan que tu as connue avant d'être célèbre qui voulait s'amuser un peu avec toi. Tu as déjà eu des lettres bien plus inquiétantes que ce livre.

– Je sais.

– Le problème est réglé alors.

– Autre chose ?

– Tu es prêt pour le début de l'enregistrement ?

– On en reparlera le moment venu ! Bonne fin de journée Herbert !

Je ne voulais pas qu'il sache pour Louise, Herbert m'aurait posé trop de questions et mis trop de restrictions. Je l'entendais déjà dire :

Ne perds pas ton temps avec des enfantillages, tu as une carrière à gérer, des fans qui t'attendent... Bla-bla-bla...

J'ai besoin d'un peu de réconfort, un verre de cognac ne pourra me faire que du bien, la sensation du verre tournant entre mes mains pour chauffer l'alcool est apaisante. Le premier chapitre d'une histoire patiente d'être lu.

La couverture déploie ses ailes, les pages filent, la vérité se rapproche :

Consignes avant lecture du Chapitre 1

Charles, tout doit démarrer par une rencontre, je te donne rendez-vous, demain matin, le 22 juillet à 11 heures, sur la place où frétillent les poissons au pied des pêcheurs, où les ménestrels dansent pour la cour pendant que le fer des chevaliers s'entrecroise au son d'une cloche. Là où tout a commencé.

L'introduction se termine sur ce rendez-vous, demain à 11 h 00 mais où ? Je n'ai pas la force de chercher, je tourne la page, les premières lignes m'indiquent où je dois me rendre.

Marienplatz !

La fontaine aux trois pêcheurs, Fischbrunnen, la cloche.

Munich.

Là où tout a commencé.

Je dois donc me rendre cn Allemagne, je pense que prendre l'avion dans la foulée serait une bonne idée, je dormirai sur place.

L'envie de découvrir ce que Louise raconte dans ce premier chapitre est plus forte que tout. Je débute la lecture.

10

Lecture du chapitre 1 de Même les étoiles s'éteignent.

Quelques années plus tôt…

J'avais le dégoût des études en ce temps là, je ne me différenciais pas tellement de la majorité des jeunes de mon âge. Aujourd'hui, je suis une star mondiale mais au commencement, je portais le nom de Monsieur Ado-Ordinaire. Durant l'adolescence, je n'étais pas un marginal, ni même un boutonneux, pas plus qu'un meneur. Non, je n'étais rien de tout cela, je m'asseyais, comme mes camarades, derrière mon pupitre sauf que je n'écoutais pas le professeur déblatérer son cours qu'il répétait année après année en perdant un peu de sa conviction à chaque rentrée scolaire. Pour ma part, je n'admettais pas que mes futurs problèmes quotidiens puissent être solutionnés par une équation différentielle. Connaître la date de décapitation d'un roi mérovingien me permettra-t-il d'envoyer en temps et en heure ma fiche d'imposition ?

Un jour, alors que je dormais profondément avachi sur ma table, le prof de physique, Monsieur Fasset, était venu me réveiller, exaspéré par mon comportement soit disant irrespectueux.

– Monsieur Piller pour la énième fois que faites-vous en classe si c'est pour dormir ?

Mes paupières peinaient à se décoller et à s'habituer à cet engin étrangement long surmonté de lunettes qui servait de corps à mon professeur.

– Monsieur Piller, qu'allez-vous faire de votre vie si vous n'avez pas de diplôme ?

– Les diplômes Monsieur, c'est pour les personnes qui n'ont pas de rêves et qui ne savent pas ce qu'elles veulent faire de leur vie, moi, je connais ma voie.

– La musique, c'est bien cela Monsieur Piller ?

– Oui Monsieur, je veux être chanteur et je serai chanteur.

– Et que faites-vous de la culture générale ?

– La culture générale, on l'acquiert par soi-même, il y a une bibliothèque au rez-de-chaussée remplie de livres.

– Je vois que vous avez réponse à tout Monsieur Piller.

Bien entendu ! L'arrogance de l'âge fait des adolescents des érudits du « je sais tout ».

À vingt ans on pense avoir les réponses aux questions que l'on se posera réellement à quarante ans.

À chaque cours pendant que certains songeaient à suivre les pas d'Amstrong en devenant astronaute, je rêvais de marcher sur les plus grandes scènes mondiales, je me voyais, moi et ma guitare, juste nous deux, combler de joie un tapis de public.

Après avoir obtenu mon baccalauréat, sans mention, sans mérite, sans honneur, ma mère avait absolument tenu à ce que je poursuive mes études.

En ce temps, sa phrase préférée était : « On ne sait jamais, la musique c'est bien mais il vaut mieux avoir une roue de secours ». Papa ne faisait plus partie de ce monde depuis longtemps, alors je n'avais pas voulu la décevoir. Une faculté de lettres me semblait la plus en adéquation avec mon ambition, baigner dans des livres pour mieux nager avec les mots permettrait à mes compositions d'émerger de façon torrentielle. L'avantage de ces études était de ne pas avoir de compte rendu à faire à qui que ce soit, si je n'allais pas en cours personne ne le savait.

J'avais choisi en point de chute, Paris, beaucoup plus simple pour percer dans la chanson que Charleville-Mézières. Attention, je n'ai rien contre cette ville, à part que son nom n'appelle pas à espérer une grande carrière mais plus à travailler dans une usine de parapluies.

J'écumais les bars de la capitale, non pas *à la recherche du temps perdu*, comme tel aurait dû être le cas pour mes cours mais à la recherche de genres et styles musicaux. Je finissais toujours par me retrouver dernier client des pubs, je regardais les groupes ranger leurs instruments et allais à leur rencontre. En pleine discussion sur la créativité, je réalisai que les transports parisiens ne tarderaient pas à s'arrêter pour quelques heures. Je remerciai les musiciens et courai vers le dernier métro. Que je me maudissais si je le ratais. Quiconque dans sa vie a été dépendant du *dernier métro*, sait que les gens se dévoilent vraiment face au couvre-feu.

Ces sorties nocturnes me donnaient le sein directement à la mamelle d'Euterpe, les rythmes pleuvaient et je les recueillais avec avidité pour mieux créer mes propres mélodies à la lueur de la lumière fade de ma chambre d'étudiant. Un an, c'est le temps qu'avait duré cette vie d'artiste, un an à batifoler, folâtrer, flâner dans les rues avec ma guitare sur le dos, sans autre souci que de savoir à quel concert je me rendrais le lendemain soir. Après ces 365 jours, ma mère avait compris, quand mes résultats étaient parvenus à la maison que je ne passerais pas en deuxième année. J'avais beau être un adulte conscient et autonome, mon courrier arrivait toujours chez ma chère et tendre maman.

Je devais prendre du recul, travailler ma musique.

Partir à l'étranger m'apparaissait comme une évidence

pour découvrir d'autres paysages et par voie de conséquence de nouvelles inspirations.

Après moult recherches pour m'enfuir vers des destinations exotiques, la raison, ou plutôt, l'absence de deniers dans mon portefeuille finirent par me convaincre de rejoindre ma sœur, Bérénice, d'un an mon aînée. Elle avait choisi de partir faire ses études linguistiques en Allemagne, à Munich.

Quelques jours plus tard, je me trouvais dans la capitale Bavaroise avec pour seul bagage un nécessaire vestimentaire, un cahier vierge, son compagnon le stylo et surtout, ma guitare. Bérénice poursuivait ses études dans l'idée de devenir interprète ou traductrice.

Nous avons toujours eu de l'ambition dans la famille, moi plus qu'elle mais tout de même…

Elle n'avait pas pu venir me chercher à l'aéroport, ses cours l'en empêchaient, alors, nous avions pris rendez-vous deux heures après mon atterrissage dans un pub de la Hauptbahnhof Central Station, la gare principale. Bérénice, aussi peu protectrice fut-elle, m'avait tout de même indiqué l'itinéraire à suivre pour ne pas avoir à demander mon chemin. Le langage guttural de ce peuple m'était totalement inconnu, à part *Guten tag et Ich liebe dich.*

Le train qui me conduisit vers le centre ville me fit passer par différents paysages. Les souterrains de l'aéroport débouchèrent sur des terres en jachère à perte de vue, une distance incalculable à l'œil m'emmena vers des zones ferroviaires abandonnées, prélude d'anciennes usines à briques rouges. Des touffes d'herbe tentaient d'éclore de sous la roche devant ces blocs posés aléatoirement. Cette vue industrielle céda vite sa place au détriment d'ensembles de tours habitables. Les rails défilèrent et les habitations rapetissèrent. Avant même de découvrir un semblant d'âme de Munich, le ver de fer se rua dans sa tanière, la lumière disparut et l'obscurité m'encercla.

Arrivé à mon terminus, Hauptbahnhof Central Station, je décidais en contre-ordre des conseils de ma sœur, de poursuivre mon chemin à pied. L'horloge de la gare principale, bien plus triste que ses sœurs parisiennes, m'indiquait qu'il me restait une heure et vingt minutes avant que Bérénice ne fut au point de ralliement. J'avais très vite repéré le pub et m'y étais installé. Mon estomac avait un petit creux alors je me pris une bière et un bretzel pour découvrir par moi-même s'ils étaient à la hauteur de leur réputation. Vu l'allure du rade, je le soupçonnai de ne pas avoir les meilleurs mets de Munich mais je pouvais m'en contenter pour le moment.

Je fus impressionné quand le barman, un gros type chauve, dont les bourrelets du crâne s'enchevêtraient les uns sous les autres, m'apporta un bretzel de la taille d'un donuts. Et encore, si ma surprise s'était arrêtée à la nourriture mais j'avais demandé une bière en demi et lui, m'avait apporté un demi litre. Je ne voulais pas faire d'esclandre et même si j'avais voulu en faire, j'étais certain qu'un type comme lui ne parlait pas un mot d'anglais.

Quand ma sœur pénétra dans le pub, ma mousse finissait d'être consommée. J'avais dû acheter un deuxième bretzel pour éponger un peu l'alcool. Bérénice m'amena à sa résidence étudiante, la nuit commençait à tomber et je n'avais toujours rien aperçu de Munich. J'aurais bien le temps d'y remédier. Bérénice nous fit à manger, elle avait l'air contente de me voir. Elle me raconta ses études et la vie ici, tout en ouvrant une bière pour chacun de la marque *Paulaner*.

– C'est ma bière préférée, dit-elle.

– Tu bois de la bière ?

– Tu vas très vite te rendre compte que tu y es obligé ici, ils boivent ça comme du soda ou de l'eau.

Plus tard, je lui demandai quels étaient les endroits à fréquenter pour entendre des musiciens jouer. Elle me donna deux ou trois adresses dont elle n'était pas certaine et me promit de se renseigner le lendemain auprès de ses amis.

– D'ailleurs, tu n'as qu'à nous rejoindre demain. Tous les soirs après les cours, nous allons dans un bar proche de la Marienplatz. Je quitte les cours à 17 heures, tu verras, ils sont sympas et on rigole bien. Si tu viens dans le bar plus tôt, un peu après 16 heures, il y aura une amie à moi, Louise, tu ne peux pas la rater, elle est blonde comme un canari. Elle sera assise à notre place habituelle.

– C'est-à-dire ?

– Sous l'énorme écusson de la ville à une table ronde, tu ne pourras pas la rater. -C'est quoi le nom du bar ?

– Le 1877.

La nuit passa, ma sœur me réveilla sans le vouloir à sept heures lors de sa préparation et je me rendormis une heure. Je bus deux cafés et picorai des biscuits que j'avais trouvés dans un placard pour me donner un peu de force. À dix heures, j'errais dans les rues de la ville. Les lignes de tramway s'entrecroisaient en tous sens. Le soleil n'était pas très haut mais ses rayons apportaient une atmosphère chaleureuse. La plupart des bâtiments étaient habillés d'orange ce qui donnait à l'ensemble de la ville l'impression d'être immortalisée dans une photo sépia. L'architecture carrée marquait une limite entre les bâtiments. Les arrondis n'étaient pas tolérés.

Je finis par quitter l'urbanisme pour un lieu plus naturel, Englischer Garten. Je m'enfonçais entre les bois, dépassé par des coureurs ou des cyclistes. D'autres, comme moi, se baladaient juste, sans effort. Après avoir pris un repas dans un *Biergarten*, une saucisse et des pommes de terre accompagnées d'un litre de bière, j'entamais mon après-midi avachi contre un arbre à somnoler. Je me réveillai à quatorze heures trente et me rendis directement au 1877. J'atteignis le bar à seize heures quinze, épuisé par cette journée de marche.

La vitrine encadrée de bois portait une lourde enseigne en ferraille au nom du pub sur laquelle un type à cheval brandissait une épée. Je poussai la lourde porte et découvris une ambiance comme on en imagine au Moyen-Age.

Le sol recouvert de pavés inégaux pouvait, s'il le voulait, briser une cheville à la moindre faute d'inattention. Des tapisseries à l'image des héros et de batailles inconnus décoraient la froideur des murs en briques. Les tables rondes, effectivement taillées à même le bois pour certaines, emplissaient la salle et se trouvaient cernées par des troncs coupés qui servaient de tabouret. D'autres étaient rectangulaires, des bancs les longeaient. Je me demandais comment l'imposant comptoir en bois massif avait pu franchir la porte, des dizaines de marques de bière s'alignaient sur celui-ci devant un tavernier proportionnel à son mobilier.

Dans un coin reculé, sous l'écusson de la ville, je vis Louise, l'amie de ma sœur. Je m'approchai, réfléchissant à une entame de discussion. C'est toujours comme ça la première fois avec une inconnue. Malgré le titre en allemand, je n'eus pas de mal à discerner l'auteur du roman qu'elle lisait : Goethe. *Bonjour* était un bon commencement, peut-être un peu banal pour se présenter. J'allais devenir quelqu'un d'exceptionnel, je me devais de trouver une meilleure introduction. Cette Louise ne devait jamais oublier la première fois qu'elle avait levé les yeux vers Charles.

– C'est drôle pour une allemande de lire Goethe ! m'exclamai-je.

Quelqu'un a dit : les cons ça ose tout, c'est d'ailleurs à ça qu'on les reconnait et c'est pour ça que j'avais osé.

Elle sortit la tête de son roman et ses cheveux s'écartèrent pour me dévoiler son regard, me sonder même. Il se passa un temps sans qu'elle n'ouvrit la bouche. Son visage me faisait penser à celui de ces femmes que l'on trouve sur les tableaux des grands peintres italiens de la Renaissance, à la fois doux et sévère, impassible. Ses lèvres fines et dessinées chutaient légèrement à chaque commissure, dessinant une expression de mélancolie profonde plus indéchiffrable que celle de la Joconde. Ces yeux ébène n'étaient pas de ce commun marron que l'on trouve dans n'importe quelle forêt humaine, non, plus proche de l'*œil de tigre*, cette pierre africaine dont les nuances varient entre l'or et la terre.

Au premier abord, je n'aurais pas dit qu'elle faisait partie de ces femmes dont la beauté universelle provoque des torsions de cou de la gent masculine. Parfois, il suffit d'un détail pour faire chavirer le cœur d'un homme, je ne trouvais pas cette bagatelle chez Louise, bien qu'elle en possédât une, j'en étais convaincu. La passion ne m'avait pas saisi au premier regard.

Puis elle avait souri. Ce fut à ce moment que je compris. Si elle m'avait demandé n'importe quoi j'aurai voué corps et âme à la satisfaire.

– Kann ich Dir helfen ?[1] dit-elle

– Tu parles français ?

– Ich verstehe nicht was du meinst.[2]

– Do you speak English ?[3]

– Nein.[4]

– Tu es Louise ?

– Ja, ich bin Louise aber ich amüsiere mich mit Dir, natürlich spreche ich Französisch aber Deine Vorstellung war zu mies. Man spielt nicht mit Spässen wenn man seinen Gesprächspartner nicht kennt.[5]

Je ne comprenais rien à ce qu'elle disait.

– J'ai dû faire une erreur, pardonne-moi.

1 Je peux t'aider ?

2 Je ne comprends pas ce que tu me dis.

3 Parlez-vous anglais ?

4 Non.

5 Je suis bien Louise mais je m'amuse avec toi, je parle effectivement français mais ta présentation était trop nulle. On ne joue pas avec l'humour quand on ne connaît pas son interlocuteur.

J'avais tourné les talons, probablement rouge écarlate, pendant qu'elle retournait à sa lecture. Les serviettes sur la table affirmaient que je me situais dans le bon bar, peut-être que cette fille n'était pas Louise. Il faut dire qu'il y avait beaucoup plus de blondes à Munich qu'à Paris, l'amie de ma sœur n'avait tout simplement pas dû venir ce jour-là. Je m'installai à une autre table, le barman parlait heureusement anglais, j'essayai de lui demander s'il vendait des bières de 33 centilitres et il s'était, sans se cacher, moqué de moi en me certifiant que son établissement ne servait que des pintes ou des litres dans des bocks aussi grands qu'un vase Ming.

Va pour la pinte !

Je sirotais tranquillement ma mousse, évaporée au tiers quand ma sœur fit son apparition, accompagnée de quatre garçons et une fille. Le boucan de leur arrivée répercutait l'écho d'un régiment allemand. Bérénice s'approcha de moi alors que les autres poursuivirent leur déambulation entre le mobilier.

– Tu ne te refuses rien, salua ma sœur en pointant ma chope.

– Il faut bien s'intégrer !

– Pourquoi tu n'es pas allé à la rencontre de Louise ?

– Elle est là ?

– Oui, où je te l'avais indiqué, répondit-elle en zyeutant dans sa direction.

Je tournai la tête, sous l'écusson, la même jeune femme que j'avais abordée quelques minutes plus tôt, avait été rejointe par l'escouade d'étudiants.

– Mais je suis allé la voir, tu m'avais dit qu'elle parlait français et elle ne m'a répondu qu'en allemand.

Bérénice rigola gentiment en silence comme elle savait le faire, les yeux plissés en amande.

– Oui, je parle français.

La voix se tenait debout dans mon dos, un sourire sarcastique me narguait.

– Bonjour Charles. Enchantée. Je suis Louise. Ta sœur m'a beaucoup parlé de toi, se présenta-t-elle avec un accent à couper au couteau.

Je restai pantois, je compris la moquerie.

– Je suis désolée de ne pas t'avoir répondu en français tout à l'heure mais ton comportement envers Goethe m'a provoquée. J'imagine que les français lisent Molière ou Baudelaire alors les allemands peuvent aussi s'intéresser à leurs grands auteurs.

– C'est juste que… Je ne savais pas comment t'aborder.

– Un simple bonjour aurait suffi, oublions tout cela et allons rejoindre les autres.

Ma sœur me lança un regard dénotant : *tu l'as bien cherché*.

Je les suivis, je n'en revenais pas, je me sentais ridicule, le plus frustrant était son français quasi irréprochable. Bérénice me présenta à ses amis, tous ravis de faire ma connaissance. Ils commandèrent leur bière, un litre pour les garçons et cinquante centilitres pour les filles, toutes de marques différentes. Je finissais la mienne, peu pressé d'en entamer une autre à cause de l'ivresse qui avait doucement, mais sûrement, pris possession de ma personne.

Les discussions débutèrent en allemand. Je me trouvais en face de Louise sur cette table ronde. Un ami de ma sœur dont je ne me souvenais déjà plus du nom faisait de grands gestes chevaleresques pour accompagner ses paroles incompréhensibles. Le groupe d'amis rigola à chaque pause de l'énergumène. Quand Louise soulevait son verre, je sentais son regard se poser sur moi.

Je ne saisissais rien à son humour, je m'en moquais, je me sentais comme un paria. Pourtant l'allégresse me tenait dans son étau dont les mâchoires étaient établies par les yeux de Louise.

Je la fixais, elle me regardait, je tournais la tête.

Elle me fixait, je le sentais, je la regardais, elle tournait la tête.

Ce petit manège pouvait donner le tournis mais l'un comme l'autre savions qu'un jeu de séduction débutait son attraction.

Impossible d'accrocher ses œillades. Je craignais qu'elle puisse percevoir mes sentiments, qu'elle saisisse la nature profonde de mon admiration.

Je portai la bière à ma bouche sans la lâcher du regard, je penchai le verre et une fois à la verticale, je réalisai qu'il était vide, elle le vit et se divertit.

Un garçon me hurla dessus en pointant ma chope. Une véritable agression.

– Tu dois reprendre une bière Charles, m'expliqua ma sœur.

– Je n'ai pas soif et je commence à être soûl.

– Comme tu veux !

Bérénice traduisit et ils se moquèrent.

– Commande-moi un demi-litre s'il te plaît, abandonnai-je.

– Si tu ne prends pas un litre, ils vont encore se moquer de toi, je ne veux pas t'inciter à boire mais je préfère te prévenir.

– Alors commande-moi un litre s'il te plaît mais je vais prendre du temps pour la finir, abdiquai-je

– Nous avons le temps, ne t'en fais pas.

Je fus applaudi quand ma boisson arriva, je me penchai vers ma sœur.

– Il n'y a pas de musique dans ce bar ?

– De l'autre côté du comptoir se trouve un juke-box, c'est une vieille machine qui utilise encore le mark, tu n'as pas à payer, une boîte de monnaie est à ta disposition. Tu peux y aller et choisir ce que tu veux.

Avant de me lever, je bus une gorgée de *Paulaner* accompagnée d'un coup d'œil à Louise. Depuis mon arrivée, le pub s'était empli, presque toutes les tables se trouvaient occupées, des couples se lovaient dans les coins les plus sombres. L'alcool faisait son effet. Mes pieds s'enfonçaient dans un épais coton, la sensation de marcher dans la neige laissa des traces de pas dans ma conscience.

La boite électronique à musique ne ressemblait pas à l'image que je m'en étais faite dans ma tête quand Bérénice avait prononcé le mot : *juke-box*. Le sommet de la machine ne finissait pas dans un arc-en-ciel fluorescent. Non, elle était massive, carrée, posée là, laissant sous-entendre que sa place aurait pu être ailleurs, dans un container de la banlieue d'Helsinki par exemple. *Un juke-box sans passé.*

Je passai en revue les différents titres musicaux ; à mes côtés, un canapé rouge quasi neuf attendait mon postérieur. Toutes les chansons étaient écrites en allemand sauf une, *Standill Still.*

– Alors ? Tu trouves ton bonheur ?

Louise m'avait rejoint, je ressentis un certain soulagement de la savoir ici.

– Je ne sais pas, je ne comprends pas un seul titre à part celui-là, lui indiquai-je avec un doigt.

Elle posa sa main sur la mienne pour l'écarter et lire ce morceau. Ce contact…

– Ta sœur m'a dit que tu faisais de la musique.

– Je ne crois pas faire de la musique, je crois que je vis pour la musique, répondis-je instantanément.

– Tu veux m'en parler ?

– Je ne pense pas que ça t'intéresse.

– Au contraire !

– Tu veux pas que l'on choisisse une chanson avant ?

– Je te laisse faire, me dit-elle en me tendant la monnaie d'un autre temps.

La pièce disparut dans le mécanisme avec en accompagnement, un cliquetis métallique.

La voix du chanteur s'envola dans la pièce.

Guess we knew this was coming on
Cause you're already gone in my head
You can tell me that I'm wrong
That you're staying with me instead.

Nous nous étions assis sur le canapé sans concertation, sans jamais détacher l'étreinte de nos prunelles.

Sorti de cet instant, ce pub était un pub, ce juke-box était un juke-box, ce canapé était un canapé mais Louise redonnait à tous ces objets inanimés leur âme véritable.

The wind has come along
And summer's dead and gone
Is there anything here to say ?

Aucun son n'osa s'échapper de nos bouches, le poids des mots de la chanson suffisait à notre légèreté. J'intégrai une leçon de la vie. L'esprit peut s'évader malgré sa prison charnelle. Je ne pourrais pas dire que je suis tombé amoureux dans l'effervescence de ce moment. Je pourrais dire, en revanche, que je découvrais l'émerveillement devant la quintessence de l'harmonie.

Ma sœur vint nous déranger avec la classe légendaire que je lui connaissais.

– Hé, les tourtereaux, on se disait que l'on pourrait aller faire un tour à la fête foraine. D'après les garçons, elle est nulle comparée à celle de la fête de la bière mais bon... On pourra au moins se dégourdir les jambes.

On décida de partir, je me trouvais un peu à l'écart, loin d'être intégré. Vingt minutes plus tard nous commencions à entendre la clameur de la fête, des cris de joie mélangés aux sons mécaniques des attractions.

Le groupe se scinda très vite. Un garçon et la fille au prénom imprononçable partirent et Bérénice se dirigea vers les montagnes russes avec les trois autres garçons.

– Je crois qu'il ne reste plus que nous, adressai-je à Louise.

– Oui, je crois aussi. Tu veux que l'on fasse un tour ?

– Si tu veux.

Nous marchions à une distance plus que raisonnable l'un de l'autre, le Paris-Berlin de la promenade séparé par un rideau de fer. La nuit se durcissait, les lumières des stands scintillaient avec plus de vigueur. Les couleurs dansaient autour de nous de manière très électrisante. Les couples avançaient bras dessus bras dessous, une friandise dans l'autre main. Des enfants, la tête masquée par des barbes à papa, se cachaient dans les jupes de leur mère. Je ne reconnus pas la majorité des odeurs présentes dans les allées, nombre de marchands vendaient des bretzels de toutes tailles à toutes les sauces pendant que des saucisses grillaient ou trempaient dans de l'eau. Les allemands dégustaient les plats, attablés à des planches posées sur des tréteaux.

Le manège suivant ne payait pas de mine : un pas de tirs à la carabine.

– J'adore ce jeu, viens faire une partie, m'ordonna Louise en me tirant par la manche.

Des ballons volaient dans des cages, entourées par toutes sortes de lots : peluches, briquets, stylos. Des récompenses peu onéreuses vu le tarif de la partie mais Pierre de Coubertin ne nous aurait-il pas annoncé d'un ton solennel : « L'important est de participer ».

Le forain, un homme grand, svelte nous mit plusieurs plombs dans une boîte en ferraille cabossée. Après avoir beuglé des offres commerciales en allemand, il retourna fumer sa cigarette à l'autre extrémité de son stand.

Avec ma carabine, j'eus deux ballons sur les trois. Ma plus grande crainte fut de ne pas en exploser un seul. La honte devant Louise. Quand je tirais, je l'observais du coin de l'œil, la pauvre ne toucha pas une fois sa cible.

– J'adore ce jeu mais je n'ai jamais réussi à crever un seul ballon.

– Tu tiens très mal ta carabine, c'est pour ça que tu n'y arrives pas.

J'apostrophai le forain en lui faisant un trident avec les doigts pour qu'il remette trois plombs alors que mon autre main lâchait des pièces sur le comptoir. La monnaie disparut avant que les cartouches ne tombent dans la boîte.

Je lui chargeai sa carabine et tendis l'arme.

– Tu vois l'arrondi de la crosse, il doit être bien calé sur ton épaule. Ta main droite, vu que tu es droitière, gère la détente pendant que l'autre maintient fermement le fût, la partie en bois, là. Et ensuite tu appuies quand tu es prête.

Louise se mit en position, tous ses gestes approchaient mes conseils. Je la laissai exécuter le ballon. Qu'elle rata bien entendu ! Je lui rechargeai son arme.

– Je vais t'aider.

Je me positionnai derrière elle, prenant soin de ne pas trop la coller. Mon torse touchait son dos, la crosse vint se blottir sur son épaule, mon doigt glissa sur le sien. Ma main gauche m'aidait à la réconforter en appliquant une légère pression sur son bras.

– Il faut que ton œil, le viseur, et le ballon ne fassent qu'un, lui susurrai-je à l'oreille. Respire doucement, quand tu ne fais qu'un avec ta cible, tu peux tirer.

Je patientais près d'elle, humant l'odeur au creux de son cou, elle ne portait pas de parfum mais son corps dégageait un arôme frais et intense soulevant en moi des souvenirs d'enfance, de vacances en famille. Je me sentais bien à l'étreindre, pas d'ambiguïté, juste un partage.

Le coup de feu partit et me sortit de mon songe, je levai la tête, le ballon rouge avait disparu.

Denskst du vielleicht g'rad an mich
Dann singe ich ein lied fur dich
Von neun und neunzig luftballons

Je ne voyais pas son visage mais je devinai un large sourire de satisfaction prendre possession de son humeur. Elle me surprit en se redressant rapidement, sa bouche passa tout près de la mienne et nous restâmes là, tous les deux, sans parler, à nouveau.

Je ne parvenais pas à penser, le charme m'hypnotisait, il ne restait plus en ce bas monde que la prunelle de ses yeux et la douceur de ses lèvres. Paris, Munich, les rencontres naissent de nulle part et ne respectent aucune frontière.

– Charles !

Je ne réagis pas à la première prononciation de mon prénom, la voix me semblait irréelle.

– Charles, nous allons rentrer, me dit Bérénice me gâchant un fugace instant pour la seconde fois.

– D'accord, répondis-je. À bientôt Louise.

– À très vite, me répondit-elle avec spontanéité.

– À demain, lança Bérénice à son amie.

– À demain.

Je partis sans même me retourner, la laissant avec les trois autres garçons.

En arrivant à l'appartement, il était plus de dix heures, ma sœur m'avertit qu'elle allait réviser un peu avant d'aller se coucher et que le frigo était à ma disposition. Je lui annonçai que j'allais marcher un peu avant de dormir.

Je partis le ventre vide mais je n'avais pas faim, j'avais soif, soif de mélodie. Je m'installai sur une rive de l'Isar. Le fleuve, long et sombre, s'enfonçait dans l'obscurité. Je sortis ma guitare et jouai, je n'aurais pu quantifier le temps passé à rester au bord de l'eau. L'improvisation m'emmena loin sur la croisière de la créativité.

De retour dans l'appartement, je ne mangeai pas, je m'allongeai directement. Une main sous la tête, je me laissais bercer par la noirceur du plafond.

Je songeais à Munich, je songeais à la musique, je

songeais à ce bar, je songeais à la bière, je songeais à cette chanson, je songeais à Louise.

Mon existence a débuté dans la musique, une chanson a fait débuter ma vie.

Ce que j'ignorais à cet instant…

Je venais de rencontrer La femme…

L'Amour…

11

Le lendemain, à Munich...

J'admire les trois pêcheurs de la Fischermann qui s'amusent avec leurs prises. La couleur de l'eau m'apparaît encore comme surprenante, entre le bleu phtalo et le bleu céruléum, proche de celle d'une piscine ultra-chlorée. Dans l'introduction de son chapitre, Louise m'a donné rendez-vous ici, là où tout a commencé. Selon l'angle sous lequel on se place, un désaccord s'envisage. Pour moi, notre relation a débuté dans le pub 1877 lorsque la pièce de monnaie s'est engouffrée dans le juke-box. Manifestement, Louise officialise notre rencontre quand nous nous sommes embrassés au pied de cette même fontaine. Ce baiser fêtera bientôt ses dix ans.

Toutes les quatorze secondes, je regarde ma montre sans vraiment enregistrer l'heure dans une case de ma mémoire. Dans ma carrière, j'ai chanté devant des millions de fans, je suis passé à la télé alors que de nombreux téléspectateurs étaient rivés derrière leur écran, une bouteille de coca à la main et là, l'idée de revoir une femme que je connais m'angoisse. Je ne tiens pas en place, je n'arrive pas à définir si j'aimerais accélérer le temps, me trouver ailleurs ou me jeter du haut de *l'Empire State Building*. Cinq ans que je n'ai pas vu Louise.

1826 jours à attendre peuvent paraître longs, bien moins que 3096 me dirait Natascha Kampusch.

Je marche de long en large et de large en long en examinant chaque visage féminin avec attention. Louise n'est pas encore arrivée.

Va-t-elle seulement venir ?

En une explosion temporaire, je réalise l'absurdité de la situation. Hier, je papillonnais tranquillement à Paris et ce matin, je poireaute à Munich. Herbert me tuerait s'il me voyait là !

Comment ai-je pu suivre la piste de mon ancienne petite amie sans certitude de la savoir dans cette ville alors que la fin de notre relation fut calamiteuse ?

Le carillon de l'hôtel de ville, Neues Rathaus sonne. Comme tous les touristes, je lève les yeux alors que j'ai observé cette chorégraphie une dizaine dc fois.

Je tourne la tête à gauche, Louise est là.

Pas de sourire, ses lèvres tombent comme à l'accoutumée, je perçois tout de même sur son visage une certaine gêne. Elle n'a pas changé, ses cheveux ont la même longueur, la même couleur et ses prunelles n'ont pas perdu de leur opacité dérangeante. Des pattes d'oies ont commencé à creuser un léger sillon près de ses sourcils.

– Bonjour Charles.

– Bonjour Louise.

– Tu as décidé de venir ? me demande Louise.

– Oui.

– Je suis contente.

– Pourquoi fais-tu cela ?

– Je souhaiterais savoir comment tu vas avant de discuter d'autres choses ?

Comme durant notre relation, Louise me cueille encore sur des évidences.

– Je vais bien et toi, comment vas-tu ? m'intéressé-je.

– Plutôt bien, je suis contente d'être à Munich.

– Moi aussi, cette ville me rappelle de très bons souvenirs. Qu'est-ce que c'est que cette histoire de roman ? Tu t'es donnée du mal j'ai l'impression.

– Je crois que tu n'as pas vraiment idée.

– Alors dis-moi, pourquoi est-ce que tu as fait ça, tu n'aurais pas pu me téléphoner ?

– Nous avons le temps de parler, allons nous asseoir. On va commander un petit quelque chose à boire et à manger car je meurs de faim et surtout, j'aimerais avoir de tes nouvelles.

– Je suis content d'avoir fait ce déplacement pour te voir manger.

– Je suis contente de voir que tu es toujours sarcastique.

– Si on ne peut plus plaisanter…

Nous nous installons dans un des restaurants au bord de la Marienplatz, l'établissement est bruyant mais ça n'a pas l'air de déranger Louise. Une table nous attend et nous commandons une boisson, un jus de groseille pour Louise et pour moi, une bière, *Paulaner*, évidemment !

– Avant de parler de la pluie et du beau temps, je veux que tu me dises ce que je fais ici, pourquoi tu as écrit ce livre ?

– Tu n'es pas en position de négocier quoi que ce soit Charles.

– J'ai fait tout ce que tu m'as demandé, je mérite d'avoir des explications.

– Tu ne mérites rien du tout. Si tu es là, c'est que tu l'as bien voulu. Je ne t'ai obligé à rien.

Nos commandes arrivent.

– Trinquons car je suis heureuse de te savoir ici avec moi, cela signifie que tu as accepté d'ouvrir le premier chapitre d'une nouvelle histoire.

– Pourquoi m'embarques-tu dans ce cirque Louise ? Tu as besoin d'argent ? Il suffit de me le demander, pas besoin de ce bordel.

– Réalises-tu que nous ne nous sommes pas vus depuis cinq ans et que tu es déjà désagréable ? Pourquoi es-tu comme ça ?

– Désagréable ! Moi ? C'est moi qui te fais le plaisir d'être à Munich parce que tu en as envie.

– Tu es à Munich parce que tu le veux bien.

– Admettons, alors pourquoi as-tu écrit ce roman ?

– Tu le sauras quand tu auras fini de le lire.

– Pourquoi le numéroter, là en bas ? lui demandé-je en pointant le chiffre dans l'angle.

– Pour ne pas que je m'y perde. Comme tu l'auras constaté, j'ai été obligée de l'imprimer chapitre par chapitre parce que je sais bien que tu aurais tout lu d'un coup, sans prendre le temps de vivre l'histoire.

– Si tu me l'avais demandé, je ne l'aurais pas lu. Tu pouvais me faire confiance.

– Je ne crois pas. Ose me dire, droit dans les yeux, que tu n'as pas voulu feuilleter plus loin quand tu l'as eu entre les mains.

– Je l'ai fait mais je l'ai fait pour savoir qui m'avait envoyé ce roman. Tu peux comprendre que j'ai eu peur pour ma sécurité ?

– J'ai peur pour ma sécurité, j'ai peur pour ma carrière, j'ai peur pour mes muscles, pour ma coupe de cheveux, pour mes concerts… ça va, tu prends toujours bien soin de toi.

– Pour qui te prends-tu à me parler comme ça ? Tu as beau être prof dans la vie, ça ne te donne pas le droit de me faire la morale. D'ailleurs, si tu m'as fait venir pour étaler ta sagesse à nouveau, dis-le moi tout de suite que je ne perde pas mon temps.

– Charles, tu as peut-être vendu des millions de disques, tu fais peut-être rêver des millions de gens mais tu n'es pas Dieu pour autant. Le monde entier ne tourne pas autour d'un axe appelé Charles parce que tu as réalisé deux-trois tubes.

Je suis à deux doigts de lui balancer mon verre pour qu'elle comprenne. Elle et sa suffisance que rien n'arrête.

– Charles, nous partons sur une mauvaise base, je vais te dire ce que tu dois savoir. Rien ne t'oblige à rester. Quand tu as ouvert ce livre, je t'ai écrit que tu pouvais, si tu le voulais, vivre une grande aventure. Je savais que la chasse au trésor, si je peux nommer ce jeu de pistes ainsi, t'intriguerait et que tu ne résisterais pas à la tentation de découvrir le visage de l'auteur. Nous sommes restés plus de cinq ans en couple et il faut bien reconnaître que je te connais un peu. Tu dois comprendre aussi que je ne te dévoilerai pas ce qui va se passer dans le livre par la suite. Si tu veux le découvrir, tu devras franchir les étapes les unes après les autres. Tu verras ce puzzle dans son ensemble, uniquement si tu vas jusqu'au bout. Je ne peux rien te dire de plus sur les motivations qui m'ont poussé à te faire venir ici. Je peux juste t'affirmer que lorsque tu verras le point final de cette histoire, ta vie aura changé d'une façon ou d'une autre.

Louise a terminé et me regarde droit dans les yeux, sans ciller. Je ne perçois aucune colère mais beaucoup de sincérité. Du moins, j'ai envie de le croire.

– Louise, tu te doutes bien qu'avec mon métier, je n'ai pas de temps pour ces enfantillages. Viens-en aux faits.

– Il y a des choses qui ne se disent pas Charles, il y a des choses qui se vivent. Si tu ne peux pas, si tu ne veux pas ou si pour n'importe quelle autre raison, tu ne t'investis pas dans ce roman alors arrête et repars tout de suite. En aucun cas, je te forcerai la main.

– Admettons que j'accepte. Ce que tu m'as préparé nécessitera un gros investissement de temps de ma part ? Qu'est-ce que je vais devoir faire ? Où vas-tu me faire aller ?

– Avant de te répondre, ça ne te dérange pas si nous commandons nos plats ?

D'un mouvement contrebalancé de cheveux, elle fait un geste à la serveuse pour qu'elle vienne prendre notre commande. Louise sait déjà ce qu'elle va prendre, pour ma part, je choisis au hasard en fonction de l'appétit que dégage le nom !

J'aime être surpris !

– Charles, je ne peux pas te dire combien de temps cette histoire va durer. Si tu le décides, elle prend fin maintenant sinon tout dépendra de toi. Si tu résous rapidement chaque chapitre, tu iras au bout de ton voyage plus vite. Je sais, ça fait beaucoup de « si ». Pour les endroits, je ne peux également rien te dire, tu les découvriras au fur et à mesure.

– Tu es consciente que je peux me tirer dès maintenant ?

– Oui.

– Et ?

– Si tu voulais partir, tu l'aurais déjà fait.

– Tu ne m'en crois pas capable ?

– J'ai passé un temps que tu ne peux imaginer à préparer cette aventure. Je t'en crois parfaitement capable mais pour rien au monde, je ne souhaite que tu abandonnes. J'espère de toute mon âme que tu tiendras lorsque les chapitres s'abattront sur toi.

Je penche mon corps par-dessus la table qui nous sépare, je comble un vide.

– Comment vas-tu Louise depuis tout ce temps ?

Ses muscles se relâchent, je la sens soulagée, un sourire se dessine. Ce n'est pas un sourire de façade enduit d'un crépi d'hypocrisie, non ! C'est un sourire de soulagement, bienveillant, prêt à être reçu par son destinataire, moi !

– Il s'est passé beaucoup de choses en cinq ans.

– J'ai tout mon temps pour que tu me racontes.

– J'avoue que je ne sais pas par où commencer. Je vis toujours en France et je suis toujours prof d'allemand.

– Le métier te plaît toujours ?

– Plus que jamais, tu sais très bien que j'aime transmettre mes connaissances, répond-elle.

Son doigt caresse le bord de son verre dans un geste circulaire rapide.

– Tu enseignes toujours dans l'école de ...

– Bonjour... Nilse... Excusez-moi... de... vous déranger, me coupe-t-on dans un français parfait à l'accent du sud de la France.

Plantée à ma gauche, une jeune femme d'une vingtaine d'années me fixe d'un regard pétillant dans une pose peu assurée. D'un simple regard, je la qualifierais de laide, proche de l'obscénité. Des éboueurs ne ramasseraient pas un déchet pareil abandonné sur un trottoir.

Je ne parviens pas à articuler un mot, ahuri que l'on puisse interrompre ma conversation avec Louise.

– Vou... vous accepteriez de prendre... une photo avec moi ? appuie-t-elle en me montrant son appareil.

Si mon sang pouvait tourner, il ne ferait qu'un tour. Une colère se forme dans mon estomac et remonte vers ma bouche. Je me lève brusquement. Ma chaise se renverse. Après un pas, mon visage est presque collé au sien.

– Qu'est-ce que j'étais en train de faire ? lui demandé-je.

– Co... comment... ça ?

– Là, en ce moment, assis à cette table, dans ce restaurant, qu'est-ce que j'étais en train de faire d'après toi ?

– Je... je... ne... sais pas, murmure-t-elle alors que sa tête s'enfonce entre ses épaules.

– J'étais en plein dans une discussion avec la femme que tu vois là. Regarde-la. Tu ne t'es pas demandée si cette conversation était importante ?

– Je... m'excuse.

Ses yeux perdent de leur pétillement, même les bulles du moins cher des mousseux disparaissent une fois débouchés.

– Tu t'excuses? Et c'est tout ? Présente tes excuses à cette femme.

– Charles arrête ce n'est pas la peine, coupe Louise.

– Si c'est nécessaire, il faut qu'elle comprenne. Allez, présente-lui tes excuses.

– Je m'excuse Madame.

– Non-non, ce n'est pas comme cela qu'on fait quand on parle français. Tu ne t'excuses pas toi-même. Demande-lui qu'elle accepte tes excuses.

– Charles s'il te plaît arrête, elle a compris.

– NON ! Termine !

– Acceptez… mes excuses…

– S'il vous plaît, poursuis-je.

– S'il vous plaît.

– C'est très bien, maintenant, tu vas repartir de là où tu viens. Si tu veux me voir, tu fais comme tout le monde, tu te déplaces à mes concerts. Et si tu veux avoir une chance de passer la nuit avec moi, d'avoir ton coup de reins, essaie de t'arranger un peu parce que là, comme ça, tu n'as aucune chance.

La fille, dont j'ignore le prénom, laisse les larmes couler sur ses joues et s'en va, je peux enfin me rasseoir. Les clients du restaurant me regardent en coin.

Craignez les foudres de Nilse !

Un soupçon de reproche se dégage du visage de Louise.

– Je suis désolé pour ce désagrément, il faut parfois savoir les remettre en place sinon ce n'est plus vivable. Où en étions-nous ?

– Pourquoi as-tu été si méchant, Charles ?

– Je te l'ai dit, il faut garder son intimité.

– Mais cette fille te fait vivre, prendre une photo avec elle t'aurait pris une minute.

– Peut-être mais ensuite une autre serait venue puis une autre et une autre jusqu'à ce qu'il y ait un attroupement.

– Je pensais que tu aurais changé en cinq ans mais je me suis trompée.

– On ne peut pas toujours avoir raison, ironisé-je.

– Tu n'es qu'un con !

Je sens la colère croître à nouveau dans mon estomac. Que cherche-t-elle ? Me pousser à bout ?

– Louise, je veux que l'on remette les choses à leur place. As-tu seulement idée des sacrifices, du travail, du temps que j'ai consacré à cette carrière ? Un succès, deux succès ou même trois ne signifient pas que ton public sera derrière toi à vie. Les gens t'oublient. Je suis entouré, et si seul la plupart du temps, et tu sais pourquoi ? Pour faire rêver les gens. Est-ce que tu peux comprendre que je voudrais pouvoir préserver le peu d'intimité qu'il me reste ?

– Est-ce que tu peux comprendre que c'est toi qui as choisi cette voie ? C'était ton rêve d'enfant. Il faut en prendre les bons côtés comme les mauvais. Si ce n'est pas le cas alors remets-toi en question. Est-ce que tous ces sacrifices en valaient la peine ? Réalises-tu tout ce que tu as perdu ?

Sans que je puisse le retenir, mon poing s'abat violemment sur la table. Je ne sais comment, ma pinte bascule et tombe.

L'étonnement s'allume, ma rage s'embrase, le verre explose.

La serveuse se bloque de surprise, je la pointe du doigt.

– I shall pay for the broken glass.[1]

Mon attention se reporte sur Louise.

– Tu ne sais pas de quoi tu parles.

– Et toi, Charles, tu ne sais pas ce que tu es devenu.

Une lanterne rouge s'illumine dans mon esprit, signe que je vais dépasser les bornes. Dans une fraction de lucidité, je réalise que je dois me calmer si je ne veux pas que la situation se transforme en esclandre.

– Je dois pisser, je vais aux toilettes, terminé-je sans lui adresser un regard.

Des yeux me suivent quand je marche vers l'intérieur de l'établissement. Je tente de ne penser à rien. D'oublier tout ce qu'il s'est passé ces dix dernières minutes. La porte des hommes est abîmée, le verrou n'est qu'un loquet fixé par une

1 Je paierai pour le verre.

ultime vis survivante aux maltraitances des utilisateurs. Le lieu est propre au point de se demander s'il a déjà servi. Je m'avance vers la glace et appuie mes deux mains sur le lavabo.

Mon reflet n'a pas changé, je suis égal à moi-même. Pourquoi n'arrivé-je pas à garder mon calme ?

L'impulsivité, ce n'est pas incontrôlable.

Poursuivre cette conversation, pour expliquer à Louise la réalité de mon métier, me tente. Elle ne se rend pas compte de la vie que je mène. Elle doit comprendre que je ne peux échanger ma place. J'aime ce que je fais. J'aime voir les fans scander mon nom. J'aime être le centre du monde mais tout ce que j'aime a un prix. Et l'idée que pour le reste il y a *MasterCard,* me laisse dubitatif.

J'ai envie de lui dire tout cela mais je sais par avance qu'elle ne comprendra pas et qu'elle restera butée sur ses positions. Si je veux voir ce repas se terminer dans de bonnes conditions, je vais devoir, moi aussi, faire mes excuses et passer à autre chose.

Quand j'arrive sur la terrasse, je constate que Louise n'est plus là. Je m'apprête à m'asseoir en attendant qu'elle revienne quand je vois un mot posé sur un nouvel exemplaire de *Même les étoiles s'éteignent*, à côté de mon assiette encore vide. Sur le roman un « 3 » est noté. L'écriture sur le papier est celle de Louise.

Je suis partie, tu as gâché ce premier chapitre des retrouvailles.

Tu peux passer au chapitre 2.

12

Je ne veux pas rater ce deuxième rendez-vous avec Louise. J'ai un pressentiment sur l'endroit où elle se trouve en ce moment, Munich et ses souvenirs m'ont rappelé le lieu incontournable pour Louise. Je cours, je cours le plus vite possible, aussi vite que mes jambes, mon souffle, ma forme me le permettent. Impossible de laisser filer ma chance !

L'opportunité, ce n'est pas irrecevable !

Je passe sous la grande arche dont je ne connais toujours pas le nom. En face, une fontaine, son nom m'échappe aussi, crache des filets d'eau en tous sens comme l'envol d'une escadrille d'exocets. Des enfants et des adultes s'amusent à éviter les jets dans des esclaffements juvéniles.

J'emprunte une bifurcation pour éviter l'aire de jeux aquatiques, je hèle un taxi. L'homme me pose une question en allemand, j'imagine que la traduction approximative est : « Vous voulez aller où ? ». Je lui donne le nom du quartier. Dans le rétroviseur, j'aperçois le sourire narquois du type qui probablement se moque de mon accent. Il peut s'estimer heureux que je sois pressé sinon il perdrait un client.

Je hais que l'on se joue de Nilse.

Les rues changent, je cherche à structurer mes pensées comme l'architecture bavaroise mais trop d'éléments contradictoires s'entrechoquent. Le retour de Louise, les retrouvailles gâchées, ma destination, que vais-je dire ? Quelle ironie pour une allemande de me reprocher mon acharnement à la tâche, il me semble qu'elle est bien placée pour savoir que le travail rend libre.

Le taxi s'arrête et m'annonce en anglais la somme due, je paie sans laisser de pourboire.

Je m'apprête à refermer la portière quand l'exemplaire de *Même les étoiles s'éteignent* que j'avais balancé sur l'autre siège en sautant dans la voiture, me rappelle de ne pas l'oublier.

Trop concentré sur ma destination, je n'ai pas pris le temps de le feuilleter. L'envie de le faire de suite me démange mais je ne veux pas ratcr Louise une nouvelle fois, je le ferai après ma réconciliation.

Je m'accorde une seconde, la maison du quartier résidentiel devant laquelle je me trouve est restée la même depuis ma dernière venue. Je pense aux frères Grimm, la bâtisse se termine en pointe et se trouve parcourue de colombages. La peinture entre le jaune de Naples et le jaune orangé, proche du jaune d'œuf, n'a pas perdu de sa superbe. Aux fenêtres et au sol, des fleurs roses et blanches apportent la touche campagnarde à cette habitation urbano-rurale.

Je gravis les marches du perron puis frappe aux carreaux teintés. La porte s'ouvre sur la mère de Louise, elle me dévisage et fait un pas en avant. Rien ne se passe. C'est fou ! j'ai beau être devenu une star mondiale, avoir côtoyé les plus grandes personnalités de notre société, je me sens encore tout petit devant les parents de mon ancienne fiancée. Sa main se lève et s'abat sur ma joue sans que je n'aie rien vu partir, une brûlure irradie mon être et se mue en honte. La porte se referme.

Je frotte la chaleur pour tenter de l'atténuer.

La porte s'ouvre à nouveau.

Le père de Louise se trouve devant moi. Sa moustache épaisse n'a pas poussé d'un poil. Je m'apprête à lui parler quand son poing percute ma pommette gauche. Le coup me fait reculer, mon pied ne trouve pas la marche derrière moi, mon corps bascule et s'étale dans le parterre de fleurs.

Avant même que je puisse me relever un objet vient me percuter l'arrière du crâne.

– Louise nous a demandé de te donner cette clé, dit sa mère, la seule à parler français dans le couple. Crois-bien que ça nous coûte de te revoir. Il faut bien que tu la gardes avec toi, jusqu'au bout du livre. Adieu Charles !

La porte claque.

Sonné, je cherche un repère, les pétunias ne me sont d'aucune utilité. Avant de me mettre debout, je fouille entre les pétales pour retrouver la clé. Je la regarde, argentée, scintillante, je n'ai pas la moindre idée de ce qu'elle peut déverrouiller. Par contre, je réalise que Louise savait que j'allais venir ici. Elle a bien préparé son coup, elle a anticipé chacun de mes gestes. Que me veut-elle ? Ce n'est ni le lieu ni le moment de réfléchir à cette question.

Lorsque je monte dans un autre taxi, je me jette sur *M*ême les étoiles s'éteignent, le deuxième chapitre est bien présent alors que les pages suivantes sont encore vierges. Je débute ma lecture.

Consignes avant lecture du Chapitre 2

Charles, l'histoire continue, le début de ce roman t'a mené dans la ville où tout a commencé pour nous. Pour la prochaine étape, tu devras te rendre à l'endroit qui a vu naître ta carrière. Je t'y donne rendez-vous demain à 13h. Tu pourras lire la suite du chapitre quand tu auras trouvé, bien entendu.

Le lieu où ma carrière de chanteur a vu le jour ?

D'un coup d'un seul, un souvenir me saute au visage. Il s'accroche, tenace, son désir de s'accaparer mon attention est plus fort que tout. Louise, le livre, le chapitre s'estompent devant cette puissante réminiscence. Je n'ai plus qu'une image en tête, mon premier concert.

Je ne pourrai jamais oublier ma première démonstration musicale devant un public. Après mon passage à Munich, je suis revenu à Paris et j'ai formé mon groupe mais en parallèle, je continuais à jouer des morceaux en solo. J'oscillais entre la capitale française et celle bavaroise pour être le plus souvent possible avec Louise. Un jour d'avril, alors que nous sirotions une bière dans un parc, je reçus un appel téléphonique. Ma grand-mère maternelle, Léone savait que je tentais ma chance dans le monde de la chanson. Elle m'annonça qu'elle avait décroché une représentation dans un bar de sa ville au mois de mai pour une paye de cent euros. Elle me demanda si cela m'intéressait. Quelle question ! Cette femme merveilleuse de quatre-vingts ans devenait officieusement mon premier agent.

Louise était heureuse pour moi et décida de m'accompagner pour ma première et unique date.

Moins d'un mois plus tard, je longeais l'étang de Thau à Balaruc-les-Bains. Ma mère et ma sœur n'avaient pu venir me voir à mon grand regret. La nuit précédant mon premier concert, je ne dormis pas, bien trop agité par l'excitation et le stress. Dans la journée, avec Louise, nous étions passés plusieurs fois devant le bar pour voir, revoir l'affiche avec mon nom pour vérifier que cette situation était bien réelle. Le midi, ma grand-mère nous avait préparé des tielles à la sétoise dont je raffolais. Sauf que je n'avais pas d'appétit, mon estomac noué refusait de se desserrer pour un peu de nourriture.

– Il faut que tu manges si tu ne veux pas faire un malaise, me conseillait ma grand-mère.

– Je n'ai vraiment pas faim.

– Tu crois que Jacques Brel n'avalait rien avant de monter sur scène ?

– Je te rappelle que Brel est mort depuis longtemps, mamie.

– Oui et bien s'il était vivant il te dirait de ne faire qu'une bouchée de tes tielles.

Les heures passèrent doucement et pourtant avant que j'aie le temps de le réaliser, je me trouvai sur scène, assis sur un tabouret, un micro devant la bouche, la guitare entre les mains.

Je crois que, même sans mon instrument, j'aurais pu assurer mon spectacle avec un rythme cardiaque que l'on pouvait entendre jusqu'à Marseille, décalage de la vitesse du son inclus.

À la table la plus proche de la scène, Louise et ma grand-mère tenaient des verres dont je ne pouvais deviner la contenance dans la pénombre ambiante mais je pouvais lire l'admiration dans leurs yeux. Mon aïeule avait ramené toutes ses amies et leurs conjoints, tous ses clubs étaient présents : tarot, lecture, scrabble, loto.

Le petit pourra lire : Complet sur son affiche, Bingo !

Je débutai ma première chanson d'une voix hésitante, un hommage au régional de l'étape, Georges Brassens. Mon public reprenait en chœur, ses plus grands titres. Plus les paroles s'échappaient de ma bouche, plus je me sentais à l'aise. Les gens étaient conquis et bienveillants, ma voix se plaçait pour trouver sa justesse habituelle. Après ce répertoire, je passai à d'autres classiques de la chanson française, les plus adéquats à l'accord : guitare-voix. Et pour terminer, je jouai deux de mes compositions, la première racontant les rêves d'un enfant et la deuxième déclarant mon amour à l'une des femmes la plus importante dans mon cœur, ma grand-mère, Léone. Un inédit pour tout le monde même pour Louise.

Le dernier mot s'envola dans la salle, la dernière note mourut dans le silence.

La majorité des yeux de la salle étaient embués, Louise compris et ma grand-mère pleurait chaudement. Le silence ne dura pas, les applaudissements claquèrent de plus en plus fort. Au premier rang, des gens se levèrent et la salle les imita. Je n'arrivai pas à bouger de mon tabouret, l'adrénaline me cloua sur place. J'admirais de gauche à droite, des *bravos* et des *hourras* fusaient. Je vis Louise me faire signe de me lever et de saluer le public.

Je m'exécutai aussitôt.

Pour la première fois de ma vie, je me sentais vraiment vivant, heureux comme il n'était permis de l'être.

Je descendis et enlaçai Louise et ma grand-mère puis saluai un à un ses amis. En toute fin, je m'arrêtai au chef de l'établissement qui me congratula avec vigueur avant de me remettre mes cent euros.

Quand je quittai le bar, j'étais définitivement convaincu que je voulais être chanteur.

Le lendemain, avec mon argent durement gagné, je décidai d'inviter mes deux merveilleuses femmes au restaurant le plus chic de Balaruc-les-Bains, le *Point de Thau*. En nous y rendant, nous croisâmes des gens qui me félicitèrent moi et surtout ma grand-mère.

Vous devez être fière d'avoir un petit fils comme Charles, fut une phrase que j'entendis jusqu'à la fin de mon séjour plusieurs fois par jour.

Dans le restaurant, je vis que de nombreux chanteurs, acteurs, sportifs ou autres personnages publics étaient passés par ce point culinaire et avaient laissé une photo dédicacée. Durant le repas, je fis la promesse qu'un jour, mon portrait sourirait sur ce mur.

– Commence par finir ta lotte, m'avait dit mamie.

Et Louise avait rigolé. D'abord froissé, je l'avais rejointe, jouissant de cette euphorie. Ma grand-mère nous imita et je sus exprimer à cet instant ce qu'était le bonheur.

L'ironie, c'était que cet argent que j'avais touché du bar, ces cent euros aux allures d'un demi-million, et bien c'était ma grand-mère qui me les avait en réalité donnés. Elle avait demandé au chef de l'établissement de me les remettre à la fin du concert pour m'inculquer que tout travail mérite salaire, qu'en persévérant, je finirais par y arriver. Pris dans la naïveté de la jeunesse, je ne m'en étais pas rendu compte. Avec du recul, je me dis, qu'un petit bar, aussi charmant soit-il, dans le fin fond de l'Hérault ne paie pas la représentation d'un illustre inconnu.

Serait-ce encore le cas maintenant ?

Non. Je suis devenu l'homme qui valait un milliard !

Aujourd'hui, pour qu'un bar rentabilise ma présence lors d'une soirée, il faut qu'il en vende des *Picon Bière*, des *Pastis* ou des *Panachés bien blancs*.

Louise ne doit pas penser à ce passage de ma vie quand elle évoque le début de ma gloire. La façon la plus simple de le découvrir est de lire le début du chapitre suivant de *Même les étoiles s'éteignent*. Elle avait raison de ne pas avoir confiance. Dès les premiers mots, je sais où je dois me rendre. Elle m'a donné rendez-vous au pied de la grande dame, au chevet de la Tour Eiffel !

Paris, I'm back !

13

Lecture du Chapitre 2 de Même les étoiles s'éteignent

Quelques années plus tôt…

Suite à mon premier voyage à Munich, j'étais revenu à Paris le sac à dos chargé d'idées musicales de la cité bavaroise, dont celle de former un groupe. C'est bien connu, l'union fait la force, tous pour un, un pour tous, manger à la même écuelle, qui m'aime me suive ! Et j'en passe des vertes et des pas mûres ! Pendant ma première année parisienne en fac, en écumant les bars, j'avais rencontré deux gars avec qui je m'entendais bien et que je voyais régulièrement. Guillaume, un grand costaud avec un cou de taureau mais très sensible, son instrument de prédilection était la batterie. Sylvain, un pianiste hors pair, qui ne sortait jamais de chez ses parents sans un couvre-chef de maquisard. Un bouc long et noir descendait sous son menton et si on lui demandait pourquoi cet aspect négligé, il répondait par : « J'ai la flemme de me raser le bouc, la flemme, la flemme ». Je ne me sentais pas de créer un groupe avec un chiffre impair, mon père m'avait expliqué que la parité porte chance. Il me fallait un quatrième membre, l'évidence du choix m'était apparue avec une clarté éblouissante.

Mon copain d'enfance, Eustache, au prénom rigolo avait toute sa vie subi moqueries et quolibets. Aucun parent ne devrait infliger un tel fardeau à un enfant, même si un ancêtre familial l'avait porté. Ce prénom est plus facile à lire sur une bonne épitaphe qu'avec une mauvaise épithète.

Au-delà de son prénom, Eustache s'était avéré être un excellent compagnon durant ma jeunesse. Chacun d'entre nous s'était pris de passion pour un instrument. Pour ma part ce fut la guitare, digne legs de mon père alors que pour lui, ce fut l'accordéon digne héritier d'un grand oncle, Jo, vivant dans la Creuse.

Je ne sais pas si l'on peut employer le mot virtuose, pour parler d'un accordéoniste mais Eustache aurait pu le porter sans la moindre ambiguïté. Je ne l'aurais jamais complimenté sur ce don délicat, je ne voulais pas qu'il se fâche, Eustache.

Mon ami faisait aussi ses études à Paris, je n'eus aucun mal à réunir mes trois camarades et très vite, une amitié vit le jour. La cohésion était parfaite, les instruments s'harmonisaient les uns avec les autres. Nous avions quelque chose de très… français. Nous remettions au goût du jour les musiques de nos grands-parents avec nos propres compositions et la fougue de nos vingt ans. Mes acolytes allaient encore en cours alors, ce fut moi, qui écrivis les morceaux. J'y passais jour et nuit, je fouillais dans toutes mes notes, par « notes », j'entends mes cahiers de recherches. Je branchais mon casque et j'écoutais de vieux trente-trois tours que j'avais achetés chez le disquaire du coin. Ma mère avait accepté de continuer à me payer ma chambre d'étudiant encore un an. Elle voulait me laisser le temps de lui prouver mon échec dans le monde de la chanson.

En formant ce groupe, je m'autoproclamai leader, compositeur, créatif.

Je cherchais la meilleure mélodie à la lueur d'une bougie. Je sais, ça semble romancé mais une flamme qui danse me donne de l'inspiration encore aujourd'hui. Parfois, je me réveillais au milieu de la nuit, les yeux encore dans le brouillard du songe, je m'asseyais derrière ma table précaire, brinquebalante, et j'écrivais à toute allure, grossièrement, les quelques notes qui étaient venues me tirer du sommeil.

Plusieurs semaines plus tard, nous avions déjà quatre chansons à notre répertoire, chansons capables de plaire et de nous plaire. Le plus important. Les gars m'écoutaient d'abord à la guitare puis ils regardaient leur partition. Ensuite nous travaillions ensemble pour que le morceau soit une perfection d'un point de vue instrumental et en parallèle, je séquençais ma voix.

Les mois défilèrent, nous avions une dizaine de titres aux thèmes variés : l'école, l'espoir, la jeunesse, Paris, la famille et surtout, principalement, bien entendu, l'amour. Nous avions chacun nos morceaux préférés et malgré cela, la solidarité entre nous était à son apogée. Nous ne nous sentions pas prêts à faire écouter notre travail à des professionnels, nous attendions le signe.

Et le signe vint !

Lors d'un séjour à Munich, suite à un coup de téléphone de ma grand-mère, mon destin avait basculé.

Après ce premier concert à Balaruc-les-Bains, je voulais revivre l'effervescence de la foule. Le public avait apprécié mes textes, un plus grand nombre pouvait donc aimer. J'avais partagé cette expérience avec mes copains. La question finale que je leur avais posée fut : « Les gars, il faut que l'on se produise mais pour ça, nous devons trouver un nom pour notre groupe ».

Les idées n'avaient pas manqué, ce ne fut pas le problème, le problème fut d'en choisir une bonne.

Pouvait-on appeler un groupe : « les pierres qui roulent » ou « les qui » ?

Toutes ces initiatives s'écrasèrent sur le mur du rejet et finalement…. Notre choix se porta sur …

Parmigiano.

Nous n'avions rien trouvé de plus original alors nous sautions les deux pieds dans le plat. Un nom un peu trop rital peut-être mais quand on est rital, on le reste.

Je cherchai à nous faire jouer dans des bars parisiens. Ceux que je fréquentais lors de ma première année de recherche musicale refusaient mes propositions. Ils cherchaient des groupes confirmés pour assurer leur soirée. D'après eux, des débutants sans bagage ne pouvaient promettre le bon déroulement d'une ambiance festive. Ce à quoi je leur répondais :

– Comment voulez-vous que l'on fasse nos preuves si vous ne nous donnez pas notre chance ?

Ils me conseillaient de commencer par des lieux moins renommés. Avoir une trop haute estime de son travail peut altérer son jugement.

Je pense que mon jeune âge jouait contre moi et dans cette partie, je n'avais pas le moindre espoir de victoire. Les bistrots, moins réputés dans lesquels je me rendis ensuite, avaient une allure plus proche de la buvette du match de foot du dimanche matin à Plouay dans le Morbihan qu'aux prestigieux cabarets sur les grands boulevards parisiens. À bien y réfléchir, je ne pouvais emmener mon équipe dans des rades pareilles. Le prestige, il fallait en tenir compte. Je pensais intolérable de se produire dans une salle de fumeurs où, un soir sur deux, l'établissement subissait l'assaut d'une bagarre générale.

Les chances de jouer s'amenuisaient de jour en jour. Louise me rassurait depuis l'Allemagne, j'aurais aimé l'avoir à mes côtés, pouvoir la serrer, m'endormir sur son sein, entendre son cœur battre.

Un jour, je rôdais dans les rues de la capitale, j'allais au hasard, la mine dépitée, un chien errant croisa mon chemin et je crois qu'il eut pitié de moi. Je passai devant

Notre Dame et elle ne vit aucun intérêt à me regarder. Je repensai à mon concert de Balaruc-Les-Bains. J'étais un chanteur malheureux que l'on n'écoute plus, que les gens n'aiment plus. Je traversai la Seine et non la scène à mon grand désarroi !

Place Saint Michel, je vis une femme installer du matériel. Je m'assis au bord de la fontaine au pied de l'Archange. Quand elle fût prête, elle appuya sur un bouton et commença à chanter. Je me levai et me postai face à elle.

Allez venez Milord, vous asseoir à ma table, il fait si froid dehors, ici c'est confortable...

Son deuxième morceau fut *l'homme à la moto*. Devant moi, une fille chantait, elle connaissait les paroles mais ses vocalises n'étaient pas justes, je voulais le lui dire mais je me retins quand je vis qu'un garçon tentait une approche de séduction assez maladroite. Ils se présentèrent, Adam, Colombe et après avoir discuté d'un roman, ils partirent vers un café. Je pouvais enfin m'approcher pour mieux visualiser l'interprétation de la chanteuse. Le son n'était pas bon mais je ne pouvais nier qu'elle avait un timbre atypique.

Déclic !

Nous devions calquer sa démarche, la rue nous offrait la plus grande scène ouverte. Nous verrions instantanément si le public était réceptif à nos créations. J'organisai une réunion d'urgence pour annoncer la bonne nouvelle. Leur première réaction ne fut pas celle que j'attendais.

– Cachez votre joie les mecs.

Tous les prétextes étaient bons pour démonter ma perspective. Je pense qu'ils auraient eu la même réaction si je nous avais dégotté une représentation dans un bar.

Jouer pour nous, à l'abri du monde et des regards s'envisageait pour eux mais se dévisager, se dévoiler l'était beaucoup moins.

– On va nous prendre pour des mendiants, avait dit l'un d'entre eux.

Je finis par les convaincre et choisis le lieu de notre première au pied de la Tour Eiffel !

Une semaine après, nous installions notre matériel feignant de ne pas sentir les regards braqués sur nous tels des projecteurs. Mes amis tentaient de se défaire de la peur et du stress, je le constatais à leurs gestes approximatifs, chacun cherchant du soutien chez l'autre. Je simulais une extrême confiance en moi pour les rassurer mais en réalité mes pieds voulaient sortir de mes chaussures et détaler le plus loin possible de ce rêve inaccessible.

On faisait en sorte de repousser l'échéance mais à un moment, il nous fallait reconnaître que nous n'avions plus qu'à jouer et chanter.

Le premier morceau fut atroce, le calibrage de ma voix tombait à côté de chaque note, je croyais entendre un cochon se faire égorger. Les passants et les touristes ne s'arrêtaient pas, ils nous envoyaient juste un mépris humiliant. Notre deuxième morceau finit sur la note rouge de nos joues, nous voulions nous cacher, nous voulions aller chercher des pelles et creuser derrière les toilettes publiques nos propres tombes. Sur la stèle serait inscrit :

« Ci-gît le groupe de musique le plus nul de l'histoire de la chanson et Dieu sait que la musique existe depuis la nuit des temps. »

Je pris les choses en main, du moins j'essayai. Je leur fis un discours sur la chance, sur le fait d'essayer une dernière fois, de mettre toutes nos tripes dans la prochaine tentative, qu'après on rentrerait et chacun retournerait à son quotidien, le plus merdique soit-il.

Nous avions fait abstraction de la foule comme elle le faisait pour nous. Je fermai les yeux et me concentrai sur ma voix pour la marier dans la plus parfaite cérémonie avec la mélodie. Le rendu ne me semblait pas si mauvais, j'osais penser qu'il était même plutôt bon. Je ne m'aventurai pas à ouvrir les paupières de crainte d'apercevoir le dégoût des gens.

Dans le noir tout est plus beau.

Guillaume termina par un solo à la batterie et laissa mourir le son de la cymbale qui résonna comme la trompette du jugement dernier.

À ma grande surprise, quelques applaudissements discrets vinrent à la rencontre de notre travail. Six, je me souviens exactement du chiffre et de leur tête, six personnes nous souriaient. Je me retournai et vis mes camarades soulagés, tout n'était pas vain.

Nous enchaînâmes avec nos autres titres et de plus en plus d'âmes perdues s'arrêtèrent pour nous écouter. Nous voguions encore à des milliers de kilomètres du public de l'Olympia mais l'important était ailleurs, ici, sous la Tour Eiffel.

Quand nous eûmes fini notre répertoire, nous enchaînions sur des classiques de la chanson française. Les gens apprécièrent de pouvoir entonner avec nous ces monuments. Ah, *Quand la musique est bonne !*

Après une heure et une centaine d'hommes et de femmes conquis plus tard, nous décidâmes de remballer. J'aurais aimé laisser tout le matériel en plan et courir partout pour embrasser n'importe qui.

Dans l'appartement des parents de Sylvain, nous nous détendions, un verre à la main, affalés là où nous pouvions trouver de la place. Un bien-être pur, simple, planait. Je discernais presque notre bonne étoile nous faire un clin d'œil. La conclusion de cette drôle d'expérience déboucha sur un désir de réitération.

Il ne fallut pas une semaine pour que la Grande Dame nous retrouve à ses pieds. Le début fut encore laborieux mais après une ou deux chansons, le train était lancé.

La deuxième tentative se passa encore mieux, la troisième, je n'en parle pas et la chance s'abattit sur nous au coup suivant comme une lame de guillotine.

Nous venions de finir notre quatrième mini-concert en plein air, les applaudissements s'intensifiaient. Nous rangions nos instruments et le matériel, quand un homme en costume vint nous interrompre.

– Bonjour Messieurs, je dois vous faire un compliment, acte qui ne m'arrive pas souvent, ce que vous faites est pas mal.

Je n'aurais pas appelé cette phrase un compliment. La frontière entre le pessimisme et l'optimisme est bien fine.

– Vous avez quelque chose. Quel est votre nom de groupe ?

Les trois garçons se tournèrent vers moi, me désignant officiellement chef de bande.

– Nous sommes les *Parmigiano*, dis-je avec fierté.

– Et vos prénoms ?

– Moi, c'est Charles, lui c'est Guillaume, lui Eustache et le dernier au fond s'appelle Sylvain.

– D'accord, je me présente, je m'appelle Herbert. Je suis producteur de musique. Je travaille pour Xtasik, vous connaissez ?

Qui ne connaissait pas Xtasik ? La plus grande maison de disques de ce siècle.

– Oui, osai-je.

– Voilà ma carte, je te la donne à toi, j'ai l'impression que c'est toi qui as les rênes en mains. Passez me voir demain à mon bureau vers seize heures, donnez votre nom de groupe à ma secrétaire et dites lui qu'Herbert vous attend.

– D'ac…d'accord…

– Je vous vois demain alors ?

– Bien entendu, Monsieur.

– Appelle-moi Herbert.

Nous avions attendu qu'il ait disparu pour crier, hurler, nos poumons s'agrippaient dans nos cages thoraciques pour ne pas en sortir. Le soir, nous nous rendions dans un pub anglais, nous bûmes beaucoup, beaucoup trop pendant que les Beatles chantaient *She came in through the bathroom.* Nos verres s'entrechoquaient violemment, nous nous étreignîmes à maintes reprises. Nous étions tellement impatients d'être au lendemain.

Je ne suis pas certain de mes souvenirs aujourd'hui mais il me semble que quand je me suis couché cette nuit, ou ce matin-là, je ne me rappelais plus de mon propre nom. J'avais juste un sourire niais, le bienheureux pouvait-on m'appeler.

Quelques heures plus tard, dans les locaux de Xtasik, Herbert nous installa dans une salle d'enregistrement et nous demanda de jouer. Ce que nous avons fait. Deux autres hommes l'avaient rejoint et écoutaient notre morceau. L'un d'entre eux, un gros avec un costume élégant, désira entendre autre chose, après quoi Herbert nous amena à son bureau. Il nous pria de patienter, il retourna voir ses collaborateurs et revint ensuite. Assis, détendu, Herbert nous souriait alors qu'une tension sans équivoque s'emparait de chaque membre des *Parmigiano*. Je pistai les disques certifiés accrochés aux murs par ordre chronologique. Mes cheveux me faisaient encore souffrir de la veille, j'écoutais mais n'entendais pas. Je payais le prix du dernier verre de rhum.

Je constatai que mes compagnons peinaient autant que moi à suivre le débit infernal de paroles, et je n'imaginais pas qu'Herbert ne le remarquât pas.

Mais je crois que la phrase, l'unique phrase qui nous fit tous dessoûler, tous tomber de nos chaises, tous pleurer, fut :

– Les gars, boire un coup c'est bien mais il va falloir faire attention dorénavant si vous acceptez de travailler avec nous. Si vous signez le contrat que l'on va vous préparer d'ici peu, il va falloir faire preuve d'un peu de sérieux.

Tout s'était déroulé beaucoup trop vite. On passait du concert de rue au bureau d'un producteur de Xtasik et notre avenir s'emplissait de belles promesses. Je ne pouvais deviner que, quelques semaines plus tard, j'allais me retrouver numéro un de tous les classements musicaux.

Je me souviens que mon père disait souvent : « la chance sourit aux audacieux ».

Mais à quel prix ?

14

Aujourd'hui...

– Allô Herbert ?

– Oui Nilse. J'ai vu que tu étais parti à Munich !

– Oui.

– Et tu n'as pas jugé bon de me prévenir ?

– J'avais envie d'une petite mousse.

– Je ne plaisante pas Nilse, on va bientôt se mettre au travail pour ton prochain album, nous regardons pour d'autres dates de tournée. Je dois pouvoir te joindre à tout moment.

– Tu n'as pas essayé de me téléphoner hier ?

– Non mais si j'avais voulu le faire ?

– Mon père disait qu'avec des « si », on peut refaire le monde.

– Arrête de jouer Nilse, tu n'es plus un gosse, tu as des responsabilités.

– Herbert, je suis un chanteur.

– Un chanteur qu'on attend.

– J'ai le droit de me prendre un jour de repos !

– Un... un jour de repos ? Un jour de repos et on

t'échange dans ce milieu, ne l'oublie pas, je croyais te l'avoir déjà expliqué.

– Je ne l'oublie pas Herbert mais tu m'emmerdes. J'ai le droit de me reposer un peu.

– Oui ! Reste proche de ton téléphone cependant.

Et il raccroche. Quand on connaît mon producteur, on sait que ce n'est pas un mauvais bougre, bien au contraire. C'est grâce à lui que je suis ce que je suis. *I am what I am.* Je revois le lancement de ma carrière comme si c'était hier, dans la joie et dans la douleur.

Suite à notre premier entretien avec Herbert, il avait voulu nous parler individuellement. Je l'entends encore me poser des questions, noter des phrases ou des mots avec son beau stylo. Par instant, je ne parlais pas et il écrivait quand même. Très déstabilisant. De grosses gouttes perlaient sur mon front. De mon point de vue, l'interrogatoire ne se passa pas trop mal. Nous devions signer le contrat une semaine plus tard, nous étions dans une telle effervescence, nous réagissions tous de manière différente. Quatre jours avant l'ultime réunion et la signature qui scellerait notre destin, je reçus un appel téléphonique d'Herbert me priant de venir le voir dans l'après-midi à son bureau.

Assis dans un fauteuil molletonné, j'attendais qu'il prenne la parole.

– Bon Charles, il faut que l'on parle toi et moi. Avant toute chose, as-tu déjà pensé à un nom de scène ?

– Nous avons les *Parmigiano*.

– Non. Je parle d'un pseudo pour toi.

– Non je n'en ai pas.

– Nous trouverons rapidement. J'ai une bonne et une mauvaise nouvelle à t'annoncer. La bonne, c'est que vous nous avez convaincus. La mauvaise a un rapport direct avec ton groupe et tes copains, poursuit-il en se levant et s'approchant de la fenêtre. Je sais ce que c'est que d'avoir des amis, de s'être juré à la vie à la mort mais bon, il y a parfois des réalités dans la vie auxquelles il faut se plier. La chance ou le destin a voulu vous mettre sur mon chemin. Mais sais-tu seulement ce qui m'a poussé à m'arrêter ce jour-là ?

– Non.

– C'est toi Charles, toi et ta voix. Ton groupe n'était qu'un accompagnement pour mieux te propulser car seul, ça aurait été plus difficile. Je suppose que l'on te l'a déjà dit, tu as un timbre bien particulier. Je crois pouvoir faire de grandes choses avec toi et je ne suis pas le seul chez Xtasik à le penser. Seulement, je crains que tes amis nous freinent dans cette démarche. J'ai bien saisi que ton rêve le plus fou serait de devenir chanteur et je peux t'offrir cette chance.

– Où voulez-vous en venir ?

– Nous avons préparé un contrat suite à notre dernier rendez-vous avec ton groupe et dessus figure uniquement ton nom. Nous avons d'excellents musiciens et compositeurs pour t'accompagner. Si tu veux vraiment réaliser ton rêve, si tu veux chanter sur les plus grandes scènes françaises, si tu veux espérer être dans le top trois de la chanson, il va falloir te débarrasser de tes amis.

Mon chauffeur m'emmène à la Tour Eiffel, j'aurai dix minutes de retard, quart d'heure parisien oblige, seuls les beaufs arrivent à l'heure ou en avance. Je suis Nilse et Nilse est un homme cool. Je ne cesse de penser aux *Parmigiano*, je me demande si avec mes copains, ma carrière aurait été aussi grandiose. Peu importe, je n'ai qu'une seule véritable hâte, retrouver Louise et tenter de rattraper la situation. Des soubresauts incontrôlables parcourent ma jambe gauche, la seule démonstration de stress de mon corps.

Je tourne, retourne la clé, mes doigts contournent les pourtours de cette promesse, mon esprit se détourne de l'objet et se pose sur les parents de Louise. Comment ont-ils pu m'humilier de la sorte ? Qu'est-ce que je leur ai fait pour mériter une telle expiation ? Ils ne doivent pas oublier que c'est leur fille qui m'a abandonné. Et cette clé ? Elle ouvre quoi ? Connaissant Louise, je trouverai le verrou quand le moment sera venu.

Deux jours que je poursuis les chapitres de *Même les étoiles s'éteignent* et Louise m'a fait plonger dans mon passé, dans mon histoire, dans une vie oubliée. Je n'arrive pas à comprendre ce qu'elle veut après toutes ces années.

– Monsieur Nilse, nous sommes arrivés, m'annonce mon chauffeur de sa voix rauque.

Je remets ma veste en cuir, et déboutonne ma chemise d'un cran, mon père me disait souvent : « Sois toujours bien fagoté quand tu te rends à un rencard».

Le soleil est haut, la plèbe afflue pour déjeuner sur l'herbe mais pas avec la même touche de poésie que Manet, plus proche du pique-nique dominical avec Mac Do à emporter. Je me rends sous la jupe de Madame Eiffel, Louise est là, accompagnée de deux hommes, ils discutent.

Mes lunettes de soleil m'empêchent de bien les voir, je les enlève, j'ai toujours aimé voir la vie en couleur, c'est toujours mieux que voir *la vie en rose*. Voilà un portrait sans retouche.

Louise me repère, les deux hommes me tournent le dos, ils pivotent, Sylvain et Guillaume. Je ne les avais pas vus depuis…

Mes jambes guidées par je ne sais quel neurone se sont stoppées d'elles-mêmes, pour reprendre aussitôt leur marche inexorable vers l'un des plus grands déshonneurs de ma vie.

– Bonjour Charles, entame Louise, je ne pense pas qu'il soit nécessaire de vous présenter.

Gêné, je réponds que c'est inutile.

Leurs regards me braquent.

– Alors tu ne nous dis pas bonjour ? me demande Guillaume.

– Si, bien entendu.

– Je suis content de te voir, continue mon vieux camarade dans une accolade vigoureuse.

– Viens par ici ma biche, salue Sylvain en me prenant dans ses bras. Je suis vraiment heureux de te revoir.

– Moi aussi Sylvain.

Je cherche du soutien dans les yeux de Louise, ses sourcils se lèvent et un petit sourire passe fugacement sur ses lèvres.

Aurait-elle oublié l'incartade de la veille ?

Guillaume me parle et la question va se cacher entre l'incompréhension et la surprise.

Très vite, les discussions dérivent sur le quotidien de chacun, Guillaume est marié et a deux filles de deux et trois ans. Il a terminé ses études et à présent possède son propre cabinet de kinésithérapie.

Sylvain est toujours célibataire.

– J'ai vécu trois ans avec une femme puis je lui ai demandé d'aller plus loin dans notre relation. Elle a répondu qu'elle était prête à me suivre à la seule condition que je me rase le bouc alors je lui ai répondu…

– … J'ai la flemme de me raser le bouc, la flemme, la flemme, entonnons Guillaume et moi.

– Et voilà, comment je me suis retrouvé célibataire, à la rue, sans rien, raconte-t-il dans une anecdote fictive comme il sait si bien le faire. Maintenant, je donne des cours de musique par ci par là, je me dis que j'ai le temps avant de me poser alors je papillonne. Je butine toutes les fleurs qui croisent mon chemin.

J'avais oublié la façon dont Sylvain tourne tout à la dérision ainsi que son humour absurde. Nous continuons à parler, mon tour vient, raconter ma carrière devant eux est pénible, je rends la mariée plus moche qu'elle ne l'est. Après une bonne demi-heure de palabres en tout genre, Louise terrée dans un mutisme sort de sa tanière.

– Les garçons, je n'ai pas beaucoup de temps, je vais devoir partir. Sylvain, Guillaume, vous savez pourquoi je vous ai fait venir ici. Laissez-moi deux minutes avec Charles, s'il vous plaît.

Les deux hommes s'éloignent.

– Charles, si tu veux passer au chapitre suivant il va falloir que tu chantes.

– Pardon ? Qu'est-ce que tu racontes ? Pourquoi fais-tu cela ? Hier, tu es partie fâchée et là, tu me parles comme s'il ne s'était rien passé.

– Hier, c'était hier. Aujourd'hui, je te demande de chanter avec tes amis, avec ton ancien groupe.

– Quoi ? Pourquoi ?

– Ne cherche pas à comprendre, je veux que tu le fasses pour moi.

– Mais le groupe n'est même pas complet, il manque Eustache.

Le prénom de mon ami sonne étrangement à l'oreille. Ni Guillaume, ni Sylvain, ni moi, ne l'avions employé depuis que nous nous étions retrouvés. Eustache est tombé dans l'oubli.

– Oui, je sais mais Eustache n'a pas pu être présent.

– Et pourquoi ?

Louise laisse un blanc.

– Tu sais très bien. Il ne t'a pas pardonné.

– Alors pourquoi les autres l'ont fait ?

– Charles ne me pose pas des questions dont tu connais les réponses. Je ne peux rester trop longtemps, vas-tu chanter oui ou non ?

Je me dis que si Herbert l'apprend, il va devenir fou.

Pour l'instant, je passe incognito, quand j'entonnerai les premières paroles, les passants vont se rendre compte que Nilse donne un concert en plein air. Je crains le débordement. Comment vais-je pouvoir m'échapper ensuite ? Au final, c'est beaucoup de risques pour… le chapitre suivant.

– D'accord, je vais chanter.

Avant de retourner auprès de mes deux anciens amis, Louise me donne un nouvel exemplaire de *Même les étoiles s'éteignent* que je lui arrache presque des mains.

– Charles, je préfère te prévenir, tu as lu la meilleure partie du roman, tu entames la plus difficile. Il va falloir que tu sois fort.

– Ouais, c'est ça.

Sylvain et Guillaume reviennent avec leur instrument, batterie, synthétiseur et me prêtent une guitare bas de gamme, nous nous installons, Louise nous observe, bras croisés, air goguenard.

Avant de me tourner face au public encore inexistant, j'interroge mes camarades pour savoir ce qu'ils veulent jouer.

– C'est une surprise, répond Guillaume, suis nous aux accords, tu vas vite reconnaître.

– D'accord.

Je me retourne.

– Charles ? m'interpelle Guillaume.

– Oui ?

– Je suis heureux de jouer avec toi.

– Moi aussi, enchérit Sylvain.

– Si vous saviez… je crois être le plus heureux d'entre nous. Je voulais vous dire que je suis désolé, je…

– Ce n'est pas le moment, me coupe le batteur.

Mon médiateur frotte les cordes de la guitare que l'on m'a prêtée, elle est bien accordée.

Sylvain entame le morceau, aux premières notes, je reconnais, *Hier encore* de Charles Aznavour. Je souris. Mes amis jouent à la perfection, mes doigts trouvent le sillon de la mélodie, la partition me revient avec clarté. Je chante.

Hier encore
J'avais vingt ans
Je caressais le temps

Les passants s'arrêtent, tous me reconnaissent, ils sont ébahis de me voir là. Ils s'interpellent entre eux.

J'ai fait tant de projets
Qui sont restés en l'air

La chanson me transperce, me transcende et me transgresse. Je ferme les yeux, et savoure les paroles, savoure le murmure des instruments de Sylvain et Guillaume.

Je gaspillais le temps
En croyant l'arrêter

Les paupières toujours closes, je pense à mes trois amis, au groupe *Parmigiano* qui n'a jamais pu dévoiler son talent au monde entier tout ça parce que… Qu'aurait été ma carrière si je n'avais pas fait ce choix. Ils me manquent. J'entends l'écho des fous rires que je n'ai jamais eus en leur compagnie durant les tournées avortées.

Pour critiquer le monde
Avec désinvolture

J'ouvre les yeux, au milieu de la foule qui s'amasse, Louise.

Mais j'ai perdu mon temps
À faire des folies

Comment ai-je pu tout gâcher avec cette femme si merveilleuse ?

Car mes amours sont mortes
Avant que d'exister
Mes amis sont partis
Et ne reviendront pas
Par ma faute j'ai fait
Le vide autour de moi

J'ai tout perdu, mes amis, mon amour. Pour quoi ?

La réussite, la reconnaissance, le succès ?

Le surpassement de soi, ce n'est pas le désintéressement de l'autre.

Environ dix ans plus tôt, nous avions eu besoin de presque une heure pour avoir un total de cent spectateurs, en quelques secondes, nous en avions déjà le double, voire le triple. Une ronde s'est formée autour de nous, nous en sommes le chœur. En tendant les bras, les gens les plus proches peuvent me toucher, je n'avais jamais joué si près de la foule depuis que je suis devenu une star. Je ne pourrais dire à l'œil, le nombre d'hommes et de femmes présents mais en cas d'émeute, je suis foutu. Certains crient, d'autres chantent. Mon cœur s'emballe. Je crains le pire.

Où sont-ils à présent
À présent mes vingt ans ?

Le public s'agite beaucoup trop. Les gens hurlent, se bousculent. Une jeune femme m'attrape par la manche. Louise est chahutée. Elle me hurle : « Je suis désolée». Des fans énamourés se ruent vers moi. Ma veste est saisie par une main.

Je recule.

Mes pieds se prennent dans un je ne sais quoi. Je tombe, des gens s'étalent sur mes jambes. Plusieurs ongles se plantent dans ma joue, ma peau se déchire. Je suis tiré par les épaules, Sylvain et Guillaume font dos à la horde. Sonné, je suis surpris par la rapidité avec laquelle la situation a dérapé.

– Tu dois partir Charles ! Réveille-toi, cours putain, on ne pourra pas les retenir.

Alors je cours, je cours sans me retourner. Dans mes pas, les cris des fanatiques les plus téméraires s'entrecroisent. La fosse et mes gardes du corps me manquent. Que m'a-t-il pris de chanter en public ?

Je cours, je cours, je traverse le champ de Mars sous un soleil ardent, *Même les étoiles s'éteignent* passe d'une main à l'autre tout en défaisant mes bras des manches de ma veste. Je jette mon cuir sur un banc, certaines s'arrêtent et se battent pour mon vêtement.

– Attends Nilse, attends, je t'aime.

Je cours, je cours, rien ne pourra m'arrêter, les promeneurs me suivent du regard. Une vingtaine de jeunes femmes me poursuit. J'accélère, l'entraînement régulier pour mes concerts va m'être d'une grande utilité.

Je cours, je cours pour ma survie, je sais à présent pourquoi Herbert organise avec tant de protections chacune de mes sorties officielles. Quand une armée de gardes du corps me sépare de ces hystériques, je suis amusé, sorti de ma tour dorée, c'est autre chose.

Je cours, je cours, elles ne sont plus que quatre. Je fatigue aussi mais je mets une autre impulsion pour les semer une fois pour toutes.

Je cours, je cours encore maintenant que je n'ai plus d'assaillantes dans mon sillon, je continue de courir. Je pense à mes amis, j'ai envie de les revoir, je pense à Louise. J'espère qu'ils vont bien là où ils sont. Je manque d'oxygène, je le sens, je ne m'arrêterai pas.

Je cours, je cours, je traverse Paris en direction de mon appartement. Je ne cesserai de courir tant que je ne serai pas arrivé, je ne cesserai de courir tant que l'air pénétrera dans mes poumons.

Je cours, je cours moins vite mais je cours toujours.

Je cours, je cours, non pas pour fuir la vie comme je l'ai toujours fait, non, je cours pour la rattraper.

15

Après ma fuite, je suis revenu dans mon appartement. Isolé, dans l'obscurité de ma salle de cinéma privé, je m'accorde du repos pour remettre mes idées en place. Je devrais être en train de chercher quel va être le prochain chapitre ou prendre une douche comme le suggère mon odeur corporelle après cette course effrénée. Je tente de faire le vide dans mon esprit, ne penser à rien, sauf que des images explosent sur l'écran pigmenté de couleurs de mes paupières. Louise est là, partout, son image flotte dans la pièce. Je caresse mon avant-bras droit, mon premier tatouage, *Carpe Diem*, inscrit à la verticale en lettres gothiques.

Je me souviens encore très bien de cette séance chez le tatoueur, c'était un peu plus d'un an après le début de ma carrière avec Xtasik. Herbert m'expliquait de manière très subtile que d'agrémenter mon corps de quelques dessins accélérerait ma cote de popularité. Il n'avait pas eu besoin de m'en dire plus pour que je fasse de ma peau une toile de maître.

Carpe Diem, le choix de ces mots vint à moi avec naturel, je possédais tout : Louise, l'amour, la famille, le succès, il ne me restait qu'à profiter de la récolte, savourer ce rêve enfin à ma portée.

Mais là, aujourd'hui, dans mon appartement, à courir après les chapitres d'un livre écrit par mon amour perdu, que reste-t-il de mon *Carpe Diem* ?

Mon téléphone sonne, je devine qui m'appelle, cinq amis seulement ont mon numéro privé, si je peux appeler ces privilégiés des « amis ».

– Allô Herbert ?

– Nilse, c'est quoi ce bordel ? On vient de me dire que tu as donné un concert à la Tour Eiffel il y a moins d'une heure, dis-moi que ma source se trompe !

– Je vais bien Herbert merci de t'en inquiéter. Et non, ta source ne se trompe pas.

– Putain ! Merde ! Nilse qu'est-ce que tu fous ? Tu déraillles complètement, hurle-t-il dans le combiné. Qu'est-ce que tu cherches à faire ? Hein ? A planter toute ta carrière ? Réalises-tu seulement qu'une action comme celle-là, gratuite en plus, si elle est mal organisée, peut te mettre hors service ?

– Herbert calme-toi, ça va, il n'y a rien de grave. Je n'ai joué qu'un morceau.

– Un, dix, tout ton concert c'est du pareil au même, merde. Et en plus on m'a dit qu'il y avait eu émeute. As-tu pensé un instant que tu pouvais être blessé et être obligé d'annuler ta prochaine tournée ou reporter la sortie de ton CD ? Tu sais combien ça te coûterait ?

– Combien ça me coûterait à moi ? Quand il s'agit d'encaisser, tu es le premier sur la liste mais, quand il faut me soutenir, tu te caches derrière les clauses de mon putain de contrat.

– Quoi ? Qu'est-ce que tu dis ? beugle-t-il. Moi, je ne te soutiens pas ? N'oublie pas que c'est moi et uniquement moi qui ai lancé ta carrière, je suis venu te chercher dans ton groupe pourri alors que tu faisais le mendiant.

– Tu m'emmerdes Herbert ! Est-ce que tu t'es demandé une seule seconde si ce concert improvisé m'avait fait du bien ? Je ne crois pas et pourtant, c'est bien le cas, j'ai retrouvé un goût de chanter pour...

– Tu pars en couille Nilse ! D'abord Munich hier, maintenant un concert improvisé à Paris, c'est quoi la prochaine étape de ta thérapie ? Tu me fais n'importe quoi depuis deux jours.

Un blanc et il reprend.

– Ne me dis pas que c'est ce livre que tu as trouvé qui te fait péter les plombs ?

– Mais qu'est-ce que tu vas imaginer ? Rien à voir, je l'ai jeté ce livre, c'est juste que j'ai besoin d'air, de voir autre chose. De prendre un peu de vacances, tu comprends ?

– Je peux le comprendre mais dans ce cas, tu n'as pas besoin d'aller chanter n'importe où comme un saltimbanque, tu as depuis longtemps fini ces conneries. Et si tu as besoin de vacances, tu en prends avant que l'on prévoie la sortie d'un album et des dates de concerts. Tu vas m'écouter, je vais gérer ce petit incident et, pendant ce temps, tu fais profil bas. Dans deux jours, lundi matin, rendez-vous en studio pour l'enregistrement, d'ici là, tu as une journée pour toi, tu peux aller où bon te semble mais fais pas le con.

Pas d'au revoir, pas de formalité, Herbert est mon meilleur ami, pas besoin de *salamalecs.*

Je saute sur mon lit et saisis *Même les étoiles s'éteignent* pour m'occuper du troisième chapitre. Je suis pressé et inquiet de savoir la suite. J'ai peur.

Consignes avant lecture du chapitre 3

Neptune t'apportera sa clarté dans un rugissement tonitruant alors que les quatre saisons patientent depuis de nombreuses années au-dessus de la source. Devant ce doux spectacle, le 24 juillet à treize heures, le rire t'attendra et t'indiquera la prochaine mélodie, celle d'une promesse oubliée. Ensuite, quand tu auras deviné, tu passeras à la lecture du chapitre.

Aucune idée ne me vient, je suis comme Lennie devant une souris ou après les réprimandes de Georges dans le roman de Steinbeck.

Je ne comprends pas ce qu'elle a voulu dire. Gagnons du temps, le temps, c'est de l'argent…

Tricher, ce n'est pas incommode.

Je tourne la page…

Ce passage Charles, tu ne le liras pas, tu l'écouteras.

La garce, elle n'aurait pas pu me laisser des indices plus concrets plutôt que son charabia poétique, je vais avoir besoin d'un joker, l'appel à un ami… encore faudrait-il en avoir.

Une promesse oubliée, qu'est-ce que je lui ai promis que je n'ai pas tenu ? Un serment lié à Neptune, avons-nous déjà parlé de cette planète ensemble ? Nous avons déjà regardé les étoiles, allongés côte à côte, mais jamais avec un œil d'astronome. Les quatre saisons, une année, *patientent depuis de nombreuses années*, que lui ai-je promis qui soit encore en suspens ?

Le rire m'attendra, cette promesse est un souvenir qui nous a fait rire ?

Ces indices doivent me mener à un lieu…

Rationalisons la situation, dans le premier chapitre de *Même les étoiles s'éteignent*, Louise m'avait indiqué la Marienplatz via un rébus, je dois pouvoir deviner... Comme les feignants qui zieutent discrètement à la fin de leurs magazines de jeux, je me rends devant mon ordinateur. Un moteur de recherche sera mon meilleur allié face à l'adversité.

Pour mon information, les résultats des mots sont :

Neptune est la huitième planète de notre système solaire.

Quatre saisons est le nom donné à des concertos de violons de Vivaldi.

Source m'apprend que de l'eau sort naturellement de la terre.

Des associations, il ressort :

Neptune et quatre saisons dévoilent la relation étrange entre une planète, l'automne, l'hiver, le printemps et l'été sous les jumelles d'un dénommé Hubble.

Neptune et source, l'astre possède un point de chaleur interne.

Quatre saisons et source se sont mélangés et ont apporté l'inspiration à Vivaldi.

Merci Monsieur Internet de combler mes lacunes culturelles.

Par dépit plutôt qu'autre chose, je tape *Neptune, quatre saisons* et *source*. Dans la course à la recherche, en troisième position se place ma destination : la Fontaine de Trévi.

Comment mon esprit peut-il être obstrué à ce point ?

Neptune n'était pas la planète mais le Dieu romain figé au centre de la capitale italienne. En lisant les articles sur cette fontaine, je compare les ressemblances avec le message de Louise, tout concorde sauf le rire que je ne comprends toujours pas.

L'important est que je sais où je dois me rendre. Pour la suite, on verra sur place.

Herbert va me tuer mais je m'en contrefous. Il m'a offert une journée de repos en me disant que je pouvais aller où je désirais mais de ne pas faire le con… On verra, rien n'est jamais certain…

Je décide de passer la nuit, ici, dans mon lit pour bien me reposer et de prendre le premier avion demain matin. Je veux être en forme pour Louise.

Roma subito !

16

C'est votre commandant de bord Nilse qui vous parle, l'avion quittant la France pour l'Italie s'apprête à décoller, je me remercie d'avoir choisi cette compagnie et je me souhaite un agréable voyage. La fatigue m'envahit et je ne résiste pas à l'envie de faire une petite sieste.

Quand je me réveille, une hôtesse, capable de faire s'envoler n'importe quel oiseau masculin, me propose un remontant. Lui répondre qu'elle peut remonter ce qu'elle veut me semble inapproprié.

– Mettez-moi un jus de banane, lui demandé-je, accompagné d'un clin d'œil.

– Nous n'avons que du jus d'abricot, me répond-elle en me renvoyant mon clin d'œil.

– Allons-y pour l'abricot.

Une envie soudaine de salade de fruits me titille les papilles.

J'ai toujours aimé taquiner les coquines.

Elle me laisse, je constate que les autres passagers de première dorment, pas la moindre distraction à l'horizon.

C'est ainsi que Nilse, le grand et beau Nilse se retrouve

à devoir patienter une heure de vol sans n'avoir rien sous le coude pour s'occuper.

Avant-hier, les retrouvailles avec Louise n'ont pas démarré sur de bonnes bases mais j'ai à cœur de bien faire au prochain coup. Je suppose qu'elle est venue me chercher avec une idée derrière la tête.

Je n'entends rien de déplacé par idée derrière la tête mais on ne se fatigue pas à écrire un roman, le publier en plusieurs exemplaires, orchestrer un jeu de pistes grandeur nature dans le seul objectif de passer le temps.

Je suis certain qu'elle veut me reconquérir, elle sait qu'elle a fait une erreur il y a cinq ans, que je suis le seul et unique homme de sa vie.

Deux jours seulement qu'elle est réapparue et son retour comble le manque qu'elle avait laissé.

Un homme a besoin d'un appui, Louise était le mien. Je savais que si je tombais, elle me rattraperait. Je savais que si je déraillais, elle me remettrait sur le droit chemin. Je savais que si je m'effondrais, elle me reconstruirait. Je pouvais tout perdre rapidement dans le métier que j'exerçais mais cette femme, je pensais l'avoir pour toujours. Elle me prenait brut, sans artifices, sans le masque impavide que je porte pour mes fans. Elle connaissait mes doutes, mes angoisses, mes peurs. C'était elle, encore, qui me soutenait durant ces nuits interminables d'insomnies. Sois honnête Nilse, je l'ai poussée à partir et depuis qu'elle n'est plus là, je suis toujours le même équilibriste, sauf que mon filet de protection a disparu.

Il ne reste que le vide sous mes pieds et, si je tombe, la chute sera abyssale, l'atterrissage mortel.

Quand je pense à Herbert qui me néglige, lui qui est censé être mon meilleur ami, présent dans n'importe quelle situation, je devrais pouvoir compter sur lui à n'importe quelle heure du jour, de la nuit, des vacances ou des jours fériés. Aujourd'hui, il a délaissé mon bien-être et privilégié ma carrière, son gagne-pain. Je me doutais que pour lui, je ne représentais qu'un outil de travail, la viande du boucher, le pain du boulanger mais recevoir cette réalité de plein fouet, me ramène à ce que je suis réellement à son égard.

Un simple chanteur dans son écurie.

Et un jour, le canasson termine sa course dans un poney-club, un abattoir ou pire, une barquette de surgelé.

Sauver ma peau me semble être la seule perspective viable sur le court terme et la seule personne à pouvoir m'aider dans cette démarche se prénomme Louise. Elle a fait la moitié du parcours, c'est à moi de la rejoindre. Une des rares, et peut-être même unique certitude que je peux me permettre sur l'âme humaine est que Louise ne me fera jamais de mal. Peu de gens sont dotés d'une grande humanité, d'altruisme, cette femme en fait partie et elle éprouve des sentiments pour moi. Je ne possède pas le droit de gâcher cette chance.

Mon cœur meurtri ne doit plus battre que pour une seule femme.

Nos amours s'harmoniseront au plus profond de nos âmes.

Comme quand nous étions jeunes, nous scanderons main dans la main :

Se souvenir des beaux lendemains.

De la poche de ma veste, j'extirpe un stylo et un calepin pour noter les paroles de cette éventuelle chanson. Je note la date et réalise qu'aucune idée musicale ne m'était venue depuis plus de trois ans.

L'avion descend vers Rome et de nouveau, une étincelle s'illumine, je veux composer et écrire mes propres chansons.

17

Rome, c'est bien !

Paris, c'est mieux !

Je dis ça de façon ironique, Paris restera à tout jamais la ville de mon cœur, là où résonnera le dôme du Sacré-Cœur, un marin revient toujours à son port d'attache. Mais Rome. Rome !

Le soleil, le farniente, les monuments à chaque coin de rue, les Vespa, les glaces, les pizzas, les italiennes pour ne citer que ce qu'il me vient en tête. L'énumération pourrait être encore longue.

La première fois que j'avais mis les pieds ici, j'avais eu le coup de foudre. Cette cité est probablement ma préférée d'Italie. Longtemps, Venise trônait à la place de numéro un mais ça, c'était quand j'étais jeune et amoureux.

Je me démène encore pour réaliser un vieux rêve : donner un concert dans le Colisée. Bien que ma cote de popularité croisse de manière vertigineuse et que j'aie rempli le Colisée de Roubaix à plusieurs reprises, les autorités italiennes m'y refusent encore l'accès. N'est pas Andrea ou Paul qui veut.

Par chance pour moi, merci Louise, la fontaine de Trévi n'est pas loin d'une rue accessible par les voitures ou les taxis. La portière du véhicule s'ouvre et une vague de chaleur vient me saisir à la gorge, impossible de respirer. Malgré cette fournaise, je ne peux résister à l'appel d'une pizza *prosciutto e funghi*. Je pénètre dans un restaurant pour acheter le plus grand patrimoine italien à emporter.

Dans trente minutes, je devrai être à mon rendez-vous. Je croque, mâche, avale, souris et m'enfonce dans les rues piétonnes. Je m'aperçois que mon mets est ingurgité quand je me mords les doigts. J'irais bien me chercher une autre part mais il ne faut pas abuser des bonnes choses.

La gourmandise, ce n'est pas immodéré.

Le décor devient enfin celui que j'attendais, les rues s'étrécissent, les piétons se rapprochent entre les constructions, les auvents des restaurants protègent les clients cachés derrière la verdure des terrasses. Devant chaque entrée, à côté du menu, un panier en osier contient des champignons frais, cèpes, bolets ou girolles, fierté des restaurateurs. La crise économique contraint les serveurs à alpaguer chaque touriste scrutant la carte s'ils veulent garder leur emploi.

Non loin des vendeurs à la sauvette, des artistes en tout genre exposent ou peignent des toiles dans l'espoir de les refourguer à un touriste désireux de décorer son salon pour en mettre plein la vue à ses futurs invités.

Oui, nous avons acheté cette petite toile dans une ruelle de Rome, un merveilllllleux moment!

Un attroupement fait cercle autour d'un peintre au sexe indéterminé. Il ou elle travaille avec des bombes, utilise différentes couches de peinture, des pochoirs prédécoupés. Plus les épaisseurs s'enchevêtrent, plus le dessin prend forme sous les applaudissements du public. Toute cette attente pour un Colisée construit sur un sol lunaire accompagné d'un drapeau italien.

Merveillllleux, vous dis-je.

Les rues s'amincissent encore, le contact avec les passants s'accentue, et les coups d'épaule deviennent un bon moyen de se frayer un chemin. Aux visages et aux accents, je suppose que les quatre coins du monde sont réunis dans ce cercle vicieux. Le chant des italiens prédomine, ils savent se faire entendre, ils savent crier plus fort que le reste de la Terre pour bien rappeler que nous sommes chez eux. Ils me font penser aux cigales qui pullulent et stridulent à tue-tête toute la journée en Provence.

Les commerces qui bordent l'allée sont essentiellement des restaurants, des marchands de glaces, des cavistes et surtout des boutiques de souvenirs.

À chaque entrée de ces dernières, des chinois ne me sourient pas mais m'invitent à consommer : il est important de ramener un Colisée miniature *made in China* pour son meuble télé ou l'étagère de sa vidéothèque.

Heureusement qu'un peu partout dans la ville, les inscriptions en latin me renvoient au grand et majestueux *S.P.Q.R* et non au mandarin. Je suis les murs couleur terre-de-sienne plus ou moins délavés selon leur exposition au soleil vers mon lieu de rendez-vous. Encore à une petite distance, j'entends enfin le bruit de l'eau.

Mes nombreux passages à Rome me permettent de reconnaître ce bruit entre tous, un son que j'affectionne particulièrement. Celui d'une cascade, du fracas du courant en plein cœur de la cité. Cet écho me ramène à mon enfance, chez mon arrière-grand-mère, Rose, dans les Vosges. Papa m'emmenait dans la forêt et nous allions toujours au même endroit, près d'une immense chute d'eau, immense pour mes yeux d'enfant. Papa se tenait à un tronc d'arbre et m'agrippait par l'épaule alors que je me penchais vers ce vacarme assourdissant.

Un inconnu me bouscule et me sort de ma nostalgie alors que la fontaine de Trevi est encerclée par une auréole de touristes. Les gens se prennent en photo, dos au monument, dans une pause immortalisée pour un album qui sera oublié dans la malle d'un grenier.

Un cliché, ce n'est pas immortel.

Des indiens, moustachus pour les plus vieux, imberbes pour les plus jeunes, veulent photographier les estivants avec un polaroïd pour une somme qui aurait dressé les bacchantes de Dali. Un prix tout de même plus raisonnable qu'une boîte de *Lanvin*.

Les vacanciers s'entassent sous le sceau gravé de Mazarin, heureux de marcher les uns sur les autres et énervés de macérer dans cette chaleur. Je manque d'écraser un homme-tronc-mendiant, il me met un coup dans le genou avec la chaussure qu'il porte à la main. Une douleur fulgurante me transperce la rotule et il fuit sur sa planche à roulettes entre la ribambelle de guiboles plus ou moins sauvages. J'avais oublié que Rome est une des rares villes dans laquelle on trouve beaucoup de culs-de-jatte.

Encore quinze minutes avant mon rendez-vous, je tente de trouver Louise dans cette mascarade mais la masse masque ma mission. Longeant la fontaine, passant devant le vase rasant, j'entre chez un glacier pour ressortir avec une gâterie parfum pistache, mon préféré.

Ma mère me disait : la pistache, tu l'aimes ou tu la quittes, tu l'adores plus que tout ou tu la détestes au-delà de rien, surtout pas de demi-mesure avec la pistache.

Je m'installe non loin de la source et croque dans ma glace.

Quelques semaines avant de venir, j'ai appris par le plus fortuit des hasards, que les passants balancent deux cent mille euros par an en monnaie dans le bassin. À ce tarif, rien ne sert de travailler pour gagner un SMIC, il faut penser à se reconvertir en femme fontaine.

La sculpture aquatique garde sa grandeur après toutes ces années, Neptune endoctrine ses troupes avec classe et puissance, ses larbins obéissent et les quatre saisons admirent cet éternel spectacle. Saturne se réveille quelque part à travers une cloche et sonne treize heures.

Mon rendez-vous.

Le rire t'attendra et t'indiquera la prochaine mélodie…

Sorti de nulle part, un homme déguisé en clown se faufile entre les touristes, tous les chemins mènent à Rome. Son habit bariolé porte haut les couleurs du cirque, vert, blanc et rouge. La peinture noire et blanche sur son visage maquille une cicatrice en forme de fer à repasser, un bonnet lui couvre le haut du crâne rappelant celui de mon ami Pierrot. Ses gestes sont amples et saccadés, les gens aux alentours s'écartent et lui laissent de la place. Ses mimes sont drôles, il imite les touristes qui envoient une pièce dans la fontaine et leur fait signe de viser le panier accroché à sa taille.

Ah, la balade est triste.

J'ai beaucoup de mal à croire que Louise m'ait donné rendez-vous avec ce pitre.

Les clowneries de l'homme font rire la foule, ahurie par deux-trois comiques de situation. Qu'ils enfoncent la main dans un caniveau et ils verront ce qu'il peut faire le clown.

Je descends dans la fosse, les animaux se dispersent devant le lion Nilse. Je me trouve devant la pâle copie du mime Marceau, il me voit et s'arrête net dans une pause improbable.

Sa tête se penche doucement. Un sourire apparaît pour la première fois sur son faciès. Brutalement, il se met droit comme une … un « i ». Ses yeux grandissent et marquent la surprise. Le public d'une voix unie crie : « Aaaaaaaah ». La bouche du saltimbanque s'arrondit en un « o » parfait. On n'est pas loin de réciter l'alphabet. Avec des petits pas, sans plier les genoux, il s'approche de moi. À distance rapprochée, je constate que ses yeux ont une teinte jaunâtre inquiétante.

Son bras se tend.

Sa main s'arrête au niveau de mon oreille gauche.

Je recule, surpris par ce geste brusque.

Lentement, entre ses doigts, il me montre qu'il tient un pièce plus grosse que la moyenne, imitation or.

– C'est pour moi ? lui demandé-je.

Il opine d'un mouvement positif de la tête.

Je tends à mon tour la main, paume vers le ciel.

– Donne-la moi !

Avec son index, il réprouve au rythme d'un pendule.

– Pourquoi ?

Ses épaules se soulèvent.

– Cette pièce est bien pour moi ?

Il sourit et agite la tête.

– Moi, Nilse ? insisté-je.

Son agitation s'accélère.

– Alors donne-la moi !

D'un bond, il se retrouve sur une bordure de la fontaine, se plie en quatre et caresse l'objet au creux de sa main.

Je fais un pas en avant.

Il hurle comme un loup.

Tous les vacanciers me regardent, personne ne comprend ce qui passe.

Je m'avance encore vers lui.

– Allez, donne-moi cette pièce, lui ordonné-je.

Le clown accentue encore ses cris.

Je l'attrape par le col et le soulève.

– Donne-moi cette pièce putain.

Il ne rigole plus, son visage est impassible, son comportement, impavide. Sa colère me fait reculer.

Sa bouche se colle à mon oreille et avec un accent italien, il me susurre :

– Il fallait juste me dire : s'il te plaît.

Violemment, il me repousse.

Le mime me montre ce que je désire, dos à Neptune, imitant une catapulte, son bras lance ma convoitise.

Le clown rit, fuit, s'éclipse.

La pièce tournoie dans les airs, s'envole, un vieux film en noir et blanc, les images sont hachées. Toute la monnaie au fond de la fontaine m'oblige à penser que, si je ne l'attrape pas avant la séparation air-eau, la probabilité de lire un nouveau chapitre sera quasi-nulle.

Elle atteint le paroxysme de sa trajectoire. Le soleil m'éblouit. Je n'ai pas beaucoup de solutions. Je monte sur le bord de la fontaine. La cascade, les piétinements, la cohue m'empêchent de réfléchir.

Un sifflet hurle et me vrille l'oreille, le top départ.

Je plonge et…

Prie pour que mes doigts s'allongent.

18

Il faut regarder un certain registre de films pour voir l'acteur principal attraper l'objet si précieux et fragile, in extremis, avant qu'il ne s'éclate sur le sol. Dans la vraie vie, dans la mienne du moins, les membres ne s'étendent pas, les sauts sont aussi courts que le temps investi dans la bonne résolution de la Saint-Sylvestre de se remettre au sport.

Bref, dans mon monde, je ne sauve pas l'humanité. Je ne peux que contempler la pièce jetée par le clown disparaître dans la fontaine et moi faire un plat sous les yeux d'une multitude d'ethnies.

L'eau m'arrive un peu au-dessus de la cuisse, mon jean a pris une teinte plus foncée. Des coups de sifflets stridents, plus puissants que la cascade, m'alertent. Derrière la bordure, plusieurs *poliziotto* tentent de se frayer un chemin tout en me pointant du doigt.

Je ne dois pas être à ma place.

Avant de sortir de là, je dois retrouver la pièce, c'est une question de vie ou de mort, au moins de nécessité, si je veux poursuivre mon aventure. Face à Neptune, je me sens tout petit ; à mes pieds, un parterre aquatique de monnaie scintille en me suggérant : cherche une aiguille dans une botte de foin.

Coup de sifflet.

– Fuori ![1], hurle un agent mais sa vocifération s'éteint sous la puissance maritime du dieu romain.

Coup de sifflet.

Si je ne veux pas énerver les forces de l'ordre, je dois sortir de l'eau au plus vite. Les siffleurs se rapprochent, deux pas en avant, l'endroit approximatif où la pièce a disparu.

Coup de sifflet.

Un rapide coup d'œil dans mon angle mort m'avise de l'urgence de la situation.

Les remous, l'écume et le soleil transforment chaque monnaie en jumelle de sa voisine.

La colère de Neptune, les sifflets et les hurlements des touristes dissipent peu à peu ma concentration.

L'image nette et détaillée de la pièce entre les doigts du clown se détache dans mon esprit, plus grosse, imitation or. Impossible de les différencier, mes yeux gigotent sans fixer un endroit précis.

Coup de sifflet.

Avec mon pied, je bouge le tas devant moi.

C'est là ! Là qu'elle fait son apparition, pas de doute possible.

Je me baisse, mon bras s'enfonce dans la froideur, un éclair fourmille du bout de mes doigts au duvet de ma nuque.

Coup de sifflet.

Je la touche.

Sorti de l'eau, je réalise que ce n'est pas de la monnaie.

Coup de sifflet.

– Fuori dall'acqua ! Non si toccano le monete[2], crie une voix.

Je ne m'en soucie guère.

---

1 Sortez de là !

2 Sortez de l'eau ! On ne touche pas à la monnaie.

L'écusson central m'est inconnu, le nom longeant l'arrondi de la pièce, lui, je l'ai déjà lu. Maintenant que je sais où je dois aller, je la lâche, les mains en l'air, je me retourne doucement, face à la police.

J'avance vers la justice, l'agent m'attend, un pied sur le bord, le bras tendu dans ma direction, une femme en uniforme le rejoint. Debout, surplombant la plèbe, légèrement de profil, mains sur les hanches, un rayon de soleil sur le visage, je me laisse immortaliser. On m'attrape et me tire de ma pause conquérante, César m'aurait applaudi. N'est pas empereur qui de droit.

La grandeur, ce n'est pas indomptable.

Encerclé, obligé de me rendre, je suis le *poliziotto* moustachu et la *poliziotta* au gros cul jusqu'à leur voiture bleu clair dans une ruelle adjacente à Trévi.

– Lei parla italiano ?[1]

– Je ne parle pas italien.

– Do you speak English ? me demande-t-il.

– Yes.

– Are you french ?

– Yes.

– Ah ! Questi francesi si devono sempre far notare,[2] s'adresse-t-il à sa collègue. I'm going to have to report you, Sir. You're lucky you didn't take any money, it would have cost you more. As you dived into the swimming pool, you must pay 160 euros.[3]

Je me demande si ce connard de Willis aurait fait payer autant à Anita Ekberg dans *la dolce vita*.

En tant qu'étranger, il m'oblige à payer en liquide, heureusement que j'ai toujours des gros billets en poche. Une fois innocenté, je désire plus que tout quitter ce lieu bruyant.

1 Parlez vous italien ?

2 Ah ! Ces français doivent toujours se faire remarquer

3 Je vais devoir vous verbaliser, monsieur. Vous avez de la chance de ne pas avoir pris de l'argent, ça vous aurait coûté plus cher. Alors, pour un plongeon, vous nous devez cent soixante euros.

Je repense à mon trésor maritime, le dessin sur la pièce me fait sourire, le mot inscrit dessous me fait me souvenir.

Certains noms ramènent reine Nostalgie sur le trône de son royaume aux côtés du roi Mélancolie, sous la complainte de leur ménestrel Spleen. À une époque, lors de mes voyages, je n'emportais que ma guitare, un sac à dos, Louise et mon amour pour elle.

Je saute dans un taxi, je lui indique l'adresse où il doit m'emmener avec mon plus bel accent italien comme j'aurais pu dire mâchicoulis en français.

La comedia del arte ne s'apprend pas.

La voiture me dépose dans une ruelle, non loin de la piazza Republicana étroite et montante. La chaleur me tombe sur les épaules, la fraîcheur du climatiseur du hall de l'hôtel Cleopatra me soulage de ce fardeau. Cleopatra, l'établissement dans lequel j'avais passé mon premier séjour avec Louise, à ce moment-là, mon premier album venait de sortir. Sous la pression, j'avais décidé de prendre deux trois jours loin de tout en compagnie de ma douce. L'incapacité à prévoir un succès de la part d'Herbert, le contraignait à ne pas pouvoir me verser d'argent. Ce voyage rongeait le peu d'économies encore présent sur mon compte en banque, cet hôtel se situait bien au-dessus de mes moyens mais je voulais offrir une chambre décente à Louise.

Devant le comptoir de l'accueil, le logo me renvoie à celui sur la pièce oubliée parmi ses sœurs dans la fontaine de Trévi, pièce qui m'a coûté cent soixante euros, presque trois fois plus cher qu'une nuit au Cléopatra. Le réceptionniste est italien, le contraire me surprendrait, il ne semble pas bien vieux malgré la vicieuse calvitie qui a commencé à attaquer les angles frontaux de sa capillarité. Il m'accueille avec un sourire sponsorisé par un dentifrice.

Je lui demande s'il a un message pour Nilse, il me répond négativement sans enlever la banane blanche de son visage.

– À Charles Piller peut-être ?

Là non plus, pas de missive mais *DentiBianchi* m'apprend qu'une réservation a été faite à mon nom. Je feins de ne pas être surpris et accompagné de la clé, je monte vers la chambre 507, celle que nous avions avec Louise. L'ascenseur me dépose au quatrième étage et je parcours le dernier via l'escalier, à pied.

Les pauvres, sous les combles, n'ont pas accès à toutes les commodités.

Le cagibi-chambre est au fond du couloir, l'ultime pièce, à côté de l'issue de secours. La porte 507 s'ouvre avec une clé en laiton épaisse et carrée.

Le sol est toujours en carrelage, le court couloir déboule directement sur la salle-de-bains-toilettes-bidet et se prolonge sur la droite, vers la chambre à coucher.

Les murs sont recouverts d'un papier peint vieillissant. Dans un angle se trouve un fauteuil vert, usé sur les endroits les plus utilisés. Au centre, le lit, sur le drap kaki repose une enveloppe kraft.

Nilse est son destinataire, autrement dit, moi.

Je me demande ce que prépare Louise. Sous le papier, il y a un objet fin et dur, le bruit produit en appuyant dessus se rapproche de celui du plastique. Un CD dans son boîtier. Par transparence, je lis sur la face la date d'aujourd'hui ainsi qu'un horaire, dix-huit heures, celui d'un rendez-vous.

Aucun indice ne me permet de deviner ce qui est enregistré dessus. À l'accueil *DentiBianchi* m'autorise à utiliser l'ordinateur de l'hôtel pour consulter mes données cryptées. La machine est italienne mais l'informatique est universelle, sur le CD est sauvegardé un unique fichier. Par défaut, on me propose de l'ouvrir avec un lecteur musical, j'accepte.

Il dure deux minutes !

Dès les premières notes de guitare, je reconnais la chanson, je l'ai composée moi-même bien des années auparavant, un titre inconnu du public.

Une voix sonore bien particulière, la mienne, entonne le morceau.

Sous un croissant de lune, je souris
Ma main caresse les courbes de ma guitare
Mes pensées glissent sur les lignes de l'horizon
Le soleil se couche derrière le Colisée
Ta tête sur mon épaule reste ma seule certitude
Je te l'ai promis ma douce
Toi et moi, nous reviendrons
Nous reviendrons à Rome
Les cloches tinteront, nos sentiments résonneront
Tu pousseras la porte de cette petite église française
Et tu me rejoindras avec mon cœur sous ton voile.
Une promesse scellera notre passion
Sous les yeux humides des proches que l'on aime
Alors ma colombe, nous nous envolerons
Parce que la vie, toi et moi, ne s'arrêtera pas sur le sentier le plus sombre
Jusqu'au crépuscule, les chrysanthèmes en témoigneront
N'oublie pas ce serment ma douce
Saint-Louis nous accordera l'amour pour le temps qu'il nous reste
Je te le promets avec la passion d'un homme
Prêt à tout pour cueillir sa rose.

Heureusement que personne n'est présent. D'un revers, je balaie la larme fendant ma joue. Au retour de mon premier voyage à Rome, alors que les ventes de mon premier album emboîtaient plus la cadence de la tortue que celle du lièvre de La Fontaine, j'avais écrit cette chanson dans un état démoniaque, en une seule nuit. Le lendemain, je l'avais jouée à Louise, elle avait pleuré, alors je l'avais réconfortée avant de lui faire l'amour avec tendresse, sa nudité contre la mienne.

Lors de notre séjour italien, dans la capitale, nous avions visité l'église Saint-Louis-des-Français, le seul monument religieux sous le joug de Marianne. En sortant de l'édifice, Louise m'avouait que si un jour elle se mariait, elle voulait que ce soit ici. Le message n'était pas tombé dans l'oreille d'un sourd, quelques jours plus tard, je lui dédiais ces paroles.

Je me dépêche de prendre un taxi pour la rejoindre. Lorsque j'arrive, il fait encore jour, la lumière commence à se tarir, les rayons obliques du soleil ressentent quelques difficultés à s'insérer dans les rues. Si je n'étais jamais venu dans cette église, je ne pourrais savoir que c'en est une. Le bâtiment se fond entre ses voisins, pas de grand clocher.

Dix minutes d'avance, Louise doit déjà être à l'intérieur. La massive porte principale est fermée. L'entrée du public se fait par un passage sur la droite. Je pénètre dans un sas, souffle un coup, époussette mes vêtements avec la paume, les gonds grincent, j'entre.

19

Dans l'antre, l'éclairage électrique est déjà activé à cause du peu de vitraux, la lumière artificielle accentue le relief des pierres fondatrices. Devant la porte principale, une fleur de lys carrelée est incrustée dans le sol.

Galliae regi et protectori.

Dans l'allée de droite, juste en face de moi, un tableau représente une femme habillée aux couleurs de la France, autour de laquelle virevoltent deux angelots. Une vierge blafarde est éclairée à la lueur d'un cierge. Des stèles rendent hommage à des hommes morts au combat pendant les deux grandes guerres de la première moitié du vingtième siècle.

Le plafond, couvert de feuilles d'or, porte en son centre, une fresque allant de la terre au ciel, au milieu de laquelle dansent des allégories bibliques.

Depuis la fleur de lys, l'autel semble être inspiré du cubisme.

L'église est vide à une exception près. Louise est agenouillée entre les bancs, mains croisées, tête baissée. Je m'approche, mes pas résonnent, je me faufile à ses côtés.

– Bonjour Louise.

– Bonjour Charles.

Elle ouvre les yeux et tourne la tête dans ma direction.

– Pourquoi tu n'as pas juste dit : s'il te plaît à ce clown ?

– Tu étais là pendant ce cinéma ?

– Oui ! Pourquoi tu n'as pas simplement demandé s'il te plaît ?

– Ne me dis pas que tu m'as fait venir ici pour m'apprendre la politesse ?

– Ce n'est qu'une question. Je te le demande car tu n'étais pas aussi impoli quand je t'ai connu.

– Les gens changent.

– Oui, soupire-t-elle dans un souffle de dépit. Tu as fait bon voyage ? poursuit-elle avec moins d'agacement.

– Plutôt bon et toi ?

– J'ai connu mieux.

– Que va-t-on faire maintenant ? m'inquiété-je.

– Nous allons prier.

– Tu rigoles j'espère ?

– Non, affirme-t-elle sans ciller.

– Pour quoi et pour qui ?

– Pour toi Charles.

Sans me laisser le temps de répondre, elle retourne à sa spiritualité. Je mets ma vie entre parenthèses pour elle, je traverse la moitié de l'Europe encore pour elle, j'obéis à chaque ligne de son roman toujours pour elle et là, elle me plante pour se recueillir. Le désir irrépressible de me plaindre me brûle la langue mais pour ne pas la froisser après Munich, je n'en fais rien.

Alors, ne sachant quoi faire, je m'égare dans un chemin en friche, non pas vers un dieu ou une force quelconque, plutôt vers un vide absolu.

Deux fois que Louise m'humilie avec la politesse, si ma mère me voyait, elle aurait honte. En pensant à elle, je réalise que je n'ai pas eu de ses nouvelles depuis… bien trop longtemps, comme pour Louise, j'ai laissé la distance s'insinuer entre mes proches et moi. Je ne pouvais pas m'occuper de ma carrière, jouer avec mes Lange et gérer mes petits problèmes familiaux. Le succès ne fait pas le bonheur dirait madame Michu.

La réalité, ce sont les petits qui rêvent de grandeur.

Comme le disait mon père : « si tu dors aujourd'hui, tu ne rêveras pas demain ».

J'ai souhaité la réussite avant l'amour et me voilà à courir après Louise.

Je dois la récupérer, je dois l'aimer, elle doit rester à mes côtés.

– Sortons pour discuter, si tu le veux bien, me propose-t-elle.

Devant l'église, des hommes habillés en costume traditionnel marchent en cadence, les touristes flânent et les prennent en photo alors que la nuit est presque tombée. Sous la lueur d'un lampadaire, Louise me fixe, elle ne me semble pas en grande forme, la peau pâle.

– Je suppose que tu sais pourquoi ce chapitre se passe ici ? m'interroge-t-elle.

– Je crois oui.

– Dis-moi ce que tu penses.

– Tu veux me rappeler mes promesses envolées, tu veux que je réalise que ma vie aurait pu être toute autre avec des choix différents, tu veux que je me souvienne que je devais t'épouser dans cette église.

Elle laisse voler un silence avant de reprendre, sans toutefois me lâcher du regard.

– Je crois Charles, que tu n'es pas ce personnage que tu as créé et que tu exposes dans les médias. Je suis certaine que cette carapace qui te recouvre à présent, tu peux la briser. Je t'ai rencontré avant que tu ne deviennes l'homme que tu es et j'ai pu constater ton évolution, j'ai vu l'égoïsme s'emparer de toi progressivement. J'ai tenté de te ramener à la raison mais tu en voulais toujours plus, tu ne parvenais plus à te contenter du simple bonheur d'être devenu un chanteur célèbre. Tu as sacrifié beaucoup pour en arriver là, j'en suis consciente, notre relation n'y a pas survécu.

– Nous pouvons la reprendre Louise, il n'est pas trop tard.

J'avance d'un pas pour l'embrasser, sa bouche se dérobe sous la mienne, elle tourne la tête.

– Je veux repartir de zéro Louise, et je veux repartir avec toi. Laisse-moi t'aimer comme avant. Laisse-moi par la suite t'épouser ici comme je te l'avais promis. Je crois que l'on a tous le droit à une seconde chance.

– C'est impossible Charles.

– Tout est possible.

– Dans ton monde peut-être mais pas dans le mien.

– Tout ce que tu fais en ce moment avec *Même les étoiles s'éteignent*, c'est bien pour me récupérer ?

– Tu comprendras le but de ce roman quand tu liras le dernier chapitre.

– Arrête avec tes, « tu comprendras à la fin ». Je saisis ta démarche, je réalise les erreurs que j'ai commises, avec toi, avec mon groupe, avec ma vie. Je n'ai plus besoin de leçon, la seule chose que je veux, c'est toi. Je t'ai toujours voulue et tu le sais. Je n'ai jamais aimé comme je t'ai aimée.

– Ne me dis pas ça. Tu m'as abandonnée pour ta carrière.

– Je ne t'ai pas abandonnée Louise, j'ai fait un choix, mauvais certes mais un choix quand même. C'est la plus grande erreur de ma vie. Il n'y a pas un jour sans que je pense à toi, à ce que tu m'as apporté et chaque soir quand je me retrouve seul, je fais le bilan de ce qui me manque chez toi et je t'assure que la liste est longue. J'étais jeune quand je t'ai laissée partir, j'ai mûri, j'ai des défauts je le sais mais je sais aussi, qu'à tes côtés, je peux les faire disparaître. Je veux les faire disparaître. Tout le monde a le droit à une seconde chance tu ne peux pas faire tout ça sans m'en laisser une.

Ses yeux s'emplissent de larmes.

– Je ne peux pas Charles.

– Pourquoi tu ne pourrais pas ?

Doucement, elle lève sa main gauche, son annulaire est enchaîné par un anneau.

– Je suis mariée Charles, j'ai promis mon amour à un autre homme.

20

Sa dernière phrase me semble embrumée, lointaine, irréelle. Louise, mariée, comment ne l'aurais-je pas su ? Comment ne l'aurais-je pas empêchée ? J'aurais dû pénétrer dans l'église le jour de son mariage et vociférer mon opposition à l'instant où le prêtre prononçait : qu'il parle maintenant ou se taise à jamais. Elle continue à me regarder mais me laisse le temps d'encaisser la nouvelle. Je ne sais pas si je ne préférais pas le coup de poing de son père. Mes idées sont chamboulées, voilà encore deux minutes, je voulais la reconquérir et maintenant… cette volonté devient impossible.

– Pourquoi fais-tu tout cela si tu ne veux pas te remettre avec moi Louise ?

– Je veux t'aider.

– Tu veux m'aider ? En me faisant souffrir ? C'est comme ça que tu aides les gens ?

– Je suis désolée, je ne pensais pas que…

– Que quoi ? la coupé-je. Que j'étais encore amoureux de toi ? Que j'allais tout faire pour que l'on se remette ensemble ? Tu es naïve à ce point ?

– Ne fais pas ça.

– Oh mais tu sais, dans le fond, je ne t'en veux pas vraiment. Avant que tu ne reviennes, je me demandais souvent où tu étais et ce que tu faisais. Je croyais franchement que tu avais refait ta vie, que tu avais rencontré quelqu'un mais quand j'ai compris que c'était toi qui avais laissé ce livre, j'ai commencé à croire que tu m'offrais la chance de me rattraper. Même moi, je peux me tromper. Je sais que si nous ne sommes plus ensemble, c'est de ma faute. Je suis trop con, j'ai raté ma vie.

– Tu n'as pas raté ta vie Charles, ne noircis pas le tableau. Tu fais rêver des millions de personnes.

– Je les fais rêver, oui ! Et moi, mon rêve ? Tu penses vraiment que c'est de cette façon que je voulais être chanteur, accoutré comme un artiste en vogue avec des concerts plus proches du cirque que de la prouesse musicale. Franchement ?

– Je te le répète. Regarde-moi Charles quand je te parle. Encore une fois, tu n'as pas raté ta vie, tu t'es juste éloigné du sentier mais ce que tu désires n'est pas loin. Rien n'est jamais vraiment perdu dans la vie.

– Si, je t'ai perdue toi.

Elle me regarde comme si on allait l'abattre, après un affaissement d'épaules, elle reprend.

– Je dois partir, je t'en conjure, ne me suis pas. Tu viens de passer un nouveau chapitre. Je te l'avais dit après les retrouvailles avec Guillaume et Sylvain, la suite allait être plus difficile. Tu as encore quelques épreuves avant le dénouement. Accroche-toi, s'il te plaît, tu n'as pas été au bout de notre histoire alors fais l'effort d'aller au bout de celle-ci. Et si tu ne le fais pas pour toi, fais le pour moi. Je sais que tu es quelqu'un de bien.

De son sac, elle sort un nouvel exemplaire de *Même les étoiles s'éteignent*, je le contemple, bras ballants. Je le saisis, Louise me vole un baiser sur la joue.

– Je t'en prie, ne me suis pas.

Elle s'en va. Comment pourrais-je lui emboîter le pas après ce qu'elle vient de m'annoncer. À cet instant, une musique enfantine joue son air dans mon imaginaire.

Elle tient le monde dans ses mains...

Au coin d'une rue, elle disparaît, me voilà seul, définitivement seul. Ma respiration est lente, régulière, une asphyxie intellectuelle strangule ma motricité.

La suite du roman n'attend que moi, cette flamme me poussant à avancer chapitre après chapitre vient d'être soufflée. Plus rien ne me donne envie de poursuivre, Louise vient définitivement de sortir de ma vie, du moins d'un point de vue sentimental. Plus d'intérêt à m'occuper de ce satané livre. Non ! Je ne l'ouvrirai pas.

Un vendeur dans une roulotte me vend une bière en bouteille. L'alcool ne résoudra pas mes problèmes mais il me permettra de les oublier pour une soirée.

Les rues romaines commencent à être envahies par les touristes à la recherche d'un endroit folklorique pour savourer leur dernier repas de la journée. Deux bières plus loin, je continue mon chemin, je tourne en rond, l'anneau au doigt de Louise sature mes pensées.

Monsieur Corona m'aide à mettre le point final au bilan de ma vie. Avec le temps qu'il me reste à vivre, je dois pouvoir réparer certaines de mes erreurs. Ma seule crainte est d'avoir perdu des choses irrévocables durant ces cinq dernières années. Quand une fleur fane, il faut l'arroser au plus vite avant qu'elle ne dépérisse. Le Dom Pérignon a coulé à flots sur les Lange mais j'ai omis de combler mes proches d'amour et d'eau fraîche. Si Louise est irrécupérable alors qu'en est-il des autres ? Eustache ? Ma mère ? Bérénice ?

Deux autres mousses plus tard, devant le Colisée, les vacanciers profitent de la clémence climatique. D'un coup, tous ces pantins se bloquent et se tournent vers moi, le bras à l'horizontale, ils tendent tous leur pouce vers le sol. Une hallucination du monstrueux mélange alcool-dépression. Emporté par un tourbillon infernal, je n'ai qu'une obsession… Punir… Maudire… Sévir… Haïr… Vomir… Mourir…

Sur un banc, j'envie l'arène, j'envie le Colisée, j'envie la pierre froide réchauffée par le soleil qui se lève chaque matin, inlassablement, sans subir les affres pitoyables de l'humanité.

Un interrupteur est pressé, le monument s'illumine, les gens s'extasient devant cet événement exceptionnel. Quelque part dans une prison du monde, un homme a le droit à une deuxième chance, sa mise à mort est annulée. Je réalise que moi, je suis déjà mort, sans avoir le droit à ce cadeau.

On dit que l'espoir fait vivre… comme une moule qui s'accroche désespérément à son rocher, j'ouvre le chapitre suivant.

21

Lecture du chapitre 4 de Même les étoiles s'éteignent

Quelques années plus tôt...

Ma carrière était lancée depuis plus de quatre ans, autant de jours sans nouvelles de Guillaume et Sylvain. Eustache, lui, m'avait gracié d'un pardon maquillé de beaucoup de fard à paupières. Souvent sur les routes et dans les avions, je voyais mes proches de moins en moins. Louise était venue me rejoindre en France, un poste de professeur d'allemand lui avait été proposé, elle me suivait en tournée les week-ends et durant les vacances scolaires. Pour le reste de ma famille, ma mère, ma sœur et ma grand-mère, je les honorais de ma présence en de rares occasions. Elles comprenaient l'importance de ma carrière.

Le peu de fois en leur compagnie ne se passait pas forcément bien. L'obligation de décrocher aux appels d'Herbert pour différentes raisons professionnelles, au moment du petit déjeuner, du plateau de fromages ou de la promenade digestive, avait le don de les énerver et par voie de conséquence, leurs aboiements incessants irritaient ma patience. Je les quittais sur le champ retournant à mon studio et mes occupations prioritaires, elles n'avaient pas à m'emmerder.

Le quotidien se met en place seconde par seconde, y compris dans mon métier, sauf qu'un élément perturbateur vient toujours faire tomber le premier domino de la série. Sur les conseils d'Herbert, je décidai d'entamer une conquête internationale. Faire tomber les frontières de l'hexagone m'enthousiasmait, être écouté par un Américain, un Philippin, un Malgache, un Sud Africain et un Chinois, à un même instant me semblait être la récompense suprême.

J'allais transformer mon *french dream* en *american dream* : les *states*. Le pays où le mot jamais n'existe pas. Avec le soutien de mon producteur, j'y croyais, je me sentais prêt à abattre le rideau de fer à grands coups de faucille et de marteau.

Durant des mois, nous avions préparé des chansons, pris des rendez-vous avec des producteurs américains. Ce fut lors de ces préparations que ma grand-mère tomba malade, gravement malade, ses jours étaient comptés. Je me rendais à son chevet aussi souvent que mon emploi du temps me le permettait. Les semaines passèrent vite, je n'oublierai jamais cette période de ma vie, ce Noël triste, ces moments passés avec mon aïeule à me raconter ses souvenirs. L'amour à travers une orange. Après la nouvelle année, le 6 janvier exactement, je devais m'envoler avec Herbert et l'équipe vers le continent américain. Les interviews avec les médias débutaient le 8, nous partions plus tôt pour être reposés et ne pas subir le décalage horaire.

Le lendemain de la Saint-Sylvestre, je me trouvais dans les bureaux de Xtasic. Nous fignolions les derniers préparatifs pour être certains de n'avoir rien omis. Dans la salle d'enregistrement, seul, je m'octroyais une pause, une guitare à la main pour me détendre. La fiesta de fin d'année se poursuivait à l'intérieur de mon crâne, je n'aurais pas dû boire autant.

Alors que mon repos se laissait bercer par la sérénité, mon téléphone sonna. Le visage rayonnant de ma mère me souriait, souvenir numérique d'un barbecue par beau temps. Je ne le savais pas encore mais cet appel faisait partie de ce que l'on redoute toute sa vie. Cet appel qui peut retentir au milieu de la nuit, durant une séance de cinéma, lors d'une balade sur la Seine ou même quand on s'isole pour être au calme à l'aube d'un avenir prometteur. Qu'on le veuille ou non, cet appel tombera toujours au mauvais moment mais il tombera.

– Allô ?

Mon cœur s'arrêta. Je me redressai.

– Qu'est-ce qu'il se passe maman ?

Les pleurs de ma mère, son manque de respiration me ramenaient des années en arrière, au plus mauvais de mes souvenirs.

– Maman, tu m'entends ?

Ses reniflements et ses spasmes grésillaient à travers le combiné.

– Maman, réponds-moi !

– Ch… Charles… C'est… C'est mamie…

Tous les pires scénarios me traversèrent l'esprit en un millionième de seconde.

– Quoi maman ? Qu'est-ce qu'elle a ?

– Charles, mamie est morte.

– …

– Charles, tu es toujours là ?

– Oui maman, balbutiai-je.

– Je vais devoir te laisser, je vais appeler ta sœur.

Elle avait raccroché. Je ne bougeais pas. Je contemplais mon téléphone si commun. Quand je repris légèrement mes esprits, je me surpris à avoir une pensée monstrueuse que je ne parvenais pas à chasser : ma grand-mère est morte et dans deux jours je pars aux États-Unis, comment vais-je faire pour l'enterrement ?

Quelques minutes plus tard, mon téléphone sonna à nouveau : Louise.

– Allô ?

– Charles, c'est moi. Je viens d'apprendre pour ta grand-mère. Je suis vraiment désolée. Tu es là mon amour ?

– Oui, je t'écoute.

– Je viens te chercher s'il le faut.

– Oui…

– Tu as entendu ce que je viens de te dire ?

– Oui. Je vais prévenir Herbert. Appelle-moi quand tu es à l'accueil.

Je me dirigeai vers le bureau de mon producteur, je ne pris même pas la peine de frapper. Il était au téléphone et fronça les sourcils en me voyant m'introduire de la sorte.

– Oui ?

– Il faut que je te parle Herbert.

– Je termine et j'arrive.

– C'est urgent !

Quand j'eus enfin toute son attention, je tentai de lui exposer les faits avec des phrases les plus concises possibles, alors qu'un mot simple résumait la situation : décès.

Sa première réaction ne me surprit pas plus que cela, il frotta ses paupières et ponctua son geste d'un « merde », expressif. Les condoléances viendraient plus tard ou ne viendraient pas du tout.

Il me pressa de rentrer chez ma mère mais de surtout, le tenir au courant.

Je crus que le plus pénible serait de voir ma grand-mère sur son lit de mort, le visage inexpressif, la peau pâle, qui commençait à flotter dans une salle climatisée et impersonnelle.

Non, ce ne fut pas le plus éprouvant, loin de là. Le surlendemain, alors que j'étais remonté sur Paris avec

Louise pour préparer mes affaires, ma mère me téléphona en début d'après-midi.

– Charles, l'enterrement sera le 9 janvier. Il faudra que…

Je ne l'écoutais plus, mon cerveau faisait ses propres cheminements temporels, nous étions le 4, je décollais dans deux jours et en plus, ma première interview américaine avait lieu le 8. J'allais rater cet adieu.

– Maman excuse-moi de te couper, j'ai quelque chose d'important à faire. Je te rappelle dès que possible.

Devant moi, deux chemins, un dilemme, un choix cornélien, d'un côté, mon rêve, la gloire, le début de la reconnaissance mondiale, de l'autre, l'abandon des miens lors des funérailles.

J'aurais dû, en priorité, en parler à Louise mais lâche, je n'avais pu, nos rapports s'étaient détériorés ces derniers temps à cause des mes absences récurrentes. Dans un recoin sombre et caché de mon âme, je devais vivre mon rêve, ma grand-mère l'aurait approuvé. Mais une barrière de lumière et de lucidité m'empêchait de me rendre à cette évidence, il n'y avait qu'un moyen de me laisser convaincre, quelqu'un devait me suggérer l'idée.

Je crois que c'est pour cette raison, que la première personne informée ne fut pas Louise. Son argumentation aurait eu raison de moi et de mon ambition.

Je savais, à l'instant même où j'avais composé le numéro d'Herbert, que je commettais une erreur. Parfois l'imbécilité devient maîtresse du bon sens et l'on devient esclave de la bêtise.

– Allô Nilse ?

– Oui, je te dérange pas ?

– Non, non, alors c'en est où avec ta famille ?

– J'ai une mauvaise nouvelle. Je vais devoir annuler la tournée aux States. L'enterrement a lieu le 9.

Un silence.

Je l'imaginais parfaitement se frotter le visage en plusieurs mouvements circulaires rapides avant de passer par ses cheveux et terminer par un sifflement à peine audible, sa mimique de l'impatience.

– Nilse, je suis vraiment désolé pour ta grand-mère, sincèrement, je te présente mes condoléances mais on va avoir un problème. Les dates d'interviews avec les médias américains et sud-américains sont prises depuis des mois, et surtout plusieurs soirées te sont consacrées, dont celle du lendemain de notre arrivée. Les producteurs aux Etats-Unis nous accordent une chance, une seule chance, ta chance. Si tu annules maintenant alors que tout est programmé pour enregistrer, tu fous tout en l'air. Je t'en ai déjà parlé, ils ne toléreront pas qu'un petit français prenne ses aises. Je sais que c'est difficile de perdre un proche mais tu peux toujours reporter la date de l'enterrement. Ça se fait. Nous n'en avons que pour neuf jours, je peux même faire en sorte de sauter l'Amérique du Sud, mais pour Los Angeles, tu sais bien que c'est impossible. Il va falloir que tu réfléchisses, je suis conscient que ce que je te demande paraît immoral mais je suis certain que ta famille et ta grand-mère comprendront.

Il n'en fallait pas plus pour me convaincre. Une nouvelle fois, Herbert transpirait la sagesse. Nous avions beaucoup trop travaillé sur ce projet pour le stopper. Ma grand-mère était morte mais la vie ne s'arrêtait pas pour autant, pensée horrible mais réaliste. La tâche la plus difficile devenait d'annoncer ce chamboulement à ma mère. Je ne prévenais pas Louise, je le ferai dans un deuxième temps.

– Allô maman ?

– Ah ! C'est toi Charles, j'allais justement t'appeler car j'ai cru que tu m'avais oubliée, répondit-elle avec une voix faible. Ta sœur et moi téléphonons à la famille pour les prévenir que l'enterrement aura lieu le 9 à Balaruc. Il faut du temps pour que tout le monde descende et que…

Le niveau d'embarras venait d'atteindre son apogée, je n'avais pas la moindre idée de l'axe à prendre pour lui avouer ma faute.

– Maman, la coupai-je.

– Oui ?

– J'ai quelque chose à te dire.

– Je t'écoute.

– Voilà, comme tu le sais, j'ai travaillé dur pour le lancement de ma carrière aux États-Unis, très dur même… il se trouve que l'enterrement a lieu quand je dois être là-bas, et il est impossible pour moi de décaler cette promotion qui sera le tremplin vers le succès…

– Es tu en train de me dire que tu ne seras pas là pour les funérailles de ta…

– Non… bien sûr que non… mais il va falloir décaler la date…

– Ce… ce…

– Je sais que c'est difficile pour toi et crois-moi, ça l'est pour moi aussi mais je n'ai pas d'autres alternatives. J'aurais préféré ne pas avoir à te demander une telle faveur.

– Charles, tu ne peux pas…

Sa voix s'emplissait de larmes.

– Maman, ne m'en veux pas. Je te promets que je n'ai pas d'autres choix.

– Tu peux annuler ton voyage.

– Non. Je ne peux pas.

– J'ai prévenu la famille.

– Dis-leur que l'enterrement aura lieu une semaine plus tard.

– Je… je…

– Tu peux le faire maman. Mamie comprendrait.

– Je veux bien comprendre ta soif de reconnaissance Charles mais ne mêle pas ta grand-mère à tout ça. Elle voudrait que tu sois avec tes proches et non pas à l'autre bout du monde pour chanter. Il y a un temps pour tout. Tu ne te rends pas compte de ce que tu demandes… repousser l'enterr…

– C'est important pour moi. Tu sais…

– Bon, me coupe-t-elle. Je dois prévenir la famille. Je te laisse.

Je ne pus pas lui dire au revoir, elle avait raccroché.

Il est dit que : « qui sème le vent, récolte la tempête », je venais de planter les graines, prémices d'un ouragan. Ma mère n'allait pas me reprocher ce bousculement avant un moment plus fatidique. Je n'eus pas de retour de Bérénice, elle patientait, attendant son heure pour venir me cueillir. La première bourrasque vint de Louise.

Je lui appris la nouvelle le soir même, je n'imaginais pas que son si petit corps fébrile pouvait expulser autant de colère. Je dus encaisser des reproches entassés depuis des mois. D'après elle, Charles, l'ancien moi, n'aurait jamais pu faire un acte aussi moche. Un monstre était né lors de ma rencontre avec Herbert et Xtasik, un monstre nommé Nilse, repoussant toujours plus loin la frontière de la méchanceté et de la débilité. Il fallut près de vingt minutes pour que je perde patience, mes réponses furent cinglantes. Chaque phrase se transformait en coup d'épée prêt à trancher des têtes.

– Tu es bien contente de vivre dans le luxe et de pouvoir te payer ce que tu veux quand tu veux.

– Tu penses vraiment que ton argent va acheter mon amour et mon soutien ?

– Ton soutien ? Tu parles de celui dont tu fais preuve en ce moment ? Tu devrais être la première à me comprendre et à m'encourager.

– Tu es malade, il faut te faire soigner. Tu vas trop loin. Tu pars à l'autre bout du monde pour m'offrir encore plus de cadeaux ? C'est ça que tu me dis ? Est-ce que tu crois que tout cet argent va faire revenir ta grand-mère ? Tu es sûr que de faire un gros chèque à ta mère va suffire à lui faire oublier ce que tu es en train de lui faire subir ?

Les cris atteignirent l'Himalaya de la dispute, la descente n'allait en être que plus compliquée. Je pris la décision de faire mon sac, quitter l'appartement et ne revenir qu'après mon passage sur l'autre continent. La porte claqua, mon sang bouillait, je la maudissais, Louise ne me méritait pas.

L'aéroport de Paris Charles De Gaulle, décollage pour un nouveau départ, Herbert était pendu à son téléphone pendant que les autres membres du staff le suivaient, tous à l'affût de son moindre caprice ou du mien. Louise ne m'avait pas rappelé et moi non plus, ce qui était compréhensible après notre dispute. Je me concentrais sur mon voyage, j'en avais pour neuf jours, une semaine aux États-Unis, une journée au Brésil et une autre en Argentine, je ressentais une certaine pression.

Mon téléphone vibra dans le fond de ma poche, l'écran dévoila Louise tentant de m'empêcher de la photographier, les cheveux figés dans un mouvement aérien. J'hésitai à décrocher. Je me fis la réflexion qu'il était judicieux de désamorcer le conflit avant ma visite transatlantique.

– Allô ? dis-je.

– C'est Louise.

– Je sais. Ton nom s'affiche quand tu appelles.

– Tu es à l'aéroport ?

– Oui.

– Ah.

Un silence parcourut le réseau satellitaire.

– Tu voulais me dire quelque chose ou tu désirais juste savoir où je me trouvais ? repris-je.

– Ne prends pas ce vol Charles, je t'en supplie. Ne fais pas cette erreur. Tu peux encore…

Je rigolai de mon rire le plus sarcastique. Je ne parvenais pas à gérer mes émotions, encore sous le coup de ma dispute et de la colère que je lui portais. J'avais envie que l'on m'aide mais j'étais bien trop fier pour accepter cette main tendue.

– Je t'arrête tout de suite, poursuivis-je, tu penses pouvoir m'appeler avant mon vol alors que j'ai demandé le report de l'enterrement de ma grand-mère, que de plus ma décision était mûrement réfléchie et que l'on ne se parle plus depuis plusieurs jours. Tout cela sans me présenter tes excuses après la méchanceté dont tu as fait preuve ? J'ai bien résumé la situation ?

– Je suis…

– Dans quel monde tu vis ?

– Charles je t'en supplie.

– Ça ne sert à rien de me supplier.

– Il faut que tu rentres. Tu veux que je vienne te chercher ?

– Je ne vais pas rentrer.

Un autre blanc.

– Je ne vais pas rentrer, je vais aller faire mes interviews.

– Tu n'es pas dans ton état normal, ne sois pas bête, rentre.

– Non, je vais prendre l'avion dans quelques minutes.

– Mais enfin, tu ne peux pas. Ta grand-mère vient de mourir, tu ne vas tout de même pas t'enfoncer dans ta bêtise et repousser son enterrement.

– Le report est déjà programmé.

– Je t'en prie, mon appel est celui du dernier espoir. Tu as pensé à ta mère et à Bérénice, elles ont besoin de toi. Tu ne peux pas les abandonner.

– Mais enfin, tu sais bien ce qu'on dit dans le métier : *the show must go on*. Je viendrai voir ma famille à mon retour. Ma grand-mère est morte. Je n'y peux rien. Je n'aurai pas d'autre chance pour ma carrière. Je pense qu'elle comprendrait.

– Tu déraillles totalement. Je ne te reconnais plus. J'ai beau te mettre les yeux en face des trous, tu ne m'écoutes plus. Tes proches n'existent plus. Je n'existe plus. Tu ne te rends même pas compte que tu pars à l'autre bout du monde alors que les gens qui t'aiment, les vrais, je ne te parle pas de tes fans, ont besoin de ton soutien, de ta présence. On parle d'un deuil, pas d'un million ou de dix millions de disques vendus.

– Ma décision est prise.

– Je t'en prie mon amour, raisonne-toi, ne fais pas cette erreur, elle te poursuivra le restant de ta vie.

– Tu ne vas pas m'apprendre la vie, je suis grand et je sais ce que je dois faire. Ma grand-mère attendra, je n'aurai qu'un essai, je ne peux pas me permettre de le rater.

– Tu dois m'écouter, je te pro…

– Arrête avec tes conseils ! Vous voulez me voir échouer et je le sais. Tu crois que je ne vois pas votre petit manège, toujours là à comploter dans mon dos…

– Charles, tu es malade, tu ne sais plus prendre de décision. Il faut que tu ailles consulter quelqu'un comme nous te l'avons tous conseillé.

C'en était trop.

– Je vous emmerde, hurlai-je.

Je raccrochai, je raccrochai et balançai ce putain de téléphone contre le mur le plus proche. Il s'éclata dans une dislocation électronique. Les voyageurs et mon équipe me regardèrent. Je les fixai, ils baissèrent les yeux et ils firent bien. J'aurais pu leur bondir dessus et les croquer à la jugulaire dans un jaillissement sanglant.

Je réalisai à quel point mes proches ne se mettaient pas à ma place. Je les soupçonnais d'être jaloux de ma réussite et de ma gloire. Ils voulaient ma perte, me faire descendre de mon piédestal pour mieux m'achever ensuite mais je ne comptais pas me laisser faire. Ma grand-mère aurait approuvé mon choix.

À présent que je n'étais plus joignable, je demandai à Herbert de ne surtout pas me passer Louise si elle l'appelait sur son téléphone. Pendant le vol, je pensais uniquement à ma grand-mère. J'avais vécu avec elle plus de vingt-trois ans et mes souvenirs étaient nombreux. Je ne la reverrai plus, je ne l'embrasserai plus, je ne la taquinerai plus, je ne la verrai plus manger en silence, je ne jouerai plus avec elle aux jeux qu'elle affectionnait tant, je ne me baladerai plus avec elle à Balaruc-les-Bains le long de l'étang de Thau. Elle n'était plus parmi nous et je ne lui avais pas dit au revoir.

À New York, notre première escale avant Los Angeles, nous allâmes directement à l'hôtel en attendant la réception donnée en ma faveur le soir même. Le rendez-vous était fixé à vingt heures pour les convives, Herbert jugea bon de n'arriver qu'une heure et demie en retard.

– Il faut qu'ils savourent l'arrivée de la poule pondeuse, m'avait-il dit.

La maison dans laquelle était donnée la fête se trouvait à l'écart de la métropole. La demeure, appartenait à mon futur producteur, italien, qui avait fait fortune aux États-Unis dans le monde de la chanson. Le bâtiment était une reproduction d'un château français du dix-huitième, une époque que ledit producteur admirait tout particulièrement. Des platanes bordaient les allées, au fond, une dépendance illuminée appartenait aux domestiques, des gens qui travaillaient à temps plein pour des occupants présents à temps partiel. Les jardins s'étalaient en longueur jusqu'à atteindre une butte dont les marches pour l'escalader étaient éclairées par des bougies. Au sommet de cette colline, une piscine, une piscine comme on en voit dans les pays asiatiques, un Bouddha, assis en tailleur surveillait la cascade. D'autres bougies flottaient sur des nénuphars, donnant l'impression d'un envol de lucioles. Entre la maison et le dieu asiatique, un orchestre jouait de vieux morceaux de jazz.

Quand j'entrai dans la maison aux proportions surdimensionnées, je fus la bête de foire, tous les invités voulaient me saluer. Privilège au maître des lieux qui me présenta un à un les convives. On me mit une coupe de Dom

Pérignon dans la main, j'entendis une femme très belle se plaindre d'une migraine en avalant une gorgée du nectar.

Une phrase de mon père me revint.

La bourgeoise se rafraîchit au champagne dans une coupe Crystal pour panser sa neurasthénie. La ménagère, elle, prend un cachet effervescent dans un verre d'eau taché par le calcaire du lave-vaisselle pour atténuer son mal de crâne.

L'assemblée se composait majoritairement d'hommes, tous élégants, certains vêtus de façon avant-gardiste, des modes qui atteindront le Bourget bien après Lindbergh. Le peu de femmes présentes se tenaient au bras de leur conjoint ou se réunissaient en petit comité pour discuter à voix basse.

Je n'écoutais pas, j'entendais mais je n'écoutais pas lorsque l'on me donnait le prénom d'untel et son métier. Je me contentais de sourire, ma présence n'était que physique. Les petits fours défilaient sous mes yeux sur une argenterie lustrée par le personnel immigré mexicain. Les mélanges entre les aliments surprenaient à l'oreille pour mieux exploser en bouche. On ne peut pas manger des pâtes-cordon-bleu et connaître le mélange jambon serrano-parmesan-avocat-griotte. D'ailleurs, je crois que la populace ne connaît la griotte que dans les *Mon Chéri* ou dans le yaourt oublié au fond du frigo que personne n'apprécie.

Je me demandais ce que je faisais là, devant cette exposition de richesses et de débauches alors que ma grand-mère venait de quitter ce monde si fabuleux. Je ressentis une aspiration vers un gouffre, un gouffre profond et sombre, lesté par un poids aux chevilles accélérant ma chute. Je continuais de sourire.

Après le discours du producteur, d'Herbert et l'interprétation de ma première chanson commercialisée dans ce pays, la consommation d'alcool s'accentua. Les comportements se dévergondèrent, les langues se délièrent. Je constatais que tous s'observaient du coin de l'œil, cherchant une personne importante, quand le regard tombait sur un stagiaire ou autre larbin, il fallait tourner la tête. Les amitiés se créaient par nom ou par poste occupé, jamais par affinité. Il faut savoir choisir ses amis. Deux heures plus tard, toute cette hypocrisie me fatiguait. *Quand rien ne va, on s'en va* m'avait appris ma grand-mère. Je me retirai, prétextant un besoin de me retrouver.

La surface de la salle de bains représentait deux fois la taille de ma première chambre d'étudiant à Paris, la baignoire, un jacuzzi débordait de glace de laquelle dépassaient des goulots de bouteilles de champagne. Je soupirai, la fenêtre ouverte laissait entrer la cacophonie de la fanfare jazzy. J'attrapai une roteuse comme l'appelait mamie et sortis à la dérobée par une aile de la maison. En passant, je croisai un couple en plein préliminaires qui n'allait pas tarder à passer aux choses sérieuses. Mon bouchon sauta dans un gaz d'échappement de carbone assez virulent qui fit sursauter les amoureux. Je bus directement lèvres contre verre.

Dans le jardin, les musiciens concentrés transpiraient, des invités éméchés m'apostrophaient mais je feignais de ne pas les avoir entendus. Je remontai vers Bouddha, dans une allée bordée par des arbustes épais et touffus, eux-mêmes collés à un haut muret. Je vis un passage entre le feuillage, je m'y engouffrai et un peu plus loin, un rocher m'invita à m'asseoir. Caché entre le mur et les feuilles, je commençai à boire dans une reproduction du penseur de Rodin, je balançai la bouteille en de petits arcs de cercle, poing contre le front.

Mamie…

Le bruit m'oppressait, la musique trop forte était presque couverte par les discussions des convives désirant se faire entendre. Deux hommes s'engouffrèrent dans le même passage que moi, je sus que c'était deux hommes au son de leur voix grave. Ils s'arrêtèrent à moins de deux mètres de mon rocher sans me voir. L'obscurité et le fait de raser le sol m'aidèrent à me camoufler, les deux types me semblaient bien attaqués par l'ivresse. Ils s'embrassèrent. Ils firent plus, ils allèrent plus loin, trop loin et je ne pouvais pas bouger. Quinze minutes plus tard, ils remontèrent leur pantalon et retournèrent vers leurs amis.

Je bus, je bus, je bus.

Je me sentais seul. Merdique. Pour la première fois, je pris conscience de la solitude dans laquelle je m'enlisais. Je bus encore.

Mamie…

Je ne la verrai plus.

Qu'allaient penser ma mère et Bérénice ? Et pire, Louise ?

Mamie, son sourire bienveillant.

Je bus.

J'avais honte.

Je m'abandonnais.

Je ne la verrai plus jamais, je ne lui dirai pas au revoir, je ne l'avais pas vue depuis des jours, je n'avais pas pris de ses nouvelles.

Et là, solitaire, à l'autre bout du monde, entouré des personnes les plus puissantes de la chanson, je craquai.

Ma respiration se coupa.

Les larmes roulèrent.

La bouteille se pencha.

Le champagne se renversa…

22

Aujourd'hui...

Je suis surpris qu'Herbert ne m'ait pas encore téléphoné, il doit être encore sous le coup de notre dernière conversation. Je ne m'inquiète pas pour lui, j'aurai de ses nouvelles d'ici la fin de journée ou au plus tard, demain matin. Dans l'avion entre Rome et Paris puis Paris et Montpellier, je ne cessais de penser à ma grand-mère. Plus les chapitres défilent et plus je saisis le message de Louise, elle veut que je revienne parmi les gens simples. Nos retrouvailles, les membres de mon groupe, mon mariage avorté dans la capitale italienne et à présent, mon report de l'enterrement.

Lorsque j'ai lu l'introduction du quatrième chapitre de *Même les étoiles s'éteignent*, je savais que la prochaine escale serait à Balaruc-les-Bains. Les premières lignes m'ont immédiatement plongé vers un autre moment de ma vie dont j'ai le plus honte. Dans l'avion, j'ai dû simuler une envie pressante pour ne pas laisser une éventuelle fontaine lacrymale s'échapper contre mon gré. Avec de la volonté, ma peine s'est terrée dans une grotte.

Dans Balaruc, je suis les indications de Louise, je passe par le centre-ville, le marchand de coquillages est fermé en ce début d'après-midi. Le soleil est haut, le soleil est beau, avec mes lunettes sur le coin du nez, je pourrais presque me croire en vacances, je pourrais croire que je suis encore l'adolescent qui venait se reposer dans cette ville thermale, dorloté par son aïeule.

Je remonte une rue, en son milieu, des palmiers sont plantés à espaces réguliers sur un terre-plein couvert d'herbe bien verte.

Je commence à transpirer mais je ne m'essuie pas.

Je commence à avoir chaud mais je ne me découvre pas.

Je commence à avoir soif mais je ne désire pas m'hydrater.

Je savoure, je ne m'étais pas baladé de la sorte depuis l'invention du ventilateur. La reconnaissance musicale me permet de me déplacer en voiture climatisée ou avec un larbin qui me tient une ombrelle.

Faire attention à son grain de peau, ce n'est pas inaccordable.

Je crois que quand je verrai Louise, je lui proposerai d'aller boire une bière bien fraîche ou un Monaco. Cette montée me paraissait courte, elle me semble bien longue sous ce cagnard. J'atteins enfin l'adresse indiquée par Louise, je ne suis pas surpris de l'endroit où je me trouve, au contraire. Je ne peux me résoudre à ouvrir le portail vert devant lequel je suis, il me manque quelque chose. Je fais demi-tour et retourne vers la ville. Je trouve la bonne boutique sous une arcade. L'odeur est forte à l'intérieur, la vendeuse est en débardeur, sa poitrine n'est pas généreuse mais suffisamment bombée pour faire du bon travail. Je ressors, je longe à nouveau le mur de pierres jusqu'au portail clos. Lorsque je le pousse, les gonds peinent à me laisser passer, mes pieds écrasent les graviers. Voilà longtemps que je n'avais pénétré dans un cimetière, je ne me rappelais plus ce silence aussi oppressant, aucun bruit de l'extérieur ne peut venir perturber le repos éternel des locataires. Les pierres tombales sont de toutes tailles, alignées sans précision absolue, juste de quoi créer un peu d'ordonnancement dans cet infini.

J'ai vraiment hâte de retrouver Louise, je passe mon achat dans mon autre main et relis l'introduction du quatrième chapitre. Je dois avancer jusqu'au jardin des souvenirs, ensuite, je tourne à gauche, dans sept tombes, je tourne à nouveau à gauche puis devant le mausolée avec un cupidon sur le toit, je tourne à droite avant de compter six tombes.

Une.

Deux.

Trois.

Quatre.

Cinq…

Sur la stèle, sont gravés le patronyme de ma grand-mère ainsi que sa date de naissance et celle de son décès. J'étais préparé à me retrouver devant cette réalité mais elle est bien plus difficile à encaisser que ce que je m'étais imaginé. C'est ma première visite depuis son enterrement. D'un côté de sa sépulture s'appuie un exemplaire de *Même les étoiles s'éteignent*, Louise ne viendra pas. De l'autre côté… La guitare sèche de mon père, je la reconnaîtrais les yeux fermés, je ne l'avais pas vue depuis… des lustres… Le manche est chaud avec le soleil, les couleurs luisent, bordeaux et marron, je la sens vibrer sous ma paume. Un cadeau de Louise…

Je retourne face à ma grand-mère, j'ai terriblement honte de ne m'être jamais rendu à son chevet. Elle ne serait pas fière de moi. Je dépose le pot de pensées, ses fleurs préférées, je ne peux plus échapper à l'inévitable. Depuis mon arrivée, je m'abstenais de regarder l'objet posé sur la tombe.

Une orange.

En équilibre précaire, je me dis qu'avec une petite brise, elle peut tomber.

Un peu plus loin, un olivier agite ses branches, j'aime à penser qu'elle est bien ici, que c'est un bon endroit pour se reposer.

Je scrute une à une les lettres de son nom, je baisse la tête et commence à me recueillir. Je lui demande pardon, je lui demande si elle va bien, je lui demande pardon à nouveau, je lui parle de quelques souvenirs, je lui raconte ce que fait Louise pour moi. J'entends sa voix me dire : *C'est une fille bien, je te l'avais dit, j'étais heureuse qu'elle prenne soin de toi, je te savais entre de bonnes mains.*

Je reste longtemps, je pense à elle, avant de m'en aller pour lire la suite de mes aventures. Je lui joue quelques notes de sa chanson préférée, *Dis, quand reviendras-tu ?* de Barbara.

Tu m'as dit cette fois, c'est le dernier voyage...

L'âme en peine, je quitte le cimetière, je trouve un banc et m'y assois pour pleurer.

Quelques minutes plus tard, après m'être repris j'ouvre le nouveau chapitre du roman.

Consignes avant lecture du chapitre 5

Cette prochaine étape, tu ne la liras pas, tu la dégusteras à mes côtés. Si le cœur t'en dit, ce soir, nous avons une réservation au Point de Thau à 20 h, n'oublie pas la guitare.

L'orange était pour toi, pour te souvenir...

Pour me souvenir ? Voyons Louise... Comment aurais-je pu oublier l'orange?

23

Lecture du chapitre 5 de Même les étoiles s'éteignent

Quelques années plus tôt...

La fin de l'année n'a jamais fait partie de mes périodes préférées. La magie des décorations lumineuses ne soignait pas cette euphorie que chacun refourguait à son voisin à grand coup de Joyeux Noël ! Je ressentais toujours une grande mélancolie à l'approche des fêtes. Toute cette effervescence pour l'achat des cadeaux, les préparations des dîners, les invitations, le choix des vêtements ne m'empêchaient pas de sentir s'envoler les derniers jours de l'année qui emportaient dans leur élan la fin d'un cycle.

Janvier, Épiphanie, hiver, février, Saint-Valentin, anniversaire, mars, avril, printemps, Pâques, mai, fête des mères, pont de l'Ascension passé chez la belle famille, fête des pères, que je n'ai plus, été, juillet, vacances, août, septembre, rentrée scolaire, anniversaire mort de papa, octobre, novembre, anniversaire, début des préparation de fêtes de fin d'année, décembre et un pas supplémentaire vers la fosse commune.

Chaque 24 décembre suivait les mêmes rituels, je coupais la dinde et ramenais le vin. Louise préparait des bretzels, ma sœur faisait le dessert, ma mère orchestrait le bon déroulement de la soirée et ma grand-mère nous mijotait des bouchées à la reine dont elle était seule à connaître le secret. Mamie se plaçait toujours à un bout de la table et moi, à l'autre extrémité, elle parlait peu, elle se contentait de nous observer, heureuse d'être parmi nous. Elle ouvrait toujours le premier cadeau, celui que nous lui offrions en commun.

Un Noël fut plus difficile que les autres, celui juste avant le lancement de ma carrière aux États-Unis, mon aïeule n'était pas présente, hospitalisée à cause de sa tumeur. Nous avions tous passé l'après-midi avec elle avant de la laisser en fin de journée pour aller préparer le réveillon, nous savions que c'était son dernier noël et qu'elle ne serait pas sur la traditionnelle photo.

Pas de bouchées à la reine, pas de pilier au bout de la table, pas d'ambiance, pas de joie, nous regardions la peine et les larmes prendre place à notre repas. La profusion de mets raffinés prenait un aspect fade en fondant sur nos langues. L'ouverture des cadeaux se fit en silence, le déchirement des paquets masquait la peine de ma mère, Bérénice cherchait du soutien auprès de moi.

Un peu avant dix heures, alors que la soirée continuait son naufrage à la vitesse des plats à peine entamés qui défilaient sous nos yeux, je décidai de m'éclipser. Je voulais m'extraire de cette ambiance. Je pris la voiture, Louise m'avait supplié de ne pas la prendre avec autant d'alcool dans le sang… même avec un éthylotest positif, on se sent toujours capable de conduire.

Garé sur le parking désert de l'hôpital, je regrettai de ne pas avoir emporté une veste plus chaude, le vent hurlait comme une guitare électrique et ses cordes me fouettaient le visage. J'avançais recroquevillé sur moi-même, par certaines fenêtres, je voyais des sapins clignoter dans le noir.

Je savais que les visites étaient finies depuis longtemps, seulement, le privilège de ma renommée et mes fans infirmières m'autorisaient à venir à des horaires incongrus. Je me faufilais discrètement, la première admiratrice qui m'avait permis de venir m'avait indiqué le chemin le moins fréquenté.

J'atteignis le couloir de ma grand-mère. Au fond, d'une porte ouverte jaillissaient des rires et de la lumière, le personnel de garde devait fêter Noël loin des leurs avec des toasts de foie gras et une coupe de champagne à peine fraîche.

Je tapotai doucement à la porte de la chambre. J'ouvris et pénétrai dans le noir.

Mamie m'entendit, elle se retourna dans son lit, éveillée, je ne devais être qu'une ombre plus foncée dans l'obscurité.

– C'est toi Charles ? demanda-t-elle d'une voix encore ensommeillée, à peine audible.

Habituée à me voir débarquer à cette heure-ci, à l'improviste, depuis son hospitalisation, sa question était légitime. Avec tout le travail que j'avais en journée, je trouvais plus de facilité à lui rendre visite la nuit.

– Oui mamie, répondis-je en posant une main sur la sienne.

– Peux-tu allumer la lumière de mon chevet s'il te plaît ?

Son visage se creusait de plus en plus, les médicaments l'assommaient et elle restait de moins en moins longtemps hors du sommeil. À côté de sa lampe était posé un paquet.

– Je suis vraiment désolé de te réveiller. Si tu veux, je peux te laisser, je suis déjà venu te voir aujourd'hui.

– Non, reste un peu, je suis toujours contente que tu sois là.

– Si tu veux te rendormir, ne te gêne pas, je veillerai un peu avant de partir.

– Tu es adorable. Je vais profiter de ta présence.

– Je n'aurais pas dû te réveiller, je suis désolé, je vais te laisser.

– Non Charles, au contraire, je t'attendais mais je me suis endormie. J'espérais une visite ce soir. J'avais des choses à te dire et surtout un cadeau à te donner. Tu vois sur mon chevet, c'est pour toi. C'est une infirmière qui me l'a emballé.

J'attrapai le paquet de la forme d'une boule, sa matière n'était pas bien ferme, à la pesée, j'aurais pu penser à une balle de tennis.

– Ouvre-le.

J'arrachai l'emballage. Le papier s'écarta et, au creux de ma main, apparut une orange. Je la regardais, incapable d'affirmer si ma grand-mère perdait l'esprit avec les drogues qu'on lui administrait ou si ce fruit véhiculait un message. Je relevai la tête vers elle, elle me souriait.

– Je vais t'expliquer, ça risque d'être long. Si tu veux bien t'asseoir…

Je m'exécutai.

– Charles, tu n'as pas beaucoup connu ton grand-père, je ne sais même pas si tu gardes des souvenirs de lui. C'était un homme bon. Oh, il n'était pas parfait, il avait ses défauts mais ta mère ou ton oncle pourrait te le confirmer, c'était un homme bon. Il était prêt à tout pour le bonheur de sa famille, de sa femme et de ses enfants et je crois que c'est ce que l'on demande à un homme avant tout. Quand j'avais ton âge, nous avions moins de soucis que votre génération. Nous n'avions qu'une idée en tête, nous retrouver les vendredis soirs au bal. Te connaissant, je suis certaine que tu aurais adoré cette ambiance festive. Il y avait un orchestre différent à chaque fois et nous dansions, nous dansions jusqu'à l'usure de nos chaussures. Pas besoin d'alcool pour nous amuser ou alors juste un verre de vin blanc pour se désinhiber un peu. Je ne sais pas si tu vas me croire mais j'étais une belle femme, courtisée par les hommes. Si tu savais le nombre de refus que j'ai dû faire à mes prétendants.

– Je l'imagine très bien mamie.

– Merci, reprenait-elle satisfaite de mon compliment. Sais-tu l'instrument que je préférais ?

– Non.

– Devine.

– La guitare peut-être.

– L'accordéon. Parce qu'il pouvait accélérer le rythme d'une danse avec une telle folie… Quoi qu'il en soit, c'est durant un bal que j'ai rencontré ton grand-père. Il était plus âgé que moi, il venait d'arriver en ville, il faisait partie de ces hommes qui allaient de région en région, là où les menait le travail. Quand il m'avait vu danser sur la piste, il avait dit à son copain Gaston, son ami d'enfance avec lequel il voyageait, que cette femme, moi en l'occurrence, serait sa femme. J'avais bien vu qu'il me regardait et je dois t'avouer que j'étais d'entrée tombée sous son charme. Il avait de grandes et belles mains, il se tenait droit et avait le sourire ravageur. Quand il m'a invitée à danser, j'ai refusé, je voulais le faire marcher un peu. Un homme ne doit jamais penser qu'une femme lui est acquise. Tu peux me donner un verre d'eau s'il te plaît avant que je reprenne.

Je pris son verre et le remplis avec la carafe, elle but à petites gorgées en grimaçant. Je ne pouvais qu'imaginer la douleur qu'elle éprouvait à me raconter une histoire si longue.

– Je ne dansai pas avec lui cette soirée-là. Il s'était renseigné et avait découvert que je travaillais chez un primeur de la ville. Pour me courtiser, chaque matin, il venait nous prendre un fruit, une orange et par la même occasion, il en profitait pour m'inviter à sortir. Il m'a confié plus tard qu'il n'avait jamais mangé une seule orange qu'il était venu m'acheter, il la donnait au premier enfant qu'il croisait. Tu te doutes qu'un jour, j'ai cédé à ses avances. Une belle relation, il était tendre et attentionné. Durant quelques mois, nous nous sommes fréquentés, et un soir, nous nous baladions le long du chemin derrière la colline des Deux-Combries, le soleil se couchait. J'avais ma tête sur son épaule, je me souviens encore de l'odeur de son after-shave. Je le sentais tendu mais je n'avais pas la moindre idée ce qu'il me préparait. Arrêtés sur un pont, il s'était appuyé sur la rambarde et fixait l'horizon, il m'avait dit : « il faut que je te parle ». Il ne s'était pas mis à genou, ni fait de grands gestes, il avait fait cela à son image, avec simplicité et sincérité. « Léone, je sais que je n'ai pas beaucoup d'argent, que ma vie pour le moment n'a été qu'un long voyage sans port d'attache mais depuis que je t'ai rencontrée, j'ai envie que ça change. J'ai envie de m'arrêter de courir, je ne veux plus vivre au jour le jour, je veux construire. Et je veux construire à tes côtés. Aujourd'hui, je n'ai pas les moyens de te payer une belle bague. En attendant, je ne peux t'offrir que ce modeste présent ». De sa poche, il sortit une orange qu'il me tendit. « C'est grâce à ce fruit que j'ai pu te contempler chaque matin et comprendre que je te désirais à mes côtés pour le restant de mes jours, alors, acceptes-tu de devenir ma femme ? ».

Elle fit une pause.

– Peux-tu me redonner à boire s'il te plaît ?

Je l'écoutais, je l'admirais.

– Je lui ai dit oui sans hésitation. Quelques mois plus tard, naissait ton oncle Philippe et deux ans après ta mère. Nous vivions un bonheur parfait. Ce n'était pas toujours rose mais aujourd'hui, je peux le dire, j'ai eu une très belle vie avec mon mari et mes enfants. Plus tard, quand ils eurent l'âge de comprendre que le père noël n'existait pas, ils commencèrent à nous offrir un cadeau chacun à ton grand-père et à moi. Et je te laisse deviner ce qu'ils nous offraient alors qu'ils n'avaient pas le sou.

– Une orange ?

– Et oui, une orange. Et aujourd'hui, je t'offre à mon tour une orange. Tu as tout, une belle carrière, je crois que ton grand-père et ton père de là où ils sont, doivent être fiers de toi. Tu as une mère qui t'aime, une sœur adorable qui t'adule, une magnifique petite amie et accessoirement, une vieille grand-mère qui te verra toujours comme son petit prince. J'ai comme l'impression que tu as tout pour être heureux et que tu peux t'offrir ce que tu désires alors je pense que le seul présent que je peux encore te faire, c'est cette orange. Je sais que tu doutes Charles et c'est normal. Je t'ai vu grandir, je t'ai vu réussir et je t'ai vu changer. Mais tu ne dois jamais oublier que le plus important est invisible pour les yeux. Je tiens à ce que tu gardes cette orange et surtout, que tu en offres autant que tu peux aux êtres qui te sont chers car tu comprendras un jour qu'il n'y a pas de plus beaux cadeaux que ce fruit. Je suis vraiment contente que tu sois venu me voir ce soir. Je suis fatiguée et je ne vais pas tarder à dormir. Est-ce que je peux te demander une faveur s'il te plaît ?

– Tout ce que tu voudras.

– Peux-tu me chanter *avec le temps* de Léo Ferré, c'était la chanson préférée de ton grand-père.

– D'accord.

– Viens m'embrasser avant que je ne m'endorme.

Je déposai un baiser sa joue.

Debout, face à elle, je me sentais bien, heureux d'avoir reçu tant d'amour de cette femme.

Avec le temps…
Avec le temps va, tout s'en va
Le cœur, quand ça bat plus, c'est pas la peine d'aller
Chercher plus loin, faut laisser faire et c'est très bien
…
Avec le temps…
Avec le temps va, tout s'en va
Et l'on se sent blanchi comme un cheval fourbu

Et l'on se sent glacé dans un lit de hasard
Et l'on se sent tout seul peut-être mais peinard
Et l'on se sent floué par les années perdues
Alors vraiment… avec le temps… on n'aime plus.

Je m'approchai, elle dormait, je la quittai avec son orange dans la main, sans savoir que je ne la reverrais plus...

24

Aujourd'hui...

Bien qu'elle soit mariée, j'ai vraiment envie de revoir Louise. J'ai un peu de temps devant moi pour me trouver un vêtement présentable pour le dîner. J'appelle un taxi, laisse l'orange dans le jardin des souvenirs et pars sur Montpellier.

Pour une fois, je décide de ne pas m'habiller pour la galerie mais pour plaire à Louise, avec un soupçon d'élégance et un grain de folie.

Avant de retourner vers Balaruc-les-Bains, je m'octroie une pause sur la place de la comédie et commande un Monaco à la terrasse d'un café. Je regarde les gens passer, heureux d'être suivis par ce quotidien qui les file comme une ombre. Ils courent, ils palabrent, ils rigolent, ils prennent le temps et prendre le temps, c'est important, je l'oublie trop souvent. Je ne m'étais pas préoccupé de mon plaisir depuis des lustres.

Je souris.

Dans l'euphorie de cette philosophie certainement éphémère, je me commande un ti punch. Je ne réfléchis plus, je bois et j'observe. Pas de musiciens, pas d'horaires à respecter, pas de concerts, pas de discours à apprendre, pas d'interviews à préparer, je suis en compagnie de la charmante et séduisante Farniente.

Dali a beaucoup peint sur la dissolution du temps, les aiguilles de ma montre ne fondent pas et je dois partir si je ne veux pas être en retard. Avant de rentrer, je demande au chauffeur du taxi de m'arrêter dans une parfumerie. De retour dans la chambre d'hôtel que j'avais réservée à mon arrivée, je range ma guitare dans un coin et je saute sous la douche, toute la transpiration de la journée se décolle, le changement de peau est agréable.

Douché, parfumé, habillé, la soirée n'attend que moi.

Un tour sur moi-même et je quitte ma chambre.

À dix-neuf heures cinquante-huit précises, je suis devant le *Point de Thau*, je vérifie dans une glace que je suis le plus élégant de l'Hérault. C'est le cas ! Avec ma guitare, je ressemble à papa. Un auto sourire pour m'auto encourager et je pousse la porte du restaurant, prêt à être un vrai gentleman avec Louise.

L'accueil se trouve au premier étage, les portraits dédicacés de vedettes accrochés souhaitent la bienvenue aux clients. Une femme mûre, brune, élégante me reçoit avec un allant commercial agréable, son doux accent du sud apporte une touche estivale.

– Je dois avoir une réservation au prénom de Louise, je ne connais pas son nouveau nom. Peut-être à son nom de jeune fille, Louise Dittmar.

– Non, monsieur, je n'ai rien à ce nom.

– Elle m'a donné rendez-vous ici à vingt heures en m'affirmant qu'elle avait réservé.

– Je suis vraiment désolée.

– Pourriez-vous vérifier à Nilse ?

Ses paupières se lèvent à une hauteur si vertigineuse que je crains que ses yeux quittent leur orbite.

– Je… oui… bien entendu… Je n'ai rien non plus mais

si vous le voulez monsieur Nilse, nous pouvons vous trouver une table pour vous et votre amie.

La renommée, ce n'est pas négatif.

– Je vous remercie mais commençons par trouver cette réservation si vous le voulez bien. Essayez donc à Charles Piller.

Surprise sur surprise, la femme semble perdue face à toutes ces fausses coïncidences.

– J'ai bien une réservation pour deux à ce nom, votre amie n'est pas encore arrivée. Je vais vous conduire à votre table.

Je lui emboîte le pas. Dans le deuxième escalier, d'autres célébrités me sourient avec stoïcisme, pas de joie, pas de bonheur.

Il est important d'avoir de belles dents blanches pour rire jaune et faire de l'humour noir.

Notre table se situe à proximité du balcon, la salle a commencé à s'emplir, les clients dégustent leur plat maritime avec délectation. Je m'installe, décontracté.

– Voulez-vous boire quelque chose pour patienter ?

– Pourquoi pas, un martini bianco, s'il vous plaît.

La fille remonte cinq minutes plus tard, je la remercie, la congédie, saisis mon apéritif et me rends sur le balcon. L'air iodé s'engouffre dans mes poumons. En contrebas l'étang de Thau ondule, le soleil est coupé en deux par la ligne d'horizon, une teinte orange s'épanche sur le sol, une bleu marine s'allonge sous les cieux et un dégradé rose-violet se trouve pris en otage entre ciel et mer. Une mouette plonge en tournoyant vers son dîner. De l'autre côté du bassin, la forme de la butte de Sète, deux bosses consécutives, l'une plus petite que l'autre m'a toujours fait penser à une jolie femme nue couchée de profil sur le bord d'une plage alors que l'écume vient la caresser à chaque aller-retour de vagues. Ce paysage a bercé les vacances de mon enfance et je ne peux qu'exprimer une certaine nostalgie en l'admirant.

Mon verre est presque vide, Louise n'est pas encore arrivée, elle a déjà quinze minutes de retard. La patience a ses limites que l'alcool ne connaît pas, je commande un autre verre.

Le restaurant ne peut plus recevoir personne, seule notre table n'est pas occupée. Après une demi-heure, je conçois l'idée qu'elle ne viendra pas quand un bruit de talons résonne dans l'escalier, la serveuse est en chaussures plates. Au coin, entre le mur et l'entrée de cet étage, Louise apparaît.

Dans une robe de soirée vert émeraude, échancrée devant pour dévoiler un léger décolleté, Louise attire l'attention de toute la salle. Ses cheveux sont tirés en un chignon élaboré, il dégage ses épaules halées d'un fin bronzage. Les regrets s'abattent sur ma nuque, cette femme aurait dû être ma femme, elle ne le sera plus, elle n'est plus qu'un rêve, un souvenir, un espoir déchu.

Je me dépêche d'entrer et de lui tirer sa chaise, je suis si fier que l'assemblée voie qu'elle passe la soirée avec moi.

– Je suis désolée pour mon retard mais tu sais, il faut du temps à une femme pour prendre soin d'elle.

– L'attente en valait la peine. Tu es resplendissante. Je crois même que tu n'as jamais été aussi belle.

Sous la lumière tamisée, ses joues ont suffisamment rougi pour que je l'aperçoive. Sa tête s'incline sur la gauche et ses paupières clignent deux fois successivement, signe qu'elle est gênée, six ans de relation ne s'oublient pas du jour au lendemain.

La serveuse nous demande ce que l'on désire boire, Louise opte pour un cocktail fruité et, pour ma part, je reste avec mon ami fidèle le Martini bianco bien que ce ne soit pas raisonnable.

– Pas d'alcool à Munich, pas d'alcool ici, aurais-tu intégré le petit cercle très fermé des : un esprit sain dans un corps sain ? terminé-je ma question avec un accent pincé et un geste maniéré.

– En réalité, je veux juste avoir les idées claires. Cinq ans que l'on ne s'est pas vus, je te fais venir à moi avec un procédé assez…

– Déplacé ?

– … surprenant ! Alors boire un verre ou deux pour être éméchée et te voir partir parce que je n'ai pas trouvé les bons mots m'est inconcevable.

Je souris.

– Je suis à toi pour la soirée, cédé-je en écartant les bras. Comment vas-tu d'abord ?

– Je vais assez bien et toi ?

– J'ai connu pire. Je suppose que tu ne vas toujours pas me dire le véritable secret que recèle *Même les étoiles s'éteignent* ? demandé-je avec une certaine ironie.

– Je suis heureuse que tu aies au moins compris la base de cette aventure, renvoie-t-elle dans un sarcasme emballé d'un charmant papier cadeau. Soyons un peu sérieux, si tu le veux bien. Comment ça s'est passé au cimetière ?

– Comment veux-tu que ça se passe ? Je me suis recueilli, c'était la première fois que je revenais sur sa tombe.

– Je sais.

– Ne t'en fais pas, le message est reçu, je n'aurais pas dû décaler la date de l'enterrement.

– Je ne suis pas là pour te dire ça, tu devais t'en être rendu compte avant de lire ce chapitre.

– Oui, je le savais mais je n'avais jamais pris le temps d'y réfléchir vraiment. Par contre, je me demande comment tu as eu la guitare de mon père ?

– N'oublie pas que ma mère m'a appelée Louise en hommage à la reine Louise Mecklembourg-Strelitz.

– Ouais. Tu as vu ma mère ?

– Oui.

– Comment va-t-elle ?

– C'est à toi de me le dire, c'est ta mère, pas la mienne.

– Très drôle, tu sais très bien que je ne lui parle toujours pas.

– Si tu ne lui parles pas, c'est qu'elle ne t'intéresse pas alors ne prends pas de nouvelles de sa santé auprès de moi.

– C'est bon, j'ai compris. Ne commence pas à me faire la morale.

– Très bien, désolée, je ne voulais pas.

– Bon et si tu me parlais un peu de ta vie, de ton mari, de là où tu vis. Si tu me parlais de ce genre de choses que les gens se racontent quand ils se retrouvent.

Les apéritifs terminés, nous commandons les plats et le vin. Louise choisit une lotte alors que les brochettes de la mer me convainquent de les déguster. Durant le repas, malgré l'inéluctabilité que Louise ne sera plus ma femme, je me surprends à rire, à me détendre et à passer une soirée douce et simple. Les autres clients m'ont reconnu, ils ne cessent de nous jeter des regards mais ils ne viennent pas nous déranger. Plus l'homme a de l'argent, plus il sait se tenir. Je pourrais presque croire que je suis redevenu un citoyen lambda avec les impôts, les courses du samedi, le contrôle technique de la voiture et les congés payés. J'en apprends beaucoup sur ce qu'est devenue Louise sans être aidée par le vin qu'elle refuse de boire aussi. Elle s'est assagie avec l'âge. Je cherche à découvrir le but de ce roman, si elle n'a pas mieux à faire, si elle n'a pas un mari à s'occuper mais elle me rétorque de laisser son mari là où il est. Comme si je pouvais savoir où était son mari à cet instant.

Alors que la serveuse s'en va avec nos assiettes vides et nos choix de desserts, un silence malheureux s'installe à notre table. Il est dit que quand un blanc s'empare d'une discussion, c'est qu'un ange passe tout proche. Si j'avais un fusil, je lui exploserais la gueule, il peut pas nous foutre la paix ?

Une mèche s'échappe de son chignon, d'un mouvement fluide, elle la glisse derrière son oreille.

– Au fait, tu ne m'as pas dit ce qu'ouvre la clé que ta mère m'a balancée ?

L'ange continue sa ronde.

– Tu ne me le diras pas, c'est ça ?

– Tu ne me demandes pas pourquoi j'ai insisté pour que tu amènes ta guitare ?

– Pourquoi tu as insisté pour que j'amène ma guitare ?

– C'est une bonne question. Mais je vais t'en poser une avant.

– Oui ?

– Sais-tu pourquoi nous mangeons dans ce restaurant ce soir ?

– Pour ma grand-mère, pour me rappeler qu'avec l'argent de mon premier concert, je vous avais payé un déjeuner à vous deux.

– Entre autres. Tu te souviens de la promesse que tu avais faite à ta grand-mère et moi quand nous étions venus ici ?

– Non.

Sa bouche fait une moue tombante.

– Fais-moi le plaisir de chercher.

– En vérité, je sais, je m'en suis souvenu à l'instant où j'ai gravi la première marche à l'entrée. Je vous avais promis qu'un jour, je serais si connu que je signerais une photo de moi pour qu'elle soit accrochée au mur.

– C'est tout ?

– Non et qu'ensuite, je jouerais un morceau avec ma guitare rien que pour vous épater.

– Et alors, as-tu tenu cette promesse ?

– Je n'ai jamais eu le temps de revenir ici.

– Tu parles de ce même temps que tu n'as pas eu pour venir voir ta grand-mère ?

– Je t'ai demandé d'arrêter tes pseudo-morales.

– Je ne veux pas te faire la morale, je veux que tu réalises qu'aujourd'hui, tu es au plus haut de ta carrière, peut-être grimperas-tu encore mais si je fais le bilan depuis que je te connais, tu es au plus haut. Tu es d'accord avec moi ?

– Oui, je crois.

– Alors explique-moi comment tu as pu te libérer autant de temps ces derniers jours pour suivre la chasse au trésor d'un livre que tu as trouvé sur un banc alors que tu ne le pouvais pas quand ta grand-mère est partie et que tes proches avaient besoin de toi ?

– Je devais lancer ma carrière.

– Ta carrière ? Sois honnête avec moi, là, ce soir, Charles, dis-moi la vérité, ta carrière pour laquelle tu as tout sacrifié, te convient-elle ?

Son regard est pénétrant, plus chaud qu'une braise ardente.

– Bien entendu, je suis le chanteur numéro un en France, dans de nombreux pays je suis dans le top 3 et surtout, j'ai deux albums sortis aux USA dont un meilleur disque de l'année sans parler de…

– Je ne te demande pas d'énumérer toutes tes récompenses et toutes tes statistiques, me coupe-t-elle, je veux ton ressenti, comment vois-tu ta carrière ? Te convient-elle ? Toi qui voulais chanter juste guitare-voix, qui voulais partager tes créations, tes textes, tes mélodies, est-ce que ce personnage que tu as créé te plaît ? Est-ce que tu apprécies être un chanteur méprisé par ses pairs et par le monde de la chanson ? A la limite, je ne te demande pas de répondre je crois que nous connaissons tous les deux la véritable réponse. Par contre, j'ai une faveur à te demander. En arrivant, j'ai parlé à la gérante, je lui ai dit que le célèbre Nilse était dans son restaurant, elle t'avait reconnu de toute évidence. Je lui ai demandé si elle accepterait que tu joues un morceau avant de partir. Tu te doutes de sa réponse, elle était toute excitée. J'ai émis une réserve bien sûr, c'était selon ton bon vouloir. Mais je crois que tu vas le faire, tu vas le faire pour toi, tu vas le faire pour moi et surtout, tu vas le faire pour ta grand-mère.

Après cette tirade, elle laisse un silence. Au bord de la falaise, il ne faut jamais reculer. Elle prend son dessert, moi mon café. Louise savoure en silence la touche sucrée du repas pendant que je réfléchis à la chanson que je vais jouer. Je stresse, je n'avais pas ressenti cela depuis mes premiers concerts, là, c'est différent, je vais interpréter un morceau de ma jeunesse, un morceau que je ne maîtrise pas par cœur.

Le public sera indulgent avec Nilse, le public est toujours indulgent avec Nilse.

Installé sur un tabouret, la guitare de mon père sur les jambes, je balaye l'assemblée du regard, je cherche le dernier spectacle privé que j'ai donné devant un si petit auditoire… je ne m'en souviens pas. Louise est assise dans un coin de la salle, elle dégage une aura encourageante. Certainement que les clients se vanteront de ce privilège pendant plusieurs années : « en vacances, au restaurant, la chance a voulu que Nilse, oui ! Nilse ! nous joue un titre inédit, je le voyais aussi bien que je te vois là. » Herbert me tuerait s'il me savait là mais une nouvelle fois, Herbert n'est pas là.

– Bonsoir à tous, je n'ai pas besoin de me présenter je pense.

– Non, répond la foule d'une seule voix.

– Si je suis là ce soir, c'est parce qu'il y a longtemps, j'ai fait une promesse. À cette époque, je n'étais pas connu et j'étais loin de l'être. En venant déjeuner ici, j'avais promis à deux femmes qu'un jour je chanterai pour les remercier de faire partie de ma vie, c'est pourquoi je suis devant vous ce soir. Je vais donc vous interpréter une seule chanson, une chanson que vous n'avez jamais entendue dans mon répertoire pour ceux qui m'écoutent. Cette chanson, je l'ai écrite au début de ma carrière et je l'avais nommée : *Avant de revenir*. Soyez indulgents, je ne l'ai pas chantée depuis plusieurs années.

Je commence les premières notes de guitare, la mélodie est douce, je vois les têtes bouger lentement de gauche à droite.

Depuis le temps que je patientais,
Sur l'ardoise disparaissaient les jours à décompter.
Pendant que mon cœur en pleine envolée
S'amusait à arracher les pétales d'une marguerite.
La voie du chemin de fer raillait mon impatience
À me retrouver dans le peau d'un petit héros.
Je t'aperçois encore sur le quai de la gare
À me tendre les bras pour me serrer contre toi.

Je l'aimais, je l'aimais pour son soleil.
Oh toi, mamie et ton charmant pays
Je te chante ce refrain
Pour masquer mon chagrin
Loin, très loin de ce manque sans fin.

Allongés dans l'herbe fraîche d'une prairie,
Nous pointons les gros moutons blancs.
Au creux de ton cou, je sens le doux parfum
De cette époque que j'aime t'entendre conter.
Tu partages ton petit prince et lui apprends à dessiner
La plus belle des chansons, celle d'une journée d'été.

Je l'aimais, je l'aimais pour son soleil.
Oh toi, mamie et ton charmant pays
Je te chante ce refrain
Pour masquer mon chagrin
Loin, très loin de ce manque sans fin.

Mon âme se brise lorsque le départ se fige.
Sonné par les devoirs, je ne veux te quitter.
Je garde espoir de vite écouter une nouvelle histoire du soir.
Je recommence à tracer les croix sur le calendrier.
Je compte, compte et décompte les jours qui s'étirent
Avant de revenir, avant de revenir.

Le public se lève et m'acclame, scène d'autant plus flatteuse que tout ce morceau est une création. Pour faire plaisir aux chanceux, je me prête au jeu des photos et des autographes. La gérante m'apporte un cliché de moi découpé dans un magazine et me demande de le signer avec un mot d'accompagnement. Avant de partir, j'insiste pour payer mon dîner et sans ristourne.

Dehors, nous nous éloignons un peu pour ne pas être dérangés par la sortie des clients, nous longeons l'étang de Thau, des lampes bleues illuminent les pontons.

Louise et moi avançons sur les lattes en bois.

Je me sens plus jeune, je suis revenu bien des années en arrière, je rencontre Louise pour la première fois, j'apprends à Louise le tir à la carabine, j'embrasse Louise sous un ciel étoilé.

– Je te remercie, j'ai passé une très belle soirée, lui dis-je.

– C'est moi qui te remercie de me faire confiance.

Je lui saisis les mains, elle frémit. Le clapotis de l'eau ralentit le temps, les boutiques du bord de plage éclairent son visage d'une multitude de couleurs. La délicatesse de ses yeux et son chignon foncé bercés par cette lueur tamisée m'évoquent la beauté froide de ces femmes asiatiques dont le nom m'échappe. Mon cœur est ligoté au piquant de cette femme.

Mes lèvres descendent vers les siennes, sa bouche s'avance vers cette confrontation passionnelle. Je me plonge dans le noir en attendant la collision incandescente.

– Je suis désolée Charles, je ne peux pas.

Je recule et soupire.

– Ce n'est pas grave, c'est de ma faute, je dois arrêter de vivre dans le passé. Je désire des choses révolues depuis longtemps.

Sa paume caresse ma joue avec lenteur.

– Je suis sincèrement désolée. Je te remercie encore pour cette magnifique soirée.

– Et moi pour m'avoir rappelé tant de belles choses.

– Je vais devoir partir, demain, nous avons un autre rendez-vous. Repose-toi, la journée risque d'être rude, conclut-elle en me tendant un nouveau livre.

– Au fait, je ne t'ai pas demandé, pourquoi ce titre, *Même les étoiles s'éteignent* ?

Elle sourit.

– Passe une bonne nuit Charles !

– Toi aussi.

Elle s'éloigne, sa démarche n'est pas pressée, j'attends de la voir disparaître à l'angle du poste de secours avant de quitter cet endroit. Je m'enfonce dans la ville, les gens rigolent, mangent des glaces, des personnes âgées dansent au son d'un orchestre dans les pas de leur amour éternel. Je passe devant le bar dans lequel j'ai fait ma première représentation et je ne peux m'empêcher d'avoir une pensée pour ma grand-mère. Le lieu suivant est le bain de pieds, des personnes sont assises en rond sur ce monument, elles enfoncent leurs membres jusqu'à la cheville dans cette source naturelle d'eau chaude. Une femme chante a capella pour le plus grand plaisir des autres, je continue ma route et disparais dans le parc de la ville. Je connais tous ses recoins, je ne les ai jamais vraiment quittés, une affection débordante existe en moi pour cette ville. Je m'assois sur un banc non loin d'une fontaine, une brume me rafraîchit le visage.

L'ambiance de cette fin de soirée est faite pour me tirer vers la douleur, vers mes souvenirs d'enfance perdus, vers ma grand-mère disparue, vers un amour révolu.

Je m'apprête à sauter dans un gouffre de dépression, rien que pour me faire souffrir, je veux me blottir dans les bras de la solitude. Le visage de Louise se noie dans les jets aquatiques, elle compte sur moi pour la suite, je n'ai pas le droit de la décevoir, je n'ai pas le droit de me laisser aller. Avant de m'abandonner à la vie que je me suis créée, je dois terminer ce que j'ai commencé.

Avant d'ouvrir mon roman, d'un geste machinal, je sors mon téléphone portable de ma poche et regarde l'heure. Il est éteint. Je me souviens l'avoir coupé pour parer à la dispute avec Herbert qui allait fulminer de ne pas me voir en studio aujourd'hui. Je ne voulais pas gâcher ma journée.

Je le rallume.

Instantanément, dix-sept appels en absence apparaissent sur l'écran, tous d'Herbert mais pas de messages vocaux. Un doute s'immisce.

Et s'il y a une urgence ou un désastre ?

Je suis certain à quatre-vingt-dix-neuf pour cent qu'il a tenté de me joindre pour savoir où j'étais et pourquoi je ne me trouvais pas dans les studios. Mais dans le un pour cent restant, il peut se passer tellement de choses. Dans le doute, pour avoir la conscience tranquille, avant d'ouvrir *Même les étoiles s'éteignent*, je vais prendre des nouvelles d'Herbert.

Le cœur battant, je compose son numéro.

25

– Bonsoir je…

– Putain de merde Nilse qu'est-ce que tu fous ? Tu te fous de ma gueule là ou quoi ? C'est quoi ton problème ? J'essaie de te joindre depuis ce matin et tu me balances sur messagerie. T'es au courant que l'équipe t'a attendu toute la journée en studio ? Tu connais les délais pour l'enregistrement, tu sais comment ça marche, on te prépare tout, les morceaux, les interviews, j'en passe et t'es pas capable d'être là. J'espère que dans ta justification, il y a au moins un mort.

– J'avais des choses perso à régler.

– Des… des choses perso à régler ? J'espère que tu rigoles là, j'espère que tu ne vas pas me donner ça pour seule excuse ?

– Il va falloir t'en contenter.

– Tu ne vas pas t'en tirer comme ça Nilse. Tu commences sérieusement à me les casser depuis quelques jours. T'es inconscient ou quoi ? D'abord Munich, après un concert improvisé, je te laisse une journée de repos, tu te permets de ne pas venir au studio et tout ce que tu trouves à me dire c'est : j'avais des trucs perso à régler ?

– J'ai chanté à nouveau ce soir.

– Comment ça tu as chanté ?

– J'étais dans un restaurant avec une amie…

– Une amie ? me coupe-t-il.

– Oui, une amie d'enfance que j'ai retrouvée.

– C'est Louise ?

– Ça ne te regarde pas.

– Bien sûr que si que ça me regarde. Je te rappelle que c'est à moi que tu as des comptes à rendre.

– Pas sur ma vie privée aux dernières nouvelles.

– C'est Louise ?

– Oui.

– Putain j'en étais sûr. Et le livre que tu as trouvé, c'était elle aussi ?

– Oui.

– Comment n'ai-je pas pu m'en douter ? Il était évident que cette conne reviendrait foutre la merde un jour ou l'autre, elles reviennent toujours secouer le sac à purin.

– Ne parle pas comme ça.

– Je parle comme je veux, par ses conneries et les tiennes, tu nous fous tous dans la merde.

– Je te mets dans la merde de quoi ?

– Tu vis sur quelle planète toi ? Réveille-toi ! On a un album à préparer, une tournée à organiser et toute une promotion à orchestrer, les dates sont fixées et tu sais comme le temps est précieux. Tu crois que ta journée détente va nous arranger ? Bien sûr que non, elle va nous mettre dedans jusqu'au cou.

– Et alors ? On décale la sortie et la tournée puis c'est tout, on peut prendre notre temps pour une fois.

– Mais tu crois que c'est à ton bon vouloir ? Est-ce que tu sais comment on gère une entreprise ? Est-ce que tu sais ce qu'attendent les actionnaires ? Tu es notre plus gros vendeur, le monde de la chanson s'effondre, tout est précaire, une pièce est défaillante et ce sont des employés qui se retrouvent sur le carreau avant la liquidation totale. Si tu ne sors pas un disque dans le courant de l'année on est tous morts.

– Je ne suis pas responsable de vos problèmes d'argent, je suis un chanteur et ce soir, j'ai chanté, j'ai chanté une de mes compositions et j'étais heureux de le faire. Je ne prends plus plaisir à faire ce que tu me proposes, ta musique me tue un peu plus chaque jour, tu le comprends ça ?

– Tu ne…

– Non laisse-moi finir. Depuis que Louise est revenue, je comprends beaucoup de choses. J'ai fait des choix qui m'ont semblé bons à un moment. J'avais un rêve et je prends conscience aujourd'hui que je suis à l'antipode de ce que je voulais être. J'avais des copains, je voulais chanter avec eux et tu me les as fait abandonner. Tu as beau me dire qu'ils me ralentissaient, je n'en suis plus certain. Je voulais travailler avec de la guitare-voix, au lieu de ça je chante de la merde.

– Tu voulais être une star, tu voulais être riche, j'ai tout fait pour toi. Si tu es si célèbre dans le monde c'est uniquement parce qu'à un instant je t'ai tendu la main alors que tu chantais comme un mendiant. N'oublie pas que tu ne serais rien sans moi. C'est facile pour toi de tout remettre en question maintenant que tu as tout.

– Tu m'as peut-être rendu riche mais tu t'en es foutu plein les poches au passage, je ne crois pas que tu aurais eu ton mas dans le Lubéron si je n'avais pas été là, je crois même que tu n'aurais plus ton poste si je n'étais pas là.

– On est deux dans cette affaire, on l'a compris, on doit beaucoup l'un à l'autre mais ce n'est pas le moment de tout planter.

– Je crois, au contraire que c'est le moment de tout planter. Tu n'en as rien à foutre de moi, je ne suis bon qu'à assumer ton train de vie pour toi et ta pouffe de femme.

– Tu ne me parles pas comme ça.

– Je te parle comme je veux. Tu te fous de ce qui m'importe, mon ancien groupe et Louise s'inquiètent pour moi, ils ne veulent que mon bonheur. Et toi ? Qu'est-ce que tu veux pour moi ?

– Pareil.

– Donc tu saisis le sens de mes mots quand je te dis que le concert avec mon ancien groupe sous la Tour Eiffel et celui de ce soir m'ont fait du bien ?

– Ce n'est pas digne de ton statut.

– Je ne te demande pas si c'est digne de qui que ce soit, je te demande si tu comprends que j'ai pris plaisir à chanter. Est-ce que tu comprends aussi, que j'ai envie de faire autre chose, de dévoiler ma vraie personnalité à travers mes chansons ?

– Ne me fais pas le coup de l'artiste qui veut transmettre des sentiments. Tu es une machine à fric et c'est tout. Tes compos, tu me les as fait écouter et je vais te le redire, c'est de la merde.

– Tu crois que ce que tu me donnes à jouer c'est mieux peut-être ?

– Y'a pas photo. De toute façon, tu vas m'écouter Nilse, tu n'as pas le choix, tu as signé un contrat et tu vas t'y tenir si tu ne veux pas tout perdre. Je t'attends demain sans faute, si tu n'es pas là, ça va chier, ai-je été clair ?

– Très clair mais je ne serai pas présent demain et après-demain non plus d'ailleurs. Tant que je n'aurai pas réglé ce que j'ai à faire, tu ne me verras pas, est-ce que toi tu m'as compris ?

– Joue pas à ça Nilse.

– Bonne nuit Herbert.

– Nilse atte…

Je l'emmerde lui et sa maison de production, j'ai plus important à faire que de gérer les soucis financiers d'un connard, je suis déjà suffisamment passé à côté de ma vie.

Mon cœur bat vite après la dispute, une veine pulse dans mon cou, *Même les étoiles s'éteignent* me réconforte, il est une belle promesse, j'aperçois un autre avenir, j'ouvre le chapitre suivant.

26

Lecture du chapitre 6 de Même les étoiles s'éteignent

Quelques années plus tôt…

En y repensant, l'équilibre précaire de mes relations personnelles s'était sérieusement détérioré lorsque j'avais insisté pour décaler la date de l'enterrement de ma grand-mère. Malgré la peine planant au-dessus de nos têtes, les regards des trois femmes qui me restaient ma mère, Bérénice et Louise me mettaient en joug, chargés dans des douilles de reproches, de la poudre de colère et une amorce d'amertume.

La cérémonie se passait bien, à la demande de mon aïeule, Barbara chantait ses plus grands succès, sa voix triste nous entraînait plus profondément dans le chagrin. Je m'en voulais terriblement d'être parti aux Etats-Unis et il m'était encore plus difficile de constater que mes proches me sanctionnaient doublement. J'aurais pu supporter mon malheur, faire mon deuil et avec le temps, retrouver un semblant de quotidien. Mais rien ne se passe jamais comme on l'imagine.

Eustache, mon ami d'enfance, avait eu la gentillesse d'être présent, d'ailleurs, il était souvent présent durant nos dernières réunions de famille. Eustache avait su me pardonner lorsque j'avais abandonné les *Parmigiano*, il savait que devenir chanteur était mon rêve le plus fou. Durant notre courte carrière, il n'avait pas lâché ses études d'histoire et il était devenu expert dans je ne savais quelle ère préhistorique. Nous étions restés de très bons amis, ma présence se faisait de plus en plus rare mais nous avions toujours plaisir à nous revoir. D'ailleurs ma mère l'invitait à chaque fois que je rentrais pour le traditionnel déjeuner mensuel poulet-patates. Je ne me doutais pas que la présence de mon ami était en réalité due à ma sœur.

Alors que nous quittions les pompes funèbres pour nous rendre au cimetière, je vis une image que je n'aurais jamais pensé visualiser. Dans le cortège, mes yeux restaient bloqués sur Bérénice blottie contre Eustache. Ma sœur ne semblait pas préoccupée par l'officialisation de leur relation. Mon ami, lui, à l'inverse ne savait pas comment se tenir, il se contentait de lancer des coups d'œil furtifs dans ma direction. Je pouvais dire avec certitude que leur fréquentation ne datait pas d'hier, la véritable question que je me posais était : depuis combien de temps me la cachaient-ils ? Et surtout, pourquoi me la cachaient-ils ?

Cette journée, je ne devais penser qu'à ma grand-mère, je surpris mon esprit à se focaliser sur le couple Bérénice-Eustache, je voyais le malaise de mon ami, je m'en amusais presque. Ma colère fulminait à côté du chagrin, patientant que son tour vienne.

La fureur prit possession de moi à une vitesse fulgurante contre mon gré, ma grand-mère passa en arrière-plan. Je devinai la raison de leur secret, ils se doutaient que j'allais être jaloux et d'une certaine façon, ils devaient avoir raison. Je ne pouvais imaginer que mon meilleur ami se tape ma sœur, qu'il prenne notre amitié comme prétexte pour se rapprocher d'elle. Quel coup de poignard dans le dos de sa part !

Je confiai mon tourment à Louise qui m'envoya sur les roses, prétextant que ce n'était ni le moment, ni le lieu de parler de cette chose.

Après les funérailles, nous nous rendîmes dans un restaurant, je pris Bérénice et Eustache à l'écart du reste de ma famille. Louise avait voulu nous accompagner mais je lui avais ordonné de rester loin de cette discussion. Je leur fis part de mon mépris, de mon dégoût sur leur cachoterie. Ils m'expliquèrent, enfin... ce fut Bérénice qui prit la parole, qu'ils avaient voulu m'en parler depuis longtemps à plusieurs reprises mais que le bon moment ne s'était jamais présenté. Ils affirmaient que depuis le début de ma carrière, mon comportement se trouvait modifié, imprévisible, que tout le monde redoutait mes sautes d'humeur et mes réactions excessives. Selon eux, je m'énervais plus facilement, je m'exprimais avec plus d'agressivité, je n'étais plus Charles, j'étais Nilse et seulement Nilse. Je perdis patience, je les injuriai, leur expliquant qu'ils étaient de vrais cons de me mettre à l'écart, d'ailleurs je m'étais éloigné de la famille pour cette raison. Les insultes grimpèrent l'échelle de l'acceptable, Eustache prit la défense de ma sœur, l'appel du sexe. Alors qu'il aurait dû avoir honte de sa trahison, ses épaules se redressaient pour mieux m'affronter. Eustache n'en démordait pas, pour lui, comme pour elle, cette situation gênante ne découlait que de mon comportement. Les grossièretés rebondissaient des uns aux autres accompagnées de larges gestes. Bérénice finit par nous laisser. Eustache lui emboîta le pas, non sans m'avoir au préalable assuré que je ne serais pas près de le revoir.

De retour dans le restaurant, les convives mangeaient du bout des lèvres les plats froids. Le bruit des couverts raclant les assiettes et les discussions me donnèrent le tournis. Le nouveau couple installé à sa place ne prit même pas la peine de me regarder. Je priai Louise de me rentrer chez nous sur le champ. Ma mère me tenait par la manche, m'implorant de rester pour elle, pour ma grand-mère, pour le bonheur de ma sœur avec Eustache. Je lui demandai s'ils avaient tous pensé au mien de bonheur, comment devais-je prendre leur comportement ?

Louise me défia, elle ne rentrerait pas, sa présence devait être ici, à soutenir ses proches et non à les abandonner pour les caprices d'un chanteur.

Je ressentis un tel mépris à son égard. La voir m'abandonner au détriment de ma famille était un calvaire, une véritable déception.

Je partis, seul mais je partis, la situation devenait moralement inacceptable, on m'en demandait toujours plus, j'offrais tout à des gens qui me méprisaient. Dans l'avion, je ne cessai de ruminer l'altercation.

Louise rentra deux jours plus tard, ma mine pitoyable ne la fit pas craquer, elle ne m'adressa pas un mot. Je repartis deux jours après sur le continent américain pour poursuivre ma conquête de l'Ouest, sans avoir entendu le moindre son de sa bouche.

Nos retrouvailles ne se passèrent guère mieux, la distance n'a pas toujours le don d'adoucir les mœurs. Suite aux formules de politesse, Louise s'épancha immédiatement sur le sujet encore chaud de la dispute.

– Il faut que tu t'excuses auprès de ta mère, ta sœur et d'Eustache.

– Que moi, je m'excuse ? rétorquai-je aussitôt en prenant soin d'accentuer le « moi ». Tu plaisantes là, j'espère ?

– Charles, ils t'aiment, c'est le principal.

– Les gens qui t'aiment te trahissent?

– Ils ne savaient pas comment te le dire. Tu n'imagines pas le nombre de fois qu'ils ont tenté de le faire mais tu étais toujours énervé parce que la distribution de ton album n'allait pas comme tu voulais, parce que ta prochaine date de concert n'avait pas assez de promo ou parce que tes ventes à l'étranger ne montaient pas assez vite.

– Et ils ne peuvent pas comprendre que c'est important ?

– C'était important pour eux de te l'annoncer officiellement mais après ce qu'il s'était passé entre toi et Eustache, c'était délicat. Ce n'était pas simple pour lui de t'avouer qu'il était amoureux de Bérénice, surtout avec ta façon abominable de nous parler. Ta carrière te préoccupe et c'est normal mais il faut que tu sois en regard des autres aussi. Nous nous taisions tous parce que nous avions peur de te perdre mais tu vas trop loin. Avant de nous reprocher de ne t'avoir rien dit, t'es-tu demandé pourquoi nous l'avions fait ?

– Ne me reporte pas la faute dessus, j'aurais peut-être eu du mal à l'encaisser, je veux bien l'admettre mais je m'y serais fait, je ne suis pas con au point de ne pas comprendre qu'ils peuvent s'aimer. Ce qui me rend fou, c'est que vous me mettiez à l'écart.

– Personne ne te met à l'écart, tu t'y mets tout seul. Tu es pris dans ton obsession d'aller toujours plus loin et tu nous délaisses.

– Peu importe, je présenterai mes excuses quand eux l'auront fait.

– Tu vas les perdre Charles.

– Alors je les perdrai. Le sujet est clos.

Depuis l'incident de l'enterrement, je n'avais plus de nouvelles de ma mère, de Bérénice ni de mon ex-ami. Presque quatre mois d'attente pour que l'un d'eux revienne vers moi. Ce fut Eustache qui tira le premier, il me proposa d'aller boire un verre à Bastille. J'acceptai en appuyant sur le fait que je n'avais qu'un maigre instant à lui accorder à cause de la surcharge de travail à la maison de disques. J'arrivai avec quinze minutes de retard. Il devait comprendre sa faute. Assis en terrasse malgré le ciel couvert et la fraîcheur, il sirotait un café avec un air faussement innocent.

Je m'assis.

– Tu veux boire quelque chose ? me proposa-t-il.

– Non, je n'ai pas le temps, que veux-tu me dire de si important ?

Intérieurement, je jubilais, je voulais le voir ramper avec son pardon. Après tout, il s'était tapé ma sœur dans mon dos.

– Comment vas-tu ? osa-t-il.

– Ne perdons pas de temps Eustache, je n'ai pas que ça à faire.

– Très bien, ta sœur et moi allons nous marier et nous voudrions que tu sois notre témoin.

La nouvelle, brute, sans introduction, sans emballage cadeau se heurta à mes évidences. Je me trouvai comme un petit garçon à la plage, heureux de barboter dans l'eau mais surpris par la panique quand il ne voit plus ses parents sur le sable.

– Tu plaisantes ?

– Non, nous sommes en couple depuis un moment, nous nous connaissions avant donc voilà, nous voulons passer à l'éta…

– Je m'en contrefous de ça. Je ne vous avais pas dit à Balaruc que je ne voulais plus avoir affaire à vous ? le coupai-je.

– Si mais…

– Pas de mais, laisse-moi finir. Avant de me parler de vos projets à la con, vous ne vous êtes pas dit qu'il fallait peut-être me présenter des excuses avant ?

– Des excuses pourquoi ? Parce que l'on s'aime ?

J'expulsai volontairement mon rire le plus sarcastique. Non seulement ce connard me faisait perdre des minutes précieuses mais en plus il se payait ouvertement ma tête.

– Toi t'es un vrai salaud ! Tu me pourris comme un âne

mort quand je vous lâche toi, Sylvain et Guillaume et je peux le comprendre. Sauf que finalement, à l'inverse des autres, tu arrives à passer au-dessus pour notre amitié, parce qu'on est des potes d'enfance, bla-bla-bla. Mais en fait, tu te moquais bien de nos années communes, ce que tu voulais, c'était le cul de ma sœur. Tu crois qu'à présent je ne saisis pas ton petit manège de fourbe.

– Tu deviens paranoïaque en plus d'être infect ? me renvoya-t-il du tac au tac.

– Je ne te permets pas de me parler comme ça.

– Ah bon ? Et pourquoi ? Parce que tu as vendu trois albums ?

Sa condescendance commençait sérieusement à me taper sur le système, je ne demandais qu'un simple pardon.

– Nous y voilà, la jalousie refait surface. Est-ce que c'était de ma faute à moi si tu jouais de l'accordéon comme un manche ?

– T'es vraiment trop con, tu n'as jamais rien compris, tu es en train de péter complètement les plombs. Je crois que de ne pas avoir travaillé avec Xtasik est la meilleure chose qu'il me soit arrivée, surtout quand je vois ce que tu es devenu. On a tout fait pour que tu ouvres les yeux sur ce que tu devenais. Le pire est que je suis certain que tu n'es pas heureux. Ce qui t'écorche d'autant plus la gueule c'est que moi je puisse l'être, que je sois épanoui dans mon métier et dans ma vie personnelle.

– Tu parles de ta vie avec ma sœur? C'est ça l'exemple de ta réussite, trahir ton ami ?

– Avant de tirer tes conclusions débiles, est-ce que tu peux imaginer dans ta petite tête de grand créatif comment a débuté ma relation avec ta sœur ? Je n'ai pas eu des vues sur elle tout de suite, je la connaissais depuis longtemps, nous avions grandi tous les trois ensemble et bien qu'elle soit une belle femme, c'était ta sœur, un peu comme elle aurait pu être la mienne. Puis après notre engueulade et notre réconciliation, j'ai passé du temps avec elle lorsque je mangeais chez ta mère quand tu daignais nous accorder ta majestueuse présence. Nous avons tous constaté ton changement de comportement, ta mère et Bérénice, Louise comprise. Elles voyaient le dernier homme de leur famille s'éloigner, devenir avide et cupide. Alors tu sais ce qu'elles ont fait ? Elles se sont tournées vers moi. Plusieurs fois, j'ai tenté de te mettre en garde mais tu étais trop occupé avec ta carrière, tu m'envoyais chier. Ta mère se confiait à Bérénice, Bérénice à Louise. Sauf que ta sœur, il lui manquait son confident de toujours, toi. À ce moment, ton deuxième album sortait et on te voyait de moins en moins. Nous étions fiers de ton parcours mais tristes de voir l'homme que tu devenais. Alors ta sœur venait de plus en plus me voir pour discuter et au fil des conversations, des sentiments ont commencé à naître. Je ne suis jamais resté à tes côtés pour me rapprocher de ta sœur, c'est elle qui est venue à moi. Aujourd'hui je l'aime et je vais l'épouser.

– Ce que tu me dis, c'est que tu as pris ma place ?

– Je ne la voulais pas Charles, je ne l'ai jamais voulue, tu sais que je te considère comme mon frère. Je n'ai jamais désiré prendre ta place, je n'ai fait que combler le vide que tu as créé.

Si j'avais été César, aucun doute qu'Eustache aurait été Brutus. Je le contemplais, avec sa tête de premier de la classe, sûr de lui. Il était le cheval de Troie infiltré dans ma famille et il était parvenu à ses fins.

– Que veux-tu, là, aujourd'hui ? Mon approbation ? Que je te dise, vas-y fonce, prends ma sœur, ma mère, ma famille ? Je vais te dire, je me fous de votre mariage, je ne veux plus avoir affaire à toi, ni à Bérénice. Si elle me considérait vraiment comme le confident qu'elle prétendait, elle m'aurait parlé de votre relation. Et je…

– Elle a …

– Ne me coupe pas. Je ne serai pas présent à votre mariage, ce n'est pas la peine de me recontacter. Vous voulez vivre de votre côté et bien faites-le. Tu n'es plus mon ami, elle n'est plus ma sœur, je te laisse tout.

– Ce n'est pas pour t'entendre dire ça que je t'ai demandé de venir.

– Ta gueule !

Je me levai, tremblant des pieds à la tête, poings serrés, j'étais prêt à lui fracasser le nez. Je n'avais plus rien à dire à ce traître.

– Attends ! cria-t-il en se levant à son tour.

– Fous-moi la paix, je me casse, efface mon numéro, ne me parle plus jamais. Je te souhaite tout le bonheur du monde avec ma famille.

Je quittai le café, je laissai derrière moi un ami et une sœur, sans regrets.

Le surlendemain, j'allais voir ma mère dans la demeure familiale. La maison s'était détériorée depuis la mort de papa, bien qu'elle soit entretenue par un personnel compétent. J'avais mis Louise dans la confidence de mon engueulade avec Eustache, elle l'avait très mal pris prenant parti pour eux, alors j'avais besoin d'en parler à la seule personne qui pouvait encore être de mon côté.

Depuis l'enterrement de ma grand-mère, je n'avais pas revu ma mère, son physique m'interloqua. Des pommettes aiguisées se dressaient sur des joues creusées, les cernes sombres exacerbaient l'intensité globuleuse de ses yeux. Elle n'avait pas pris la peine de se coiffer alors qu'elle était toujours présentable surtout depuis qu'elle ne travaillait plus grâce à mes droits d'auteur.

À sa mine, je compris qu'elle ne se remettait pas de la mort de ma grand-mère, le contrecoup devait lui tomber dessus en ce moment, le manque, le vide, toutes ces choses qu'elle ne partagerait plus avec elle.

Dans la cuisine, nous nous installâmes l'un en face de l'autre, le café passait dans la machine italienne. Ses gestes transpiraient la lenteur, je ne la sentis pas présente, ailleurs, très loin. Ma gêne n'aidait pas à nous mettre à l'aise, je ne savais pas par quoi entamer la conversation.

– Je suis contente de te voir Charles.

– Moi aussi maman, comment vas-tu ?

– Je ne dors pas mais je vais bien et toi ?

– Pourquoi tu ne dors pas ?

– Je fais des cauchemars tous les jours. Le toubib m'a donné des cachets mais je suis tout de même réveillée toutes les nuits.

– Ne te bourre pas trop de médicaments.

– Ne t'inquiète pas pour moi. Alors tu vas me dire ce qui t'amène ?

– Pourquoi veux-tu que j'aie une raison de venir ?

Tu n'es pas venu me voir seul depuis des années, tu ne m'as pas passé de coup de téléphone depuis des mois, alors tu as forcément quelque chose à me demander.

Cette dernière phrase fit l'effet d'une piqûre au cœur de mon amour propre.

– Je voudrais te parler de Bérénice.

– Que veux-tu me dire au sujet de ta sœur ? Que tu ne veux plus lui parler ?

– Mais… mais je…

– Tu quoi?

Je réalisai à cet instant que je n'étais pas en territoire conquis.

– Maman, mets-toi à ma place.

– Je ne fais que cela me mettre à ta place.

– Je pensais que toi, tu pourrais me comprendre.

– Quoi ? Tu veux que je te plaigne en plus ? Tu veux que je te dise : c'est bien ce que tu fais mon fils ?

– Tu ne vas pas t'y mettre toi aussi, d'abord Louise puis Eustache, Bérénice et maintenant toi ?

– Charles, il va falloir que tu te réveilles, si tout le monde te reproche la même chose, c'est peut-être qu'il y a une raison, tu ne crois pas ?

– Moi qui pensais trouver du soutien ici, je me suis trompé.

– Je suis ta mère. Est-ce que tu préfères que je te mente ? Nous nous sommes tous tus depuis trop longtemps, il va falloir que tu ouvres les yeux et que tu prennes conscience de certaines choses.

– Comme quoi ?

– Tu ne le vois pas ?

– Non dis-moi.

– Tu deviens comme ton père.

J'ouvris la bouche mais aucun mot n'en sortit, cette phrase sifflait comme une balle perdue. Pendant que je restais hagard, son visage se mouvait, une hargne terrifiante s'incrustait sur chaque centimètre carré de sa peau.

– Ton père n'avait que pour seule obsession sa carrière, il s'infligeait un train de vie extrême. Angoissé par la réussite, il n'en dormait plus et c'est ce qui l'a tué. Il nous a abandonnés, il faisait passer sa passion avant sa famille, avant nous. Il m'a laissée seule avec deux enfants à élever.

– Il nous faisait vivre, répliquai-je.

– Et tu parles d'une vie. As-tu demandé à Louise si elle était heureuse avec le quotidien que tu lui offres ?

Ses expressions se tordaient dans tous les sens, son débit de paroles s'accéléra.

– Je vois que non, et tu as raison de ne pas t'en inquiéter, parce que sa réponse te ferait descendre de ton piédestal. C'est une fille trop bien pour toi. Elle finira par partir. Tu ne vois même pas que tu es en train de tout perdre. On te voit de moins en moins, le peu de temps que tu nous accordes, tu es énervé, aigri. Tu as oublié mon anniversaire et celui de ta sœur. Tu nous as obligées à repousser l'enterrement de ta grand-mère pour ta carrière, elle qui t'aimait tant. Tu ne vois même plus les priorités. Ton succès, tu ne l'emmèneras pas dans ta tombe.

L'envie de rétorquer me démangeait comme une urticaire qui gratte, je ne parvenais plus à supporter tant de méchanceté.

– Elle aurait approuvé mon choix.

– Bien entendu parce que ton bonheur passait avant tout mais tu t'es demandé comment nous, nous l'avions vécu ? Nous passons au second plan dans ta vie, tu es devenu un égoïste. Tu vas nous briser ta sœur, Louise et moi. Je ne parle pas d'Eustache qui ne te reconnaît plus. Il a eu la gentillesse d'épauler ta sœur, et maintenant, ils vont se marier, je suis heureuse pour eux et toi… ta réaction, qu'est-ce qu'il t'a pris ?

– Ils me l'ont caché.

– Tu sais très bien pourquoi ils l'ont fait et tu devrais les comprendre. Tu n'aurais pas pu te réjouir pour eux, les soutenir ?

– C'est facile pour toi de dire ça, tu n'as pas été trahie.

La rage submergeait le reste de mes émotions, je perdais le contrôle, le barrage se fissurait doucement.

– Et pour toi, c'est simple de te planquer derrière ta carrière. Dès qu'on est tous ensemble, tu n'as plus que la vente de tes disques à la bouche.

Acculé par plusieurs années d'amertume de mes proches, je n'acceptais pas d'être traité de la sorte.

– Tu ne disais pas ça quand je t'ai offert la possibilité de partir en retraite anticipée, en voyage, d'avoir un confort plus que décent.

– Et tu crois que tes contingences matérielles me rendent heureuse ? Je retrouve les mêmes paroles que ton père, vous n'êtes que des matérialistes arrivistes. Il était nombriliste comme tu l'es devenu, il n'aurait jamais dû fonder une famille et je te conseille d'en faire autant. Laisse Louise partir, tu ne la mérites pas.

Je tentai de garder le contrôle, de ne pas répandre le venin chaud sur le bout de ma langue.

– D'ailleurs en parlant de ton père, où est sa guitare ? reprit-elle. Tu peux tout me payer mais ça ne te permet pas de me voler !

– De quoi tu parles ?

Cette digression me fit perdre le fil.

– Tu crois que je n'ai pas vu que sa guitare n'est plus dans son studio ? Je l'ai gardée pour moi mais je sais que c'est toi qui me l'as volée.

Elle perdait la tête, la colère et l'incompréhension me mirent dans une position bringuebalante durant une seconde.

– C'est toi qui me l'as donnée, affirmai-je.

– Ne sois pas menteur en plus de cela. C'est comme ça que je t'ai éduqué ?

Cette dernière question brisa l'ultime rempart, une fureur que je ne me sentais pas capable de maîtriser vibra dans tout mon être. Ma mâchoire se crispa avec une telle force que je craignis de voir mes dents sauter les unes derrière les autres.

– Tu ne m'as même pas éduqué. Si tu veux que l'on déballe nos sacs, allons-y ! Après la mort de papa, tu n'étais plus présente pour Bérénice et moi, on s'est débrouillé seuls, tu n'étais plus qu'un fantôme. Tu te donnais un peu de contenance en nous disant : ça c'est bien, ça c'est pas bien. Mais en vérité, c'est mamie qui nous a élevés. Tu as beau dire que papa n'a pas été un bon père ni un bon mari mais il a été bien meilleur que toi et je suis certain que dans le fond, c'est de ta faute s'il est mort.

Sa main partit de sa tasse vers ma joue, le contact produisit un claquement violent.

– Si ton père est mort c'est parce qu'il s'infligeait un rythme trop élevé de travail, il donnait tout à sa carrière au détriment de sa famille. Et tu sais quoi, tu finiras comme lui, tu seras entouré mais tu mourras seul.

Je ne me contrôlais plus. Une émotion inconnue explosa en moi.

– Moi je mourrai seul ? Et toi ? Quand tu mourras, ton propre fils ne te pleurera pas.

– Comment oses-tu ?

– C'est difficile de voir la vérité en face. C'est simple de me prendre comme bouc émissaire, seulement vous avez choisi celui qui a réussi, celui qui s'est élevé, repris-je. Finalement, vous êtes comme tout le monde, vous rêvez d'un monde meilleur sans rien faire pour l'obtenir. Je n'accepterai pas que vous me donniez le rôle du père. Papa est mort, je suis le fils, le frère, l'amant, j'ai pris mon destin en main et je vis ma vie comme je l'entends. Si vous êtes incapables de le comprendre alors allez-vous faire foutre.

– J'ai honte de t'avoir comme fils.

– Ta relation avec papa a été un désastre, celle avec ton fils aussi, tu n'as jamais su y faire avec les hommes.

Je regrettai déjà cette attaque, impossible de la ravaler.

Une deuxième gifle vint s'aplatir sur ma joue, je me dressai brutalement.

– Tu me rendras la guitare de ton père.

– Je ne te l'ai pas volée mais je te la rendrai et je vais te couper les vivres par la même occasion.

Ma mère bondit, elle attrapa sa tasse et la balança, je l'esquivai de justesse.

– Récupère tout ce qui est à toi ici, je n'en veux plus, je ne veux plus rien avoir à faire avec un fils indigne.

Elle saisit le réveil sur la commode, une belle relique et le jeta, les pièces d'horlogerie s'étalèrent dans le salon.

– Reprends tout ce qui est à toi, ce sont des cadeaux empoisonnés, tu nous as tous abandonnés. Abandonne-nous comme l'ont fait ton père et ta grand-mère. Laisse-moi seule, tout le monde m'abandonne, hurlait-elle dans des larmes de plus en plus puissantes.

La voir pleurer tendit une corde affective derrière l'excès de méchanceté à son égard. La limite avait peut-être été dépassée.

– Arrête, maman !

– Va-t-en, tu n'es qu'un ingrat.

Plaqué contre la sortie, je la contemplai.

– Laisse-moi Charles, je ne veux plus jamais te voir.

Jamais… jamais, cet adverbe émailla la couche négative qui enveloppait mes émotions, pas suffisamment pour que j'oublie les horreurs sorties de sa bouche et sa prise de position aux côtés de Bérénice et Eustache.

– Je te laisse maman, tu as perdu ton mari et bien aujourd'hui tu perds ton fils.

Je claquai la porte et ne me retournai pas, la laissant à sa bêtise.

Je ne pouvais le deviner mais à cet instant, je faisais mes adieux à ma famille, je venais de perdre ma sœur, Eustache et ma mère.

Il ne me restait que ma femme.

Louise.

La confiance en mon couple était illimitée, c'était sans compter sur l'expression, l'amour rend aveugle. Ma passion n'était plus partagée, je ne pouvais en douter. Louise n'allait pas attendre deux semaines pour m'annoncer la fin de notre relation.

27

Aujourd'hui...

Dans la voiture louée, je ressasse les maux de ma vie, presque neuf heures de route m'attendent, insuffisant pour fustiger toutes mes erreurs. Je roule de nuit vers ma destination, j'aurais pu prendre le train ou l'avion mais l'intuition de prendre une automobile a été plus forte. Je ne cesse de penser à l'introduction du sixième chapitre.

Consignes avant lecture du chapitre 6

Demain à seize heures, je te donne rendez-vous à cette adresse, 26 chemin des bourdons à Crépy-en-Valois, n'oublie jamais que l'on peut oublier, que l'on peut pardonner mais que parfois, il est trop tard.

Le sens du message m'échappe mais une recherche rapide m'a permis de savoir que je me rendais dans une maison de retraite, je redoute d'y trouver ma mère. Je ne veux pas y penser pour le moment, je le découvrirai bien vite.

Lorsque j'eus terminé la lecture de ce dernier chapitre, j'ai eu beaucoup de mal à retenir mes larmes, ce passage de ma vie est encore très douloureux. J'admets aujourd'hui que le seul responsable de mon isolement n'est autre que moi. Je n'écoutais plus, obnubilé par ma soif de réussite. Les disputes avec ma sœur, Eustache et ma mère ont été l'aboutissement de ma perdition. Aujourd'hui, face à moi-même, je comprends que Bérénice ne m'ait pas parlé de sa relation, pareil pour mon ami, je m'étais retranché derrière Xtasik. Au contact de cette maison de production, j'avais attrapé une gangrène émotionnelle qui ne cessait de grignoter mon âme petit morceau par petit morceau.

Quand on pactise avec le diable, il faut accepter son passage en enfer.

Je me demande comment j'ai pu faire autant de mal aux personnes que j'aime ? Depuis ces altercations, je n'ai plus de nouvelles d'eux, la fin fut scellée par le renvoi de la guitare de mon père et l'arrêt du débit d'argent. Une semaine après cette tragédie alors que je rentrais d'un enregistrement, Louise m'attendait sur le canapé du salon, deux grosses valises à ses côtés. Elle pleurait.

Elle m'expliqua qu'elle me quittait, qu'elle ne me reconnaissait plus, qu'elle voulait une vie plus banale, qu'elle haïssait Nilse et qu'elle était persuadée que Charles, l'homme qu'elle aimait ne reviendrait plus. J'ai tout fait pour la convaincre de rester. Je lui promis de changer, elle me mit face à mes erreurs, elle ne pouvait rester avec un homme si odieux avec les siens, j'avais détruit ma mère et ma sœur. Louise m'affirmait qu'elle ne pouvait envisager de construire une famille avec un homme instable, obsédé par sa réussite sans se soucier d'autrui.

Sentence irrévocable !

Elle me disait avoir fait tout son possible pour me faire revenir à la raison mais elle avait échoué. Il lui était impossible de continuer à vivre ainsi.

J'ai pleuré, supplié, ordonné rien n'a fonctionné. Elle était décidée à partir. Le soir, je me retrouvai seul pour la première fois et pour les années à venir.

J'avais prétexté un voyage pour la laisser rassembler ses affaires. Après son départ, j'ai voué tout mon être à ma carrière, je me suis créé mes Lange, des femmes d'une nuit pour oublier celle que j'avais perdue.

Je me renforçais, m'enfonçant toujours plus loin dans l'idée d'être le plus grand chanteur de tous les temps, il ne fallait plus m'emmerder. Si les gens qui me côtoyaient me faisaient avancer alors je les couvrais d'or sinon je les remplaçais. J'apprenais que personne n'était indispensable.

Le dernier lien relationnel qui me restait avec un semblant de sincérité était Herbert. Il m'aidait à grandir. Je pensais que c'était la seule personne qui n'avait jamais voulu que mon bien.

Le plus grand des illusionnistes ne porte pas toujours un haut de forme et une baguette magique, quand on suit un lapin blanc, le retour du pays des merveilles peut être difficile.

Je me suis arrêté plusieurs fois durant le trajet, dont une pause plus longue pour dormir un peu : ma vision se troublait, mourir contre une bretelle d'autoroute ne m'apparaissait pas comme attrayant.

Avoir un destin à la James Dean, ce n'est pas ineffaçable.

Je gare la voiture devant la maison de retraite, l'endroit dégage un charme désuet. À l'écart de la ville, coincée dans le creux d'une butte, bordée d'une forêt, la demeure a l'air d'avoir toujours été là. L'accès à l'entrée se fait par un escalier en arrondi débouchant sur une belle terrasse plein sud. Des tables et des chaises y sont installées pour les locataires. Des allées entretenues strient le jardin en un damier parfait, l'endroit apparaît comme agréable pour faire de vieux os.

Des personnes âgées se baladent, elles me saluent, heureuses de voir un visage connu. Le cadre est vraiment charmant, c'est malin d'avoir mis ce mouroir en dehors de la ville, les actifs ont moins de remords à laisser crever leurs proches hors de leur vue.

Un dôme en verre éclaire le hall d'entrée, un lustre en cristal répercute des éclats dorés dans la pièce. Les membres du personnel, que je reconnais à la vigueur de leurs gestes, ne sont pas vêtus d'uniformes médicaux mais en civil. Oter l'aspect auxiliaire de fin de vie gomme le côté sinistre de l'endroit.

Je prends les devants, à l'accueil, une femme pimpante d'une cinquantaine d'années s'accrochant désespérément à la trentaine me souhaite la bienvenue.

– Est-ce que Louise Dittmar a laissé un message pour moi, s'il vous plaît ?

– Je ne connais personne de ce nom là ici, monsieur.

– Et au nom de Piller ?

– Oui, Madame Piller est l'une de nos résidentes.

– Puis-je la voir, s'il vous plaît ?

– Bien entendu, les visites sont libres, c'est au premier étage, porte 107, son nom est écrit dessus.

– Je vous remercie.

– De rien, vous pouvez emprunter l'ascenseur derrière vous ou l'escalier sur votre gauche.

– Merci, bonne journée.

Dans le couloir sombre, une machine à café ronronne, des panneaux m'orientent vers le numéro des chambres. Je passe devant la 106 qui appartient à une dénommée Simone Fournier, la suivante est fermée, c'est celle de ma mère. Droite, gauche, personne, des paroles proviennent de plus loin dans un couloir, j'écoute mon rythme cardiaque, je ne parviens pas à avaler ma salive.

Je toque.

Pas de réponse. Je réitère ma demande.

Pas de réponse.

Droite, gauche, toujours personne, j'ouvre la porte.

La pièce est vide, petite, elle donne sur une courte entrée, à gauche, la salle d'eau a toutes les capacités pour les personnes à mobilité réduite. La chambre s'habille d'un lit, d'un placard, d'une commode, d'un mini-frigo et d'une télé, un kit de survie.

Accrochées ou posées, des photos atténuent la couleur taupe impersonnelle omniprésente, mon père, ma grand-mère, ma sœur, moi, le mariage de Bérénice. Elle avait l'air heureuse, Eustache aussi.

Sur sa table de chevet repose un cliché, maman, Bérénice, Louise et moi, notre avant-dernier Noël, juste avant la mort de ma grand-mère, notre dernière réunion avec un semblant d'harmonie. Je le caresse.

Au-dessus de la télé, face au lit, un portrait, un visage que je ne connais pas, celui d'un bébé qui n'est ni ma sœur, ni moi. Bérénice a probablement eu un enfant. En contemplant de plus près, je constate que ce bambin est dans plusieurs cadres. Je ne m'attarde pas, des flèches m'escortent jusqu'à la salle de garde des infirmières.

Elles sont trois et gloussent autour d'un café, je les coupe.

– Bonjour.

– Bonjour monsieur… vous… vous êtes Nilse ? me demande celle qui a les plus larges épaules.

– Oui.

– J'adore ce que vous faites, j'ai tous vos albums.

– Moi aussi, enchérit une de ses collègues.

– Merci mesdames, pourriez-vous me dire où se trouve madame Piller, s'il vous plaît ?

– Elle doit être dans la salle commune, au fond du couloir sur votre gauche, en journée, on la met devant la télé.

– Je vous remercie, bonne journée.

– Vous aussi.

Quand le nom de Piller est sorti de ma bouche, deux infirmières ont baissé les yeux et celle qui me parlait semblait mal à l'aise. L'étage est un vrai dédale, les croisements s'entrecroisent dans la pénombre, à chaque extrémité, une fenêtre sert de feu follet pour les visiteurs perdus. Au fond, la salle commune, plus lumineuse, m'éblouit quand j'arrive sur le seuil, il me faut deux secondes pour m'habituer.

La pièce est séparée en deux, d'un côté, des chaises et des fauteuils sont placés en arc de cercle autour de la télévision, de l'autre, des tables sont disposées à espace irrégulier, quelques joueurs s'amusent avec des cartes ou des échiquiers. Deux auxiliaires surveillent que tout se passe bien.

Je balaie la pièce, à la recherche de ma mère. Comme les journées, les vieux se suivent mais ne se ressemblent pas. Je ne l'ai pas trouvée au premier tamisage, il a fallu attendre le deuxième pour que ma bonne humeur, mon sourire, mon angoisse, s'envolent comme des éperviers en période de chasse.

Ma mère ne bouge pas, assise, inerte dans un fauteuil roulant, ses yeux fixent… rien, ils sont vitreux, vides.

Ma respiration se coupe.

Ma vision se rétrécit sur ce corps maigrelet. Une multitude d'images s'enchaîne dans un kaléidoscope, maman venant me chercher à l'école, maman apportant mon gâteau d'anniversaire, maman me chatouillant, maman me serrant contre elle, maman me félicitant pour mon bac, maman préparant mon plat préféré, maman sur son trente-et-un pour mon premier concert, maman pleurant sur mon épaule, maman me jetant des objets à la figure, maman en train de dépérir dans une maison de retraite. Tous mes souvenirs d'enfance sont révolus, ils s'effacent pour laisser la place à… à…

Putain, qu'est-ce que j'ai fait ?

Je fais demi-tour, je cherche sa chambre, je m'égare dans les couloirs, ils vont dans tous les sens. J'accélère le pas.

Je ferme la porte et m'appuie dessus.

Je suffoque.

Je retire ma veste, je la jette.

Je ne comprends rien à ce qui se passe.

Ma paume se plaque contre ma bouche pour m'empêcher de hurler.

Comment n'ai-je pu reconnaître ma propre mère ?

28

Après avoir retrouvé un peu de tenue, je retourne voir ma mère. Assise à côté d'elle dans la salle commune, Louise lui tient la main, elle me sourit quand elle me voit approcher.

– Bonjour Charles, comment vas-tu ?

– A ton avis ? Et toi ?

– Moi ça va, Nous pouvons aller dans le couloir avant que tu ne lui parles ?

– D'accord.

À l'écart, elle prend la parole alors que j'ai dix mille questions à lui poser.

– Si je t'ai demandé de venir hors de la salle commune, c'est pour être plus tranquille pour te parler. J'ai longuement réfléchi à la façon dont j'allais t'annoncer cette… ce… C'est compliqué, je ne veux pas te brusquer ou te choquer car ce que je vais t'annoncer à propos de ta mère… je…

– Qu'est-ce qu'elle a ?

– Alzheimer.

Le mot est simple, la nouvelle est brute, pas de fioritures, je sais à quoi m'en tenir.

– Elle se souvient de moi ? demandé-je avec espoir.

L'abattement de Louise me fait comprendre que non, que je ne suis plus qu'un inconnu pour elle.

– Elle ne reconnaît plus Bérénice depuis un moment… et moi non plus d'ailleurs. Je suis désolée, poursuit-elle. Tu dois savoir que, quand tu t'es disputé avec elle, elle était déjà malade. D'après les médecins, elle souffre de la maladie d'Alzheimer depuis longtemps mais la mort de ta grand-mère pourrait être un choc émotionnel qui a accéléré le processus.

– Elle est jeune pour avoir cette maladie.

– Certains l'ont à trente ans à peine. Est-ce que tu connais les symptômes ?

– Non, absolument pas.

– Il y en a plusieurs, la désorientation, la perte de mémoire et l'agressivité. Tu te souviens la dernière fois que tu l'as vue, elle était fatiguée, elle ne prenait plus soin d'elle, on mettait cela sur le coup du deuil ?

– Oui.

– Ce n'était que la partie émergée de l'iceberg, en réalité, la maladie commençait. Elle vivait en décalé, elle ne faisait plus la différence entre le jour et la nuit. Elle t'a accusé du vol de la guitare de ton père ?

– Oui.

– Là aussi, la maladie. C'est d'ailleurs pour ça qu'elle s'est énervée et qu'elle t'a lancé toutes sortes d'objets. Quand on a découvert qu'elle souffrait de cette maladie, il n'a pas fallu longtemps pour que ta sœur la mette dans cet établissement. Au début quand elle avait encore sa motricité, elle frappait d'autres membres de la maison de retraite, les accusant de vols ou de mensonges. Elle était persuadée d'avoir raison alors que ses souvenirs se mélangeaient les uns aux autres. Tu comprends l'extrémité de sa réaction quand tu étais allé la voir ? Tu sais pourquoi je te dis tout ça un peu brusquement ?

– Non.

– Pour que tu comprennes que ce n'était pas ta faute. Probablement qu'elle ne t'en voulait pas, ce n'était pas la colère contre toi mais contre des actes qu'elle avait imaginés ou oubliés. Tout le contexte, la mort de ta grand-mère, ton éloignement, et ton refus d'accepter la relation de Bérénice avec Eustache l'ont déboussolée. Il faut que tu comprennes que tout ce qu'elle t'a dit ce jour-là, elle ne le pensait pas, elle était malade. Je sais que ça va être difficile à croire pour toi mais j'ai vu l'évolution, je lui rendais visite régulièrement. Elle me demandait toujours si tu allais bien, elle croyait que l'on était encore ensemble, je ne pense pas qu'elle se souvenait que l'on était séparés.

– Pourquoi personne ne m'a prévenu ?

– Personnellement, je ne pouvais pas et tu sais bien pour quelle raison. J'ai insisté auprès de Bérénice pour qu'elle te le dise, l'engueulade avec ta mère était excusable mais ta sœur te reprochait de ne pas avoir été présent à son mariage et surtout… quand la maladie d'Alzheimer a été décelée chez ta mère, les médecins ont recherché la cause psychique de l'accélération de la maladie. La conclusion fut que tu étais une de ces causes, ta sœur n'a pas voulu te prévenir.

– Donc la maladie de ma mère, le fait que je sois resté loin de tout, c'est encore de ma faute ?

– Oui et non, disons que ça n'a pas arrangé les choses.

– On peut la soigner ?

Son silence m'apporte la réponse que je connaissais déjà.

– Nous pouvons la ramener dans sa chambre pour être au calme ? demandé-je.

– Oui, si tu veux.

Je pousse ma mère, les vieux et les surveillants me scrutent, je ne suis pas à l'aise. Dans sa chambre, à l'abri des regards, je reste d'abord debout près de Louise.

– Qui est l'enfant sur les photos ? l'interrogé-je.

– Pierre, le fils de Bérénice et Eustache.

– Ils l'ont appelé comme mon père ?

– Oui.

– Il est mignon.

– Très, oui, il est adorable. Je ne veux pas te presser Charles mais nous allons devoir partir, nous sommes presque à la fin de *Même les étoiles s'éteignent* et je ne peux malheureusement pas faire attendre la suite. Tu auras le temps de revenir la voir quand tout sera fini.

– Tu peux m'accorder quelques minutes seul avec elle ?

– Oui, je t'attends dans le hall d'entrée.

En compagnie de ma mère, je m'assois en face d'elle et m'appuie sur ses cuisses, ses os sont calleux, elle n'a presque plus de muscles. Ses cheveux ont pris la forme de filaments translucides.

– Maman ? Tu m'entends ?

Sa tête se tourne lentement, elle me fixe, sans expression, ses lèvres se soulèvent doucement, je ne pourrais pas appeler ce rictus un sourire mais je le prends comme tel… parce que j'en ai besoin. Ses yeux ont perdu toute vitalité si bien que je me demande si elle me voit vraiment.

– Tu me reconnais maman ?

Son sourire ne la quitte pas.

– C'est moi, Charles ! continué-je la voix tremblante.

Sa sérénité me déstabilise, cette ressemblance avec les marionnettes de ventriloque me terrorise.

– Maman, tu m'entends ?

Son bras se lève au ralenti.

Sa main rugueuse se pose sur ma joue.

Toujours pas d'expression.

Je pleure, je pleure parce que je ne peux rien faire d'autre. Mon argent, ma célébrité, ma reconnaissance, mon réseau, les considérations de mon existence en outre, ne changeront rien à l'état végétatif de ma mère.

– Maman, je te demande pardon. Je m'en veux

tellement. Je ne voulais pas te faire de peine. Tu as été une mère merveilleuse.

Son visage garde ce sourire imperturbable.

Je la serre contre moi, son odeur est celle des maisons de retraite. Je me cale dans son cou et dépose un baiser alors que mes larmes tièdes ne sèchent pas.

– Pardon, maman… Pardon, je reviendrai te voir, je te le promets.

Sa tête suit ma marche, un nouveau départ, un nouvel abandon.

Avant de fermer la porte, je la regarde.

– Je t'aime.

29

Le haut des remparts de Crépy-en-Valois surplombe une vallée, une route serpente à travers une forêt, des haies ombragées par la pierre sont taillées de façon ésotérique, visibles uniquement depuis un peu d'altitude. En contrebas, un vieux cimetière dont les tombes ne sont plus entretenues, au loin, le toit d'une vieille demeure bourgeoise se montre par intermittence entre les cimes ondulantes. Probablement que ce paysage doit être beau sous la clarté d'un soleil d'automne lorsque les feuilles ne savent pas quel ton prendre. En cette fin de journée, la couleur funèbre tombée du ciel danse avec ma profonde prostration.

Depuis un banc, j'observe Louise accoudée à la rambarde, le cou tendu, elle profite de la brise du crépuscule. J'aimerais pouvoir lire dans ses pensées, savoir ce qui s'y passe, j'envie sa nature enjouée à savourer les petits plaisirs. À l'inverse de beaucoup, elle sait voir le bonheur quand il tourne avec folie autour de son corps, peut-être que sa passion dévorante pour la littérature l'y a aidée.

Le visage de ma mère apparaît d'un coup dans mon esprit. Je n'ai pas été un bon fils pour elle, je ne suis qu'un monstre. Je suis habité par la destruction.

– Louise ?

Ses cheveux s'envolent dans l'air, son attention m'est dévouée.

– Je suis un homme si mauvais que ça ?

Elle vient s'asseoir près de moi sans prendre la parole, sa position me pousse à lui parler.

– J'ai été un mauvais amant, un mauvais frère, un mauvais fils, un mauvais petit-fils, est-ce que tout cela fait de moi un homme mauvais ?

– Je vais te dire, tu vas peut-être penser que je fais encore de la psychologie de supermarché mais bon... Je crois que nous ne naissons tous ni bons, ni mauvais, nous ne sommes pas noirs ou blancs, nous sommes gris. Après, ton mode de vie, ta détermination à faire le bien ou le mal autour de toi définissent la catégorie dont tu feras partie. Parfois, sans t'en rendre compte, tu fais souffrir ou au contraire tu aides des gens. Quand on regarde de plus près ta carrière, bien qu'elle ait causé le déclin de ta vie privée et que tu ne te sois pas épanoui, elle a fait énormément de bien. Lorsque tu me parles des ventes de tes disques, tu les quantifies de façon monétaire mais réalises-tu que ces albums sont dans des millions de foyers ? Tu connais mieux que moi le bénéfice qu'apporte la musique, elle t'a fait vivre, vibrer et nourri mais avant que tu ne deviennes un chanteur reconnu, te rappelles-tu de ta façon d'écouter les mélodies, les paroles ? Pour ma part, quand je suis heureuse, certaines chansons me portent dans leur élan. Quand je suis triste, au contraire d'autres, m'aident à remonter la pente, parfois j'en ai besoin pour m'accompagner dans la mélancolie. Des chanteurs m'ont suivie, m'ont aidée à revivre des bons moments avec des proches perdus. Je crois qu'énormément de gens savourent la musique de cette façon. Alors, il faut te dire qu'avec ta carrière, tu as dû soutenir des inconnus dans les meilleurs comme les pires instants de leur vie et ça, tu ne le savais même pas. Je trouve que toucher le cœur des gens est un acte extraordinaire. Je sais que pour en arriver là, tu as souffert. Je t'ai vu devenir un homme aigri, égoïste, voire méchant, tu as perdu ta sœur, ta mère, ton meilleur ami et moi. Tu as été ignoble avec nous et je ne te parle pas de certains de tes choix qui nous ont blessés. Est-ce que ça fait de toi un homme mauvais ? Je le pense oui mais je pense aussi qu'il n'est pas trop tard pour que tu te rattrapes, pour que tu reviennes vers nous. Certains maux resteront irréparables, tu l'as vu aujourd'hui, tu ne rendras pas la mémoire à ta mère, tu paies le prix de tes erreurs. Le moment est venu de ne plus en faire ou de les éviter. Alors, pour répondre à ta question, je ne crois pas que tu sois un homme mauvais, je crois que tu es un homme égaré mais un homme bon.

Un son tente de sortir de ma bouche, mon mutisme lui dévoile ma peine, je me ressaisis.

– Je te demande pardon Louise pour tout le mal que je t'ai fait. Si tu savais comme je regrette tout ce qui s'est passé. J'étais heureux avec toi, je me suis rendu compte trop tard que je n'avais pas le droit de te perdre. Ma vie, ma carrière n'auraient pas été les mêmes sans toi et ne le sont plus depuis que tu es partie. Tu as laissé un vide que je ne parviens pas à remplir. Ne m'en veux pas, s'il te plaît.

Elle me caresse la nuque et me tire délicatement la tête, sa bouche s'entrouvre, ses paupières se ferment, les miennes l'imitent, l'espoir renaît.

Ce baiser, ce baiser ressemble à ce premier flocon de neige frais et attendu qui se dépose au creux de la main d'un enfant. Le goût de ses lèvres me renvoie à cette extraordinaire période de ma vie, je ne savais pas de quoi demain serait fait et c'était sans importance, parce que chaque lendemain, Louise me murmurait à l'oreille ses secrets les plus intimes.

Enlacé par son bras, cette étreinte charnelle enchaîne toute ma volonté, j'envisage le meurtre pour prendre perpétuité dans cette prison dorée. La respiration ralentit, le souffle du désir glisse sur mon cou et réveille en moi l'absolue nécessité de la sentir nue contre mon torse.

La porte d'une chambre d'hôtel s'ouvre, dans la pénombre des volets entrouverts, nos lèvres rapiècent les maillons déchirés de notre relation. Ma veste tombe lourdement sur le sol, un à un les boutons sautent pour me dévoiler ce corps qui m'avait tant manqué. D'elle-même, elle retire son soutien-gorge avant de m'aider à retirer mon tee-shirt, peau contre peau, yeux clos, l'envie s'empare de nos esprits. La liberté nous déroule son tapis rouge, nous grimpons les marches une à une, je m'étends au-dessus d'elle. Guidé par la flamme lointaine d'un phare dans la brume, je me soumets à Louise, ma main saisit sa hanche, les courbes de son corps s'élèvent comme un fragile fil de soie.

L'océan sombre et infini de ses pupilles s'étend à perte de vue sous l'embrasement d'une lune noire durant un fébrile mois de février.

Il n'y aura pas de jeux, pas de violence, juste du cœur, juste la sincérité de l'âme, juste Louise, pas de sexe non, de l'amour, de l'amour tendre et passionné.

Dans le silence, sa tête repose sur mon ventre, nous ne bougeons pas depuis un moment, je n'ose prendre la parole. Je souris dans l'obscurité en me disant que cette aventure n'est que le début d'une belle promesse. Après tout, elle ne serait pas la première à divorcer, je n'aurais aucun remord à lui faire quitter son mari. Avant mes erreurs nous étions destinés à passer la fin de nos jours dans le même foyer, cernés par l'amour. Je crois que plus ri…

– Pardon Charles, lance-t-elle en poussant mon bras de son épaule.

Nue, elle court vers la salle de bains, la porte pivote violemment. Je me positionne derrière la barrière de bois, je tends l'oreille.

Elle vomit, elle ne parvient plus à respirer, il n'y a que des régurgitations.

– Ça va ? m'inquiété-je en tapant.

– Oui… n'en… tre… pas… parvient-elle à dire entre deux rejets.

La pièce n'est pas bien grande mais je parviens tout de même à y faire les cent pas. Ses vomissements ont cessé, mes propositions d'aide sont toutes restées sans réponses.

La chasse d'eau est tirée.

Deux-trois toussotements, le robinet ronronne.

Quand la porte s'ouvre, Louise se trouve dos aux lampes à côté des lavabos, malgré le contre-jour, je constate son teint blafard, ses yeux scintillent, son maquillage a coulé, sa respiration est hachée, étouffée.

– Tu te sens mieux ? lui demandé-je.

Impuissant face à la soudaineté de ses expulsions, je suis interloqué et ne sais quoi faire.

– Je suis désolée, tu n'aurais pas dû voir ça.

L'incompréhension résonne dans ses mots.

– Comment ça ?

– Je dois t'avouer quelque chose Charles, je n'ai pas été totalement honnête avec toi.

– Quoi ?

– Je suis enceinte.

30

De nouveau en voiture, je roule, cap vers le Jura. Après m'avoir annoncé sa bonne-mauvaise nouvelle, Louise avait tout tenté pour me réconforter.

Elle m'avait supplié de poursuivre *Même les étoiles s'éteignent*. Je n'en avais plus la force. Elle appuya sur le fait que la fin du roman en valait la peine. J'en doutais. Avant de me quitter, elle m'expliqua la marche à suivre pour la suite. Pas de livre, le roman m'attendait dans un chalet que je connaissais bien, celui de mon père. Louise me donna la clé, un bel objet en cuivre. Elle m'abandonna et je pris de nouveau la route de nuit, seul.

Vers quatre heures du matin, alors qu'il ne me reste qu'une heure de route, je m'octroie une pause. Je ne pense pas pouvoir trouver le sommeil sauf qu'à peine arrêté, mon corps réclame son repos.

À sept heures trente, ankylosé jusqu'au bout des pieds, mes yeux entrevoient la lumière du jour. Devant la voiture, j'étire mes muscles, mes articulations craquent à des endroits que je ne connaissais pas. D'un mouvement rapide, je tourne la tête. Dans un état à peu près présentable, je pénètre dans la cafétéria, il me faut ma dose de café. Je tente d'ingurgiter la bouillasse infâme et fumante qui me brûle les doigts à travers le gobelet en plastique. Mon arabica du Mozambique me manque.

Je reprends la route, je conduis jusqu'à la ville la plus proche du chalet qui possède un centre commercial. Je me gare dans un parking souterrain, les émanations d'essence me montent à la tête. En sortant d'un ascenseur, je m'attarde devant tous ces commerces impersonnels amassés sous la tôle d'un préfabriqué, prêt-à-porter, librairie tenue par des étudiants en psycho, instituts de beauté, coiffeurs, électroménagers, cinéma, restaurants.

Des amoureux se baladent l'un contre l'autre, ils vont faire leurs emplettes, attendre midi et manger aux yeux de tous dans l'allée fourmillante.

Les familles viennent acheter la nourriture de la semaine, plats surgelés, viandes, fromage sous cellophane, pains aux farines chimiques et j'en passe, il est certain que c'est moins cher que dans les commerces de proximité. Mais la qualité et la santé ont-elles un prix ?

En venant, ici, je tue moi aussi le commerce de proximité et la convivialité qui en découle, sauf quand, bien entendu, on tombe sur un libraire comme Régis.

Les acheteurs gardent l'anonymat, le boucher, le fromager ou le poissonnier du supermarché ne connaîtront jamais le nom de leurs clients, jamais réellement leurs goûts et ne pourront jamais vraiment les conseiller de manière efficace. Ces gens-là ne s'élèveront jamais dans la société, ils sont voués à s'isoler du reste du monde avec leurs achats en ligne.

Pour avoir réussi sa vie, il y a deux possibilités, une Rolex ou une poupée de cire à son effigie au musée Grévin.

Je m'enfonce dans le labyrinthe dégueulant du vingt-quatre-vingts. Je fonce vers ce dont j'ai besoin. Difficile de se repérer pourtant. Je trouve mon rayon, j'attrape mes achats et déguerpis vite fait. Je voulais me prendre de la boustifaille mais je ne peux me résoudre à enrichir des gros actionnaires avec des comptes en Suisse au détriment d'hommes et femmes qui se lèvent tous les jours à quatre heures du matin pour le plus grand bonheur de leur maigre clientèle.

Trouver une place de stationnement dans le centre-ville relève de l'impossible mais l'attente en vaut la peine. Je suis fier de moi quand je sors de ma voiture et que le soleil me chauffe le visage.

L'architecture des maisons est essentiellement en bois et en pierre. Derrière les habitations, la cime des montagnes se détache en dents de scie du ciel bleu. Lors de ma première escale, la banque, je tire un maximum de liquidités, ensuite la boulangerie, suivie du fromager, du charcutier et du caviste. Dans mes sacs, se balancent plein de mets délicieux, œufs en gelée, terrine façon grand-mère, grand-mère de qui ? On se le demande. Cancoillotte, comté fruité, sauciflard comme l'appelait papa , deux bouteilles de vin rouge qui me semblent fort sympathiques et deux baguettes, il ne me manque que le béret et les bretelles pour terminer la panoplie du parfait petit franchouillard-maquisard.

Encore quarante-cinq minutes de route pour atteindre le chalet ; la fin du trajet est chahutée par les nids de poule des chemins caillouteux. La végétation grandissante de chaque côté m'oppresse, les gratouillements des branches sur le capot me ramènent à des souvenirs d'enfance, quand papa nous emmenait Bérénice et moi dans son repaire. Il nous racontait dans les derniers kilomètres que toutes ses chansons voyaient le jour entre les planches du chalet. En journée, je patientais de voir les notes apparaître entre les interstices des rondins, l'attente se concluait par une sieste ou une nuit de sommeil.

Dans une clairière, l'héritage paternel daigne enfin m'accueillir, je n'y avais pas mis les pieds depuis plus de vingt ans.

Avant de pénétrer dans l'antre, j'inspire l'air pur, le chalet se situe sur un petit plateau ceinturé par les montagnes. De ma position, j'aperçois un morceau du lac. À l'abri du vent grâce à la verdure, le lieu est idéal pour l'isolement et remettre ses idées en place. Devant l'entrée, une table et des bancs taillés à même la pierre sont ancrés dans le sol.

Dans le chalet, instantanément, l'odeur de renfermé m'assaille. Ce qui me frappe en second est le silence, le calme. Il faut un instant pour s'habituer à la luminosité, des filaments d'or parvenus à transpercer les feuillages traversent les vitres épaisses et trouent le mur opposé sur une petite zone, comme les planches d'un saloon après une bagarre.

Des couches de poussière auraient dû s'entasser depuis une période si longue d'inhabitation. La propreté me laisse supposer que Louise a réalisé un grand nettoyage de printemps. La taille de la pièce principale me paraît plus petite que dans mes souvenirs. Dans un coin dort un lit ; un poêle à bois s'incruste dans le pan d'en face. Entre les deux, un bureau est installé, au-dessus duquel s'alignent des livres sur quatre niveaux d'étagères. Une armoire sommaire prend beaucoup de place ; à côté, accroché avec des clous, un hamac s'étend semblable à la décoration d'un filet de pêche dans une poissonnerie. Dans un autre angle, une guitare se dresse sur un pied voisinant des ramettes de papiers à musique. Au centre, *Même les étoiles s'éteignent,* m'attend sur un rocking-chair.

Je souris devant toutes les photos accrochées un peu partout, toute mon enfance et celle de Bérénice, les débuts de la relation entre ma mère et mon père, des clichés qui laissent transparaître la promesse d'un bel avenir.

Dans la salle du fond se trouvent les toilettes sèches, un seau empli de copeaux trône sur une surélévation.

Je m'empare du roman, le balancier du fauteuil me berce, le chiffre 8 agrémente la couverture de cette version. Loin de la société, dans la profondeur de la nature, je m'égare dans les pages.

Chapitre 31

Lecture du chapitre 7 de Même les étoiles s'éteignent

Quelques années plus tôt…

Aussi loin que remontent mes souvenirs, papa ne partait jamais plus de trois semaines pour ses concerts ou ses enregistrements, vingt-et-un jours maximum, toujours.

Les jours de retour, maman ne nous faisait pas goûter alors on savait que papa allait rentrer, il s'arrangeait pour arriver à dix-sept heures. Bérénice et moi étions toujours excités, on se chamaillait. Nous habitions une grande maison à l'écart de la ville, papa aimait la tranquillité, il affirmait trouver l'inspiration dans la quiétude et la nature. La sonnerie du carillon nous indiquait qu'il était juste devant la porte et qu'il s'apprêtait à baisser la poignée.

– Le dernier arrivé est le plus bête du monde, annonçait ma sœur.

Une course effrénée s'engageait, sans loi, pour gagner, il fallait être le premier devant papa. Bousculade, tirage de cheveux, croc-en-jambe devenaient nos armes pour le combat. La salle de jeux ne se situait pas à proximité de l'entrée, le chemin semblait bien trop court avec l'angoisse de devenir le plus bête du monde.

Déboulant dans le couloir de l'entrée, maman se tenait dans l'embrasure de la porte, appuyée contre un montant. Papa nous attendait toujours avec la main ouverte, face à nous, pour nous stopper.

Avant d'entamer la conversation, il attendait que nous le saluions d'une même voix ma sœur et moi, c'était une obligation.

– Bonjour papa.

– Bonjour les enfants.

Et là, démarrait son rituel, il récitait son poème préféré de Mac Arthur, toujours accompagné des mêmes gestes et intonations, si bien qu'à dix ans, je le connaissais par cœur, mimiques comprises.

– La jeunesse n'est pas une période de la vie, elle est un état d'esprit, un effet de la volonté, une qualité de l'imagination…

Doigt sur la tempe.

Après les premiers vers, je n'écoutais plus, attendant avec impatience la fin de son récital.

Son bras balayait l'air d'un arc de cercle.

– Si un jour, votre cœur allait être mordu par le pessimisme et rongé par le cynisme…

Ses doigts agrippaient sa chemise au niveau de son cœur avant de conclure en nous pointant du doigt.

– … Puisse Dieu avoir pitié de votre âme de vieillard.

Après quoi, d'un signe, il nous autorisait à lui sauter dessus alors qu'il s'abaissait à notre hauteur, nous le couvrions de bisous dans le cou, un endroit qui le chatouillait et le faisait rire aux éclats. Il nous donnait nos pâtisseries, un mille-feuille pour Bérénice, un Paris-Brest pour moi, après avoir embrassé tendrement maman, toujours dans cet ordre.

Nous savourions nos gourmandises, léchant nos doigts pour ne pas perdre un soupçon de la délicieuse crème si réputée de la plus grande boulangerie de la région. D'un œil pétillant, papa nous observait avant d'annoncer qu'il allait dans son studio d'enregistrement au sous-sol pour travailler un peu.

Maman fulminait contre lui à chaque fois, insistant pour qu'il nous fasse faire nos devoirs pendant qu'elle préparait à manger. Un sujet de dispute récurrent. Après plusieurs années, il ne prenait plus la peine de répondre à ses remarques et descendait directement avec sa valise encore fermée.

Malgré ses plaintes et ses grognements, maman cédait et nous surveillait. Les devoirs terminés, nous devions aller jouer dans la salle de jeux jusqu'à l'heure du diner, interdiction formelle de déranger papa.

Une fois, lors d'un de ses retours, j'eus le malheur d'aller dans son antre, il n'eut pas le temps de perdre patience. Assis dans un fauteuil, des feuilles devant lui, il grattait quelques mesures sur sa guitare. Je fis peu de bruit mais suffisamment pour que sa tête sorte de sa créativité. Son visage se métamorphosa. Il bondit et me fonça dessus, sa forte respiration me terrorisa. À cet instant, je savais que j'avais fait une bêtise. Mon oreille fut prise au piège entre ses doigts et il me tira jusque devant ma mère dans la cuisine.

– Je t'ai déjà dit que je ne voulais pas être interrompu pendant mes essais. Ce n'est pourtant pas compliqué, je ne te demande pas grand-chose, il ne faut pas être polytechnicien pour surveiller des gosses.

– Ne lui tire pas l'oreille comme ça. Tu vois bien que tu lui fais mal, me protégea ma mère alors que je pleurais.

– Je leur avais déjà expliqué de ne pas descendre quand j'enregistre. Ça lui servira de leçon.

– Tu deviens complètement fou avec ta musique. Tu vas finir par…

Mon père me relâcha, je détalai vers la salle de jeux pour rejoindre ma sœur. Blotti contre mon aînée, l'oreille rouge, je ne comprenais pas ce qu'ils se disaient mais les décibels croissaient. Je n'arrivais pas à m'arrêter de pleurer, j'avais terriblement honte. Cette expérience me servit de leçon, je ne descendis plus jamais au sous-sol sans l'autorisation paternelle.

« Les enfants, à table », était le dernier appel avant l'embarquement pour le dîner familial.

Papa s'asseyait toujours le dernier, avant d'approcher sa chaise de la table, il secouait son poignet gauche pour remettre sa montre trop grande, héritage de son père, et il proclamait :

– Je vais aller la faire réajuster.

Maman apportait les plats, papa nous servait toujours, d'abord maman, puis Bérénice et moi pour terminer.

– Charles, la galanterie, ce n'est pas inaccordable.

Papa nous posait une question chacun notre tour pour s'informer de ce que nous avions fait durant son absence. Il amenait la fourchette à sa bouche, posait les coudes sur la table et croisait les doigts au-dessus de son assiette comme un toit de maison tout en mâchant, toujours. Son écoute était attentive et intéressée, toutes les deux ou trois bouchées, il buvait une gorgée de vin rouge, toujours. Ensuite, il me proposait de goûter son verre et même si je n'aimais pas le côté râpeux de cette boisson d'adulte, je goûtais, je goûtais pour faire comme papa. La grimace post dégustation, le faisait toujours rire.

– Tu n'aimes pas aujourd'hui mais un jour, tu apprécieras.

Quand chacun avait passé son tour de parole, il mettait les informations télévisées et là, silence radio obligatoire pour ne pas l'énerver.

À la fin du repas, papa, nous envoyait toujours jouer pendant qu'il aidait maman à débarrasser la table. Trente minutes plus tard, après qu'ils aient pris leur café et discuté entre adultes, direction la salle de bains pour nous préparer pour la nuit. Une fois en pyjama, nous passions au brossage de dents, papa se tenait dernière nous et se mettait toujours à chanter, *la valse à mille temps*. Tant que la chanson n'était pas finie, nous ne devions pas arrêter de frotter, le rythme s'accélérait, nos mouvements aussi.

« Propres comme des sous neufs » aimait-il conclure. Dans la salle de jeux, nous choisissions chacun un fauteuil, mon père prenait toujours le plus gros. Il nous lisait une histoire, un chapitre ou deux. La nuit du drame, nous avions commencé *Bilbo le hobbit*. Je me réjouissais déjà d'être à la prochaine lecture pour découvrir ce qu'il allait arriver à ce semi-homme.

Papa allait d'abord coucher ma sœur, maman venait m'embrasser en premier puis ils changeaient de chambre. Papa s'asseyait toujours près de moi, il passait une main dans mes cheveux.

Ce soir-là, c'était un vendredi.

Je m'en souviens encore très bien. J'adorais quand papa revenait de son travail mais j'adorais encore plus quand il revenait un vendredi car cela signifiait que le lendemain, il me donnait un cours de guitare. Tous les samedis où il était présent, nous descendions dans son studio au sous-sol et pendant une heure ou deux, il m'apprenait des accords et des techniques. Parfois même, il me laissait jouer avec sa guitare, uniquement quand j'avais très bien travaillé. Alors pour jouer de l'instrument de papa, je me concentrais au maximum.

J'adorais le vendredi soir quand papa rentrait, j'adorais quand papa rentrait, j'aurais adoré qu'il soit présent tout le temps.

Avant de m'embrasser sur le front, il me demandait comment allait mon copain René, celui qu'il appelait ainsi était en réalité Eustache. Je n'ai su que bien des années plus tard pourquoi papa nous surnommait, Antoine et René.

– Je t'aime Charles.

– Je t'aime aussi papa.

Avant d'éteindre la lumière, il me regardait.

– L'amour, ce n'est pas intemporel, prononçait-il toujours avant l'extinction.

L'amour, ce n'est pas intemporel.

Quand il était là, je plongeais toujours dans le sommeil avec des sonorités musicales dans la tête.

Souvent, je me réveillais la nuit. Depuis mes huit ans, je ne dérangeais plus mes parents, j'allais aux toilettes et me recouchais ensuite, seul, comme un grand. Quand papa dormait sous son toit, c'était différent.

Il nous avait expliqué qu'il était insomniaque, ça voulait dire qu'il ne se reposait pas beaucoup, il n'y parvenait pas. Il passait le début de la nuit avec maman, toujours, et quand elle s'endormait, il retournait dans le salon.

Papa allumait la télé et la regardait jusqu'à ce qu'il s'assoupisse. Quand je me levais pour mes besoins, je passais par le salon, il dormait. Je me rendais dans la salle de jeux pour prendre le plaid que Bérénice et moi lui avions offert pour son anniversaire quelques années plus tôt avec les sous de maman. Papa le repliait en un carré parfait et le rangeait dans un coin de la chambre chaque matin. Avec mes bras trop courts, je le dépliais et le déposais sur lui avant d'éteindre la télé, puis je retournais me coucher.

J'aimais prendre soin de mon père, j'espérais qu'en le dorlotant, il reviendrait plus souvent.

Cette nuit-là était comme toutes les nuits, je n'eus aucun mal à repartir en première classe pour le pays des rêves. Des soirées comme celle-là devaient durer toujours.

Au petit matin, je fus réveillé par des cris et des pleurs, je me levai au radar, je ne pris pas la peine d'enfiler mes chaussons.

Une fois dans le salon, l'image se figea.

Maman était penchée sur papa, elle criait.

– Réveille-toi, s'il te plaît réveille-toi, hurlait-elle entre deux sanglots.

Je craignais qu'elle veuille lui faire du mal, je ne comprenais pas pourquoi elle hurlait.

Bérénice dans le coin entre le mur et le buffet se recroquevillait sur elle-même comme une araignée morte. Elle pleurait aussi sur son doudou.

Je m'approchai de maman.

– Papa dort ? demandai-je.

Maman me sonda, le regard vide, la bouche ouverte.

– Mon amour, je suis là, réveille-toi, lui susurrait-elle.

Je le touchai, le poussai doucement. Son menton reposait sur son torse, paisible.

– Papa ? Papa ? osai-je doucement.

Pas de réponse.

Des sirènes retentirent, des pompiers entrèrent dans la maison, leurs grosses bottes martelèrent le sol. Dans leur sillage, deux hommes en blouse blanche se pressaient. Des lumières bleues et rouges dansaient sur les murs.

Tous ces étrangers à la mine sérieuse se postèrent à différents endroits de la pièce. Leur présence m'oppressait.

Un homme me repoussa. Il mit ses doigts contre le cou de papa. Il fit un signe négatif de la tête avec une moue dépitée.

Le mot « mort » sortit de sa bouche.

Maman s'abandonna.

Bérénice gémit.

Je compris.

Papa était comme Komoa, notre chien. Je connaissais cet animal depuis mon premier jour de vie, il m'avait accompagné dans pleins d'aventures et un matin, au réveil, Komoa se trouvait tout raide dans son panier. Maman m'avait expliqué qu'il était mort, qu'il ne jouerait plus avec moi, que je ne le reverrais plus. Qu'à partir de cet instant, Komoa était monté au ciel et qu'il me regardait de là-haut.

Papa dans son canapé avait rejoint Komoa. Papa ne pouvait pas nous avoir abandonnés pour aller dans les nuages, c'était impossible.

Je compris.

Maman n'arrêtait pas de pleurer. Bérénice l'imita avec plus d'ardeur.

Je cherchai de l'aide du regard, les pompiers et les hommes en blanc tournaient la tête.

L'homme au-dessus de papa consulta sa montre.

Un peu plus tard, on me confirma que mon papa ne se réveillerait plus.

Encore un peu plus tard, j'entendis pour la première fois de ma vie : arrêt cardiaque.

Je ne le savais pas mais ces deux mots pouvaient mettre un terme à tout.

Et ce qui devait durer toujours se termina un matin de printemps de ma dixième année.

Toujours…

J'appris que toujours n'est pas éternel…

32

Aujourd'hui...

La lecture de ce chapitre fut d'une extrême violence. Je n'ai pas réussi à me remettre de la disparition de papa, comment serait-il aujourd'hui ? Comment, moi, j'aurais grandi en sa présence ? Pour ne pas trop réfléchir, je m'attèle à installer le hamac entre deux arbres.

Suspendu, les murmures de la forêt et du vent pour seule compagnie, j'inspire l'odeur de la fougère et de l'eau. Si je fais le bilan de ma vie, sur la face visible du tableau, les résultats favorisent ma réussite, multimillionnaire, beau garçon, des fans dans presque chaque ville du monde, une cote de popularité frôlant les sommets de tous les classements. De l'autre côté, l'ardoise est salée, plus de père à l'âge de dix ans, en conflit avec Bérénice et Eustache, traîtrise auprès de mon groupe d'amis, absence au mariage de ma sœur, abandon de ma mère, perte de la femme de ma vie qui est enceinte d'un autre homme.

La cause de ce désastre : moi et moi uniquement.

Parfois, on ne fait pas attention, l'autodestruction nous accompagne, emboîtant nos pas, nous quittant seulement lorsque notre vie est en miettes.

Sur le trajet pour venir au chalet, une graine plantée dans mon esprit germe, aux extrémités de cette jeune pousse, les bourgeons libèrent un projet, un plan, un dessein capable de me permettre de tout recommencer.

La mort, ce n'est pas la pire des fins.

Des chenilles disparaissent chaque jour pour se transformer en de majestueux papillons.

Je saute du hamac et récupère les deux bassines dans la cabane pour les remplir avec l'eau froide du lac. Avec la verdure morte ramassée, j'active le poêle à bois. Des toilettes, je décroche le grand miroir que je dépose sur le lit.

Pendant que l'eau bout, je gobe l'œuf en gelée pour ne pas laisser mon organisme sans provision. Mes doigts s'enfoncent pour la dernière fois dans cette tignasse blonde, brune, brune, blonde dessinée par un coiffeur réputé qui ne me représentait absolument pas.

De retour à l'extérieur, du sac de courses du supermarché, j'extirpe une tondeuse. Pour ne pas finir chauve, je laisse le sabot le plus petit. Torse nu, mes mèches tombent sur le sol. Je passe, repasse plusieurs fois pour être certain de ne pas oublier un épi. Quand ma main caresse mon crâne, je ne sais que penser, ma capillarité n'avait pas eu cette longueur depuis le lycée.

J'époussète le gros des cheveux sur mon corps. Avec la bassine, impossible de tout enlever, je suis bon pour une séance de grattage jusqu'à la prochaine douche. Cette idée m'est insupportable, j'ai bien une solution mais…

Rien qu'à cette image, un frisson me paralyse.

Devant le lac, j'ôte mes chaussures, mon pantalon, mon caleçon, nu comme un ver, je me penche vers l'eau, mon visage apparaît dans le fond méconnaissable. Je ne me contemple pas trop longtemps, Narcisse est mort de cette manière.

Mon pied disparaît dans le liquide, un électrochoc, des glaçons tournoient de mon mollet à ma hanche, une tornade éclate tous les pores de ma peau, ma jambe ressemble à une cuisse de poulet.

Je marche précautionneusement pour ne pas m'ouvrir la plante des pieds avec les rochers coupants, j'arrose ma nuque pour éviter l'hydrocution. Les éclaboussures me coupent la respiration. Prêt, je plonge à la surface, j'essuie les cheveux sur mes épaules, sur mon crâne, je change de peau, mon baptême.

Étalé sur un rocher, lézardant, je tente de sécher. Le duo brise-gouttes d'eau brûle mes dernières résistances à cette guerre froide. Moi, tout petit, avalé par la roche et la végétation environnante, je réalise que l'existence peut prendre un autre sens face à l'immensité.

Suite à cette pause, de nouveau dans la cabane, exténué, je m'affale de tout mon poids dans le rocking-chair, la boiserie m'hypnotise, je m'endors.

Au réveil, la nuit tombe, dans une semi-pénombre, j'allume des bougies, la bassine est chauffée pour la deuxième fois, je m'occupe du rasage de mon collier mal taillé depuis mon dernier concert. Doux comme un bébé. Dans le crépitement du poêle, la reprise de force s'impose, j'éclate le saucisson, la terrine, le fromage, le tout dans le pain avec un peu de vin pour mieux faire glisser le mélange. J'en conserve pour demain matin.

À présent, l'obscurité est totale dehors, par la fenêtre, la lune éclaire ce petit endroit du monde dans lequel je me cache.

Face à la glace sur mon lit, je m'observe, je retire mon dé pendouillant à mon oreille, la chance me quitte. Mon portrait, rasé, cheveux courts, fait de moi un homme neuf, prêt à repartir à zéro, à laisser son passé derrière lui. Mon dernier lien avec Nilse sont mes tatouages, treize scarifications que je garderai pour le restant de mes jours, stigmates de mes erreurs.

En me contorsionnant, les dessins sont réfléchis dans le cadre de mercure.

L'amour, ce n'est pas intemporel fait un arc de cercle dans le haut de mon dos.

Sur mon pied gauche, une phrase s'étire, *se souvenir des beaux lendemains*, Louise.

Tant de croquis pour la falsification de ma personnalité, vendre plus, toujours plus, je me trouve dans la contrainte de vieillir avec ces reliques.

La lueur des bougies installe une atmosphère inquiétante et chaleureuse, je me sens comme le petit garçon qui attend sa mère dans *le miroir* de Tarkovski, une flamme entre les paumes.

Les couvertures du lit m'enveloppent, les bruits de la nuit m'angoissent, les animaux, le vent, le craquement des branches, j'imagine papa, à ma place. Le chapitre suivant de *Même les étoiles s'éteignent* m'attend quelque part mais avant, un long périple me barre la route. L'obligation de prendre un peu de repos ne se conteste pas. Je souffle la bougie.

Réveillé par la lumière de l'aube, je me refuse à sortir trop vite du lit, six heures du matin, rien ne presse. Nu, je poursuis ma recherche de parcelles de fraîcheur.

L'ingurgitation d'un petit déjeuner costaud s'avère nécessaire pour ne pas faire un malaise dans le courant de la journée. Les restes de mes vivres ne rassasieraient pas Gargantua mais il va falloir s'en contenter. N'ayant pris que du vin comme boisson, le risque de me déshydrater durant mon expédition prend des proportions importantes. Ne pas anticiper les primordialités ne me surprend absolument pas.

Un brin de toilette et un peu de rangement ne sont pas du luxe, avant de quitter le chalet avec mon téléphone.

Au cœur de la montagne et de mère nature, le réseau ne passe pas, je m'éloigne en quête de hauteur pour améliorer mes chances de me reconnecter aux systèmes de communication. Depuis une falaise, je vois un morceau du toit de ma maison camouflée entre les épaisseurs de feuilles. Deux barres apparaissent sur mon écran, deux barres qui changent tout, à neuf heures passées, je peux appeler Herbert.

– Allô Nilse ?

– Oui, ça va ?

– Oui.

– Je ne te dérange pas ? demandé-je

– J'ai pas mal de choses à faire.

Petit joueur. Il attendait mon appel depuis notre dernière engueulade.

– Je n'en ai pas pour longtemps, ne t'en fais pas. Je voulais te dire que tu avais raison.

– À propos de quoi ?

– Mon changement de comportement, le retour de Louise a été un bouleversement dans ma vie, je comprends plein de choses.

– Je sais, j'ai beaucoup réfléchi aussi et je suis sûr que l'on peut concilier son retour avec ta carrière. Si tu veux que l'on décale l'album et la tournée, je me débrouillerai pour le faire.

– Tu n'as pas tout saisi Herbert. Te rends-tu compte que j'ai planté mon groupe, que je ne parlais plus à mon meilleur ami, à ma sœur, à ma mère, à ma fiancée, que j'ai repoussé l'enterrement de ma grand-mère pour quelques millions aux États-Unis ?

– Nilse, c'est le passé, tu as fait des choix, tu ne pourras plus revenir en arrière, il faut poursuivre pour ne pas avoir fait tout cela pour rien.

– C'est ce que je me suis dit aussi, sauf que j'ai revu quelques-unes de ces personnes. Mes amis m'ont pardonné, ma sœur s'est mariée avec Eustache, ils ont eu un enfant que je ne connais pas, Louise aussi est mariée et elle est enceinte, et surtout ma mère…ma propre mère ne me reconnaîtra plus jamais. J'ai tout perdu Herbert.

– Je… je… je suis sincèrement désolé Nilse. Tu as fait des sacrifices, je le sais, ce n'est pas le moment de tout remettre en question, dis-toi qu'ils aimeraient que tu ailles au bout de tes rêves.

– Je n'ai plus la force de continuer, plus la force d'aller au bout de mes rêves, je n'ai plus goût à rien. J'abandonne Herbert, je vais mettre fin à tout ça. Je vais partir. Je vais partir définitivement, plus rien ne me rattache à cette vie.

– Qu'est-ce qu'il t'arrive ? Tu es où ? Il faut que l'on se voie, que je te parle, que je te remonte le moral, accélère-t-il paniqué.

– Il n'y a plus rien à faire je te dis, j'arrête tout, je vais en finir avec mes fautes.

– Tu es où ? Réponds-moi merde !

– Dans le Jura, j'ai squatté le chalet de mon père pour mettre mes idées au clair. Maintenant, je suis au bord d'une falaise.

– Que fais-tu là ?

– Je vais sauter Herbert, je vais tout recommencer à zéro.

– Non Nilse, fais pas ça, hurle-t-il.

– Adieu Herbert.

Raccroché.

Comme un frisbee, le téléphone plonge dans le vide, la chute n'est pas bien haute, suffisamment pour que l'appareil explose en morceaux à l'atterrissage, me coupant définitivement de tout contact avec mon passé.

J'inspire, l'air gonfle mes poumons et soulève ma cage thoracique dans un sentiment de puissance absolue. De nouveau, je suis moi. Mon costume de Nilse termine sa représentation dans ce ravin.

Charles reprend son destin en main.

33

En début de soirée, avant d'entrer dans mon appartement parisien, j'ai pris les précautions nécessaires, je suis passé par l'arrière-cour, la paranoïa me tient en éveil. Après le vol plané de mon téléphone, je suis redescendu pour prendre mes affaires et je me suis enfoncé dans la nature pour une odyssée. Herbert allait vite trouver la localisation du chalet de mon père et envoyer quelqu'un, voire lui-même, pour s'assurer que sa poule aux œufs d'or était toujours en vie. En laissant ma voiture garée devant le repaire de mon père, il passerait un long moment à me chercher dans un très large périmètre. Je ne sais même pas s'il découvrira la supercherie tant que je n'aurai pas refait surface.

La randonnée a été longue jusqu'à la première ville, j'ai eu la chance de tomber sur une source d'eau naturelle durant mon trajet. Je suis revenu à la civilisation à quinze heures trente après un quart de journée de marche. Une autre voiture de location m'a ramené à la capitale.

En préparant deux-trois affaires pour terminer *Même les étoiles s'éteignent* sans avoir à repasser par des endroits trop familiers, je me délecte d'un petit rhum arrangé de la Réunion, conception maison de Lolita, une fan adorable et bienveillante qui m'envoie régulièrement une bouteille pour mon plus grand plaisir. Je ne suis pas pressé, la prochaine étape indiquée dans l'introduction du dernier chapitre n'a lieu que demain.

L'alcool m'aide à me détendre après cette journée harassante. Dans mon sac, des vêtements s'entassent, de quoi tenir une semaine. Si d'aventure, la fin du roman dépasse ce délai, je me servirai de mon argent liquide pour me réapprovisionner. Interdiction d'utiliser ma carte de crédit, je ne vais pas gâcher ma fausse mort avec une erreur de débutant. J'en ai vu des James Bond.

Dernière rasade cul sec, j'hésite à prendre la bouteille pour la soirée… il vaut mieux que je garde ma lucidité pour ne pas décevoir Louise. Je me trouve une petite chambre d'hôtel sympa. Bien que ma métamorphose faciale ne permette pas aux quidams de me reconnaître, j'évite un établissement de luxe, je risquerais d'y croiser mes amis du showbiz.

Mes affaires déposées, en contre-ordre de la prudence, je vais faire un tour en ville, au coin d'une rue, un cinéma indépendant fait l'angle. Une séance va commencer, *Les fraises sauvages* de Bergman, un film dont je garde un excellent souvenir quand je l'avais vu dans ma jeunesse. N'ayant rien prévu ce soir, et sachant pertinemment que, malgré la fatigue de ma longue marche, je ne vais pas dormir de suite, je m'autorise un moment de détente. Durant la diffusion, je ne peux m'empêcher de transposer les maux de ce vieux médecin aux miens.

Je sors de la salle, bouleversé, plus proche de me biler que de jubiler devant le jubilé de cette carrière fictive. Encore l'histoire d'un homme qui a abandonné sa famille pour son métier.

J'erre encore un peu, avant de me prendre un sandwich dans une brasserie puis de remonter dans ma chambre.

Je repense à ce film, les relations du père avec son fils, du fils avec sa femme, de la femme avec son bébé, me renvoient à mes propres fautes. J'aurais aimé garder papa auprès de moi, je n'ai pas pu profiter de lui, il avait encore tellement à m'apprendre. Son manque me fait souffrir encore, toujours... à la dérive... maman, l'oubli, Bérénice, Eustache.... Louise.... Louise...

Le matin, peu reposé, mes muscles me rappellent l'effort de la veille dans de douloureuses contractions. Mes yeux sont gonflés, il faudra que je fasse des pauses dans la journée.

Dans Paris, devant chaque bouche de métro, la terrasse d'un café attend d'avaler un client. Trois ou quatre cafés plus tard, je paie ma dette sans laisser de pourboire parce que débourser un euro cinquante pour de la bouillasse, c'est un peu se moquer du monde.

Bien que parti en avance pour mon prochain rendez-vous, je dois admettre que je vais être en retard. Non habitué à conduire dans Paris, une erreur de porte plus des bouchons, associés à l'heure de pointe ont eu raison de ma prévoyance.

FunnyLand est un hangar de plusieurs milliers de mètres carrés en tôles blanches situé dans la zone industrielle de Tremblay-en-France. Pas de fenêtre, juste un cube avec un renard géant coiffé d'une casquette en guise d'enseigne. L'éclairage artificiel apporte une touche dépressive à l'atmosphère censée être joviale. Le repaire des enfants est à peine ouvert depuis une demi-heure qu'il est déjà plein à craquer, vacances scolaires aidant. Des piaillements, des hurlements attaquent mes tympans avec violence. Des boules de couleur sont propulsées dans les airs. La mascotte, un renard en salopette, à la tête surdimensionnée, salue les bambins et dodeline. Des clans se réunissent par attraction. Sur un côté, un snack accueille les parents. Certains parlent entre eux de façon faussement gênée mais courtoise pendant que d'autres dépriment, isolés, un verre à peine entamé devant eux, maudissant l'invention des congés ou d'avoir fait des gosses. Peut-être que j'exagère. D'autres adultes s'appuient sur la barrière délimitant le parc pour surveiller les plus petits.

Depuis l'entrée, difficile de repérer Louise, je pousse un tourniquet qui reste bloqué, un type dans une cabine me fait signe de venir. Il doit à peine avoir la vingtaine, un air désabusé, un duvet de muchacho et une mèche de cheveux lui tombe sur le front.

– Monsieur, faut payer l'entrée.

– J'ai rendez-vous, je viens juste voir quelqu'un.

– Tout le monde vient voir quelqu'un ici, il faut payer pour entrer.

– D'après vous, quel âge j'ai ?

– J'en sais rien.

– Fais un effort, cherche.

– J'dirais trente-cinq-quarante.

Faites des gosses...

– Et donc tu penses que je viens pour jouer ?

– Les accompagnateurs doivent payer, c'est écrit sur la pancarte, insiste-t-il en pointant l'affiche devant lui.

– Bon, combien je te dois ?

– Quinze euros.

– Mais c'est du vol !

– Ce n'est pas moi qui fixe les prix.

Et dire que c'est lui l'avenir du pays.

Dans l'enceinte de l'enfance, je scrute chaque visage, en quête de la chevelure dorée de Louise. Parmi les parents, il n'y a qu'une blonde mais ce n'est pas la mienne, celle-là s'approche plus du manuel de la parfaite petite maman refaite qui ne veut pas abdiquer devant la détérioration de l'approche de la quarantaine.

Ma recherche relancée, l'analyse reste infructueuse, Louise n'est pas là, je suis pourtant en retard. De dos, une femme observe des enfants depuis la rambarde, elle tourne la tête…

Je la reconnais.

Mon rencard…

Ce n’est pas Louise…

C’est ma sœur.

Bérénice.

34

Face à face, nous nous examinons, nous nous jaugeons, l'un ou l'autre doit prendre la parole, je tire le premier.

– Je suis content de te voir. Vraiment.

– Moi aussi.

À ma grande surprise, elle me prend dans ses bras, je la serre.

– Comment vas-tu ? lui demandé-je.

– Et bien écoute, plutôt bien et toi ?

– J'ai connu mieux.

– Nouvelle coupe de cheveux ? balance-t-elle en envoyant ses pupilles vers le haut de mon crâne.

– Un essai. Pas très réussi, je crains.

– Disons que ça change de ce que l'on voit dans les médias. Tu es méconnaissable.

– C'était le but. Louise n'est pas là ?

– Non, aujourd'hui, c'est avec moi que tu as rendez-vous.

– Ça me va. Je crois que nous avons à parler.

Nous nous retournons en direction de l'aire de jeux.

– Je pense aussi, reprend-elle.

Notre dialogue s'éteint, la joie des enfants prend le dessus. Un malaise s'avance, si je le laisse s'installer, renouer la conversation s'avérera impossible. J'ose.

– Louise t'a mise aussi dans son jeu ?

– Oui. Tu as de la chance d'avoir rencontré une femme comme Louise.

– Je m'en rends compte, c'est un peu tard mais je m'en rends compte.

– Elle fait beaucoup pour toi.

– Je sais.

– Je dois t'avouer qu'au départ, je ne voulais pas participer à son projet, nous avions tous refait nos vies sans toi…

– Je le sais aussi. J'ai vu les photos dans la chambre de maman.

– Je ne te demande pas si ça a été difficile de la revoir ?

– Ce n'est pas nécessaire, j'en ai souffert et ce n'est que le début. Tu n'as pas besoin de me dire que c'est de ma faute, je le réalise déjà et je vais être contraint d'y penser jusqu'à ma mort.

– Je ne comptais pas te le dire, je pense que tu le sais déjà. Tu ne m'en voudras pas de ne pas te l'avoir dit quand je l'ai appris. Je t'ai reproché énormément de choses, plus que tu ne peux l'imaginer, c'est d'ailleurs pour ces raisons que je ne voulais pas aider Louise dans sa démarche. Après beaucoup, beaucoup de refus, elle est parvenue à me convaincre et j'ai saisi que c'était l'occasion de me réconcilier avec toi. Elle m'affirmait que si tu atteignais ce rendez-vous, ça signifiait que tu acceptais de te mettre face à tes responsabilités. Alors, j'ai réfléchi, la musique c'était ton rêve, comme celui de papa, tu suivais ses traces. Je peux comprendre que le succès brutal t'ait fait perdre les pédales. Louise t'épaulait mais le fait d'être autant adulé t'a fait craquer. Beaucoup de choix, de tes choix ou des miens ont été influencés par cette réussite. Oui, je t'ai caché ma relation avec Eustache. Oui, je n'aurais certainement pas dû. Mais je préférais te voir une fois dans le mois avec toute la famille plutôt que de craindre une réaction d'homme primaire. Il est probable que tu aurais bien pris cette nouvelle, peut-être pas de suite, on ne le saura jamais. Je ne te l'ai peut-être pas dit au bon moment mais je souffrais comme toi de la mort de mamie, j'avais besoin de lui. Il m'aidait Charles. Ensuite, je n'ai pas supporté ce que tu as dit à Eustache quand il a voulu te demander d'être le témoin de notre mariage. Je t'ai détesté de ne pas être présent, je t'ai haï pour ce que tu as fait à maman. Et même si elle était malade, tu n'avais pas à la faire souffrir comme ça, elle avait tout donné pour nous. Je t'ai tenu responsable de ce qui lui arrivait. Là, j'avais tort mais bon… la colère… je ne t'ai pas prévenu…

Elle venait de tout me dire en un seul souffle, émue, elle m'emporte dans sa tristesse.

– Bérénice, je suis vraiment désolé de tout ce qui s'est passé, j'étais dans une telle obsession de gloire que je ne voyais plus rien autour. Je ne réalise qu'aujourd'hui que je n'étais centré que sur moi-même. J'ai fait preuve de beaucoup d'égoïsme, je ne discernais pas l'important du futile. J'ai tellement gâché et je sais que je ne pourrai pas revenir en arrière. Je vis déjà avec tellement de regrets et de remords.

Dans le silence, elle regarde les enfants, moi dans le vague, je ne sais ce que je ressens, ce n'est pas de la gêne, non, autre chose. Ces mots sont tombés comme l'éclair, au moment où je ne l'attendais pas et avec une férocité sans précédent. J'ai ressenti son discours travaillé, ce pardon qu'elle voulait m'offrir depuis longtemps parce que je suis son frère, sans pour autant omettre de me renvoyer à chacune de mes erreurs.

– Eustache n'est pas là ? demandé-je pour détourner l'attention.

– Non, il n'a pas pu venir.
– Pourquoi ?
– Je ne peux pas te le dire.
– Encore une énigme ?
– Tu verras… mais je ne suis pas venue seule.
– Comment ça ?
– Tu vois le garçon avec le tee-shirt vert, là ?
– Oui.
– C'est ton neveu.

Le garçon est petit, une version miniature d'adulte, impensable de se dire qu'un jour ce petit morceau de viande aura ses propres opinions. Les expressions de son visage varient à une vitesse folle, ses yeux malicieux me rappellent ceux de ma sœur.

Je dirais qu'il ressemble à Bérénice… ou Eustache… je n'ai jamais été physionomiste.

– J'avais vu des photos de lui dans la chambre de maman. Félicitations.
– Merci.
– Il s'appelle Pierre.
– Comme papa.
– Oui.

Pierre s'amuse dans une piscine emplie de boules en plastique de toutes les couleurs. Il fait une bataille avec d'autres enfants, à cet âge, pas d'a priori, un sourire, un copain, *basta*.

– J'ai demandé à Louise que tu passes du temps avec lui dans le cadre de ton aventure. Si tu es d'accord bien entendu.
– Je n'ai pas la suite du roman ?
– Non. Elle m'a demandé de te dire que tu touchais au but, que ça serait dommage de tout arrêter là.
– Oui j'accepte avec plaisir de passer du temps avec Pierre. J'aurai quand la suite du roman ?
– Tu le découvriras bien assez vite. Je dois partir, nous

aurons le temps de rediscuter toi et moi. J'ai promis au petit que tu le sortirais aujourd'hui.

– Où ça ?

– Il te le dira. Tiens, prends son sac. Dedans, il y a des affaires de rechange, son doudou, sa trousse de toilette.

– Je le garde longtemps ?

– Pas trop mais prépare-toi à passer la nuit avec lui quand même. Pierre… Pierre, mon cœur, viens par ici s'il te plaît, lui crie sa mère.

Le garçon nous rejoint, déçu d'abandonner ses copains en pleine bataille.

– Je t'ai dit tout à l'heure que tu allais rencontrer Charles, tu te souviens ?

– Oui.

– Voilà, c'est lui.

L'enfant baisse la tête et s'avance vers ma sœur.

– Bonjour Pierre, lui dis-je en me baissant à sa hauteur.

– Bonjour, répond-il faiblement.

– Alors, il paraît que l'on va faire connaissance en passant une journée ensemble ?

– Oui.

– Il n'est pas bavard, continué-je en m'adressant à Bérénice.

– Il est timide mais ça va bien se passer. Bon mon cœur, j'y vais. Tu es bien sage avec Charles.

– Oui.

– Viens me faire un bisou.

Elle l'attrape par les aisselles et dépose un baiser sur son front, sa maternité lui va bien.

– Je vous laisse, n'oublie pas son sac et ne le couche pas trop tard. Je suis heureuse de t'avoir revu.

– Moi aussi.

– A très vite tous les deux.

Nous la regardons partir.

Je le toise des pieds à la tête, je n'ai encore jamais eu à m'occuper d'un enfant. Il faut une première à tout.

– Bon Pierre ! Tu veux rester jouer un peu ici ou faire autre chose ?

D'un coup, ses yeux scintillent.

– Maman m'a dit que quand tu seras là on irait à…

35

Sur un grand parking, je souffle alors que Pierre s'exalte. Devant nous, ce n'est pas la pyramide du Louvre, ni le parc du Luxembourg, encore moins le château de Versailles, loin de la Tour Eiffel, je ne cite pas la cité des sciences, non, aucun de ces lieux culturels… La menace de l'amusement plane au-dessus de nos têtes, le choix du petit n'a rien de surprenant, un monde en carton mâché, féérique, coloré…

Bienvenue à…

Disney land Paris.

Un monde merveilleux, sans crimes, sans crises, sans cristi où les criscris du Crispin Jiminy Criquet criblent l'image du crique qui croque devant les iris cristallins des petits criailleurs et des petites crinolines.

Dans un premier temps timide, Pierre avait fini par délier sa langue, son élocution me semble précoce pour son âge. Sa maturité doit venir de son père, doctorant en histoire et de sa mère traductrice, chacun naît libre et égal mais pas dans le même moule. Aussi brillant soit-il, devant la maison de Mickey, comme n'importe quel bambin, Pierre se mue en une boule d'énergie.

Je lui tiens la main, je ne veux pas le voir disparaître dans cette armée d'enfants, je ressens une certaine fierté à me pavaner avec lui.

Un tapis roulant interminable nous dépose proche de la herse du château. Et dire que ce parc se classe numéro un dans les monuments les plus visités de France. Les visiteurs viennent de tous les horizons, de toutes les générations, de tous les sexes, de toutes les communautés, tous se mélangent pour le plaisir des enfants. Des adolescents errent en bande, ils courent vers les attractions, plus vite que pour faire leurs devoirs.

Une caissière souriante mais sans plus allège mon portefeuille pour alourdir les poches de Walt, ou de Steve maintenant… *Good Job !*

Mickey nous accueille, le trépignement de Pierre me fait comprendre qu'il veut rejoindre son ami fictif.

– Vas-y mon gars !

Sa course est encore celle d'un enfant, ses genoux ne se déploient pas totalement, son bassin tourne exagérément d'un côté à l'autre. Sociable mon petit, d'autres de son âge pleurent contre la jambe de leur mère. Faites du bien aux vilains…

Du coup, je suis encore plus fier de lui, je suis sûr que c'est un gosse à câlins, pas de ceux qui ne veulent pas dire bonjour aux adultes. Dans un groupe, il hurle avec les loups pour saluer la souris, Mickey leur caresse la tête, un rictus ineffaçable sous le museau.

– Pierre on y va ?

Il traîne des pieds, triste de devoir quitter son copain de toujours.

– Avant de faire notre tour, ça te dit que l'on aille manger ?

– Oui mais on se dépêche.

– D'accord mon grand.

Le plan du parc, pas à l'échelle, incompréhensible, grossier, indique les lieux de ravitaillement, je me serais bien laissé tenter par le restaurant tex-mex, sauf que j'ai capitulé face à la demande du petit pour manger un hamburger chez un restaurateur du nom de Buzz l'éclair.

Nous nous installons à une table. Le brouhaha de la salle m'insupporte, le silence des visiteurs civilisés d'un musée me manque.

Pierre dévore son repas, ses petits doigts maintiennent tant bien que mal son sandwich. Lorsqu'il le repose dans son assiette, ses phalanges se tendent pour ne pas mettre de gras partout, il chope une frite entre son pouce et son index. Je me surprends à m'ébahir devant sa façon de déguster.

– Attention à ne pas t'en mettre partout. Prends ma serviette, tiens.

Il s'essuie le bout des lèvres avec une mimique de bourgeoise, très drôle.

– Parle-moi un peu de toi. Tu as quel âge ?

– Quatre.

– Tu vas à l'école alors ?

– Oui.

– Et ça te plaît ?

– J'aime bien, répond-il en hochant la tête.

– Tu as des copains ?

Sa main devance sa langue, trois.

– Ils s'appellent comment ?

– Il y a Corentin, Alix… et… hum… Je ne me souviens plus.

Je ne peux retenir mon esclaffement, pas de souci, petit déjeuner, école, sieste, jouer, dodo, je subis la nostalgie de mon quatrième printemps. Je m'approche doucement de lui, un coup d'œil à gauche et à droite, il se tasse, je capte son attention.

– Et tu as une amoureuse ?

Il semble un peu gêné.

– Oui.

– Comment elle s'appelle ?

– Ana.
– Elle est belle ?
– Oui.
– Elle t'aime aussi ?
– Je sais pas.
Ah, l'amour… l'amour…
– Tu as fini ? On y va ? lui demandé-je.
– Tu finis pas tes frites ?
– Non, tu les veux ?
– Non.
– Allez, essuie tes doigts et on va aux manèges.

Difficile de contenir son excitation, il veut tout faire et par conséquent ne fait rien, un décor l'attire puis un personnage, avant qu'un marchand de bonbons affriande son attention. Les files d'attente ressemblent à celles devant mes salles de concert, sauf que moi, j'offre deux heures de spectacle, pas deux minutes. Pierre monte sur un éléphant.

Peu assuré au départ, il se détend et profite des ailes du pachyderme, les bras en l'air, il crie dans sa ronde infernale.
– Charles, tu me vois ? s'exclame-t-il.
– Oui, mon grand.

Quand il revient sur terre, il me demande d'y retourner, je lui propose d'aller faire d'autres attractions.

Peter Pan nous attend, nous devons faire preuve de patience pour embarquer dans notre bateau. La balade prend le large vers les rives de la magie, le survol de Londres le rend hystérique, il faut reconnaître que je me laisse prendre au jeu aussi.

La visite continue, je le laisse se perdre dans le labyrinthe d'Alice, tout en gardant un œil sur lui, j'imagine la réaction de ma sœur si je l'égarais. Quand il sort, déclarant triomphant qu'il a trouvé le centre, je ne peux m'empêcher de regretter de ne pas l'avoir connu plus tôt. Louise a de la chance de fonder une famille.

Les personnages de Disney croisent notre chemin, Pierre veut tous les saluer, Tic et Tac, Donald, Daisy, Minnie, Pluto…

La fermeture du parc ne va plus tarder, l'attente ne nous permet plus que de faire une dernière attraction, *It's a small world.*

La croisière débute à peine que déjà, je regrette ce choix, la musique s'agrippe à mes oreilles avec acharnement.

It's a small world after all.

Les marionnettes gigotent sur la mélodie, Pierre secoue la tête, content de voir tant de couleurs, de musicalité et d'animations.

Obligés de parcourir tout le parc pour ne pas rester enfermés, nous entamons un long exode vers cette fin de journée. J'entends les autres visiteurs parler de la parade nocturne, d'une durée de vingt minutes, la fatigue m'assomme, Pierre désire la voir alors au point où j'en suis...

Pour patienter, je lui offre une glace, un esquimau, l'eau sucrée dégouline sur ses mains, ça ne le dérange pas. Il a encore faim, pour son dîner, un autre sandwich fera l'affaire, sa mère n'approuverait sûrement pas mais rencontre exceptionnelle, repas exceptionnel. Il savoure son casse-croûte sur la bordure d'un parterre de fleurs. D'un coup, les lampes s'éteignent, il est surpris.

Un incroyable spectacle se met en place, des effets spéciaux mettent le château en mouvement, Pierre danse au rythme d'une mélodie entraînante, la fée clochette, Alice et d'autres viennent se mêler à la fête sous forme d'hologrammes. Des jets d'eau s'élèvent depuis les douves, ils changent de couleurs, en harmonie avec le donjon.

Les yeux de mon neveu pétillent, sa bouche reste figée dans une position ovale pleine d'émerveillement. Ses jambes se balancent d'avant en arrière, l'épuisement le saisissait avant le début de ce final. Maintenant qu'il est réveillé par le vacarme, je ne peux m'empêcher d'être sous le charme de sa candeur.

Avant aujourd'hui, je ne me souciais pas des enfants, je ne m'imaginais pas en avoir avant quelques années voire jamais, sauf que j'ignorais le bonheur que procure l'innocence. Ébahi devant la simplicité, devant le rêve, j'admire et savoure.

Avec *Même les étoiles s'éteignent*, des épreuves difficiles m'auront brisé, des retrouvailles compenseront cette douleur. Le paroxysme de cette aventure, bien que je ne connaisse pas la fin du roman, sera la rencontre avec ce petit gars et l'extase d'apprendre que je suis un oncle. Dans les semaines à venir, il sera gâté pour combler ce retard.

La représentation se termine par un feu d'artifice, vert, jaune, rouge, bleu argenté, le visage du gamin s'éclaire à chaque détonation, il me jette un coup d'œil, sûrement pour s'assurer que je ne l'ai pas abandonné.

Le chemin jusqu'à la voiture semble infini, épuisé, marchant machinalement, je lui propose de grimper sur mes épaules. Il ne se fait pas prier.

Du haut de son perchoir, il se sent le roi du monde et trouve encore la force de s'agiter.

Dans la voiture, le moteur ronronne à peine que Pierre s'endort. Sa tête tombe sur le côté, la lourdeur de mes paupières paraît allonger le temps de trajet du retour. Dans la journée, j'avais réservé une chambre avec deux lits simples dans le même hôtel que la veille. Je ne prends pas la peine de lui mettre un pyjama. Lorsqu'il est bordé, je m'accorde un peu de repos avant de sauter sous la douche.

La lampe de mon chevet éclaire faiblement son visage paisible, serein, un vrai petit ange. Sa respiration laisse présager qu'il ne peut rien lui arriver, j'envie le pays où il se promène en ce moment.

La vue de son sac à dos sur la table me rappelle que j'ai oublié de lui faire se brosser les dents, on se rattrapera demain… Je me demande de quoi demain sera fait, où vais-je l'emmener ? Que vais-je devoir faire ? Quelle sera la suite du roman ?

En cas de départ précipité, je ferais mieux de préparer ses affaires pour la douche.

La fermeture crisse dent par dent, je tente de faire le moins de bruit possible.

Dans la salle de bains, je pose sa trousse de toilette sur le rebord du lavabo.

En sortant ses vêtements, je sens un objet dur.

Je le tâte… du bois.

Je le retire.

Une pièce de puzzle prend sa place sur ce grand tableau.

Une boîte en bois laqué.

La même que celle que j'avais trouvée sur le banc le soir où tout a…

Je tente de l'ouvrir.

Fermée.

Une serrure scelle le secret retenu par ces quatre planches, un verrou brillant comme…

La clé que m'a jetée la mère de Louise.

Je fouille dans ma veste.

Pointée vers le plafond, elle scintille dans la pièce.

Je l'enfonce dans la fente.

Tourne.

Un cliquetis, le couvercle s'écarte.

36

Enfermé dans la salle de bains, assis sur les toilettes, la boîte ouverte sur le sol, je contemple *Même les étoiles s'éteignent* d'un côté et deux billets de trains de l'autre. Deux allers simples depuis gare du Nord, départ neuf heures quarante-sept, pour Compiègne. Je cherche depuis cinq minutes un lien entre mon passé et cette ville… Je n'en trouve aucun.

Le numéro « 9 » en bas du roman me révèle que j'entame ma huitième lecture, je me rends directement au bon chapitre, les pages précédentes de mon périple défilent à toute vitesse.

Consignes avant lecture du chapitre 8

Charles, tu touches au but, ce sont les derniers mots que tu liras de cette romance. Je t'ai beaucoup sollicité mais je ne te cacherai pas la joie que je ressens à l'idée que tu parcours ces lignes quelque part avec Pierre. J'espère que votre rencontre s'est bien passée. Tu te demandes surement à quel endroit tu dois te rendre à Compiègne. Pour le savoir, prends un peu d'avance sur l'horaire de départ, au sous-sol de la gare du nord, au niveau moins un, tu trouveras des casiers, dans le 77, un paquet t'attend. Le code pour l'ouvrir est : 1609. Tu reconnaîtras le choix des chiffres... Bon courage !

Le 16 septembre, la date de notre rencontre à Munich, la boucle se referme.

La tentation de m'éclipser pour aller découvrir ce que Louise a mis dans la consigne plante ses griffes dans mon neurone de la raison. Pierre dort, impossible de l'abandonner, on ne sait jamais avec les gosses. Je ne dois pas décevoir Bérénice. De toute façon à cette heure, l'accès aux consignes doit être fermé.

Se coucher devient une idée judicieuse, du repos pour la dernière épreuve, que je pressens comme grandiose, ne me fera pas de mal. Malgré le bruit, Pierre ne se réveille pas, dans la position du fœtus, un séisme ne pourrait l'arracher à Morphée.

Pour ma part, exténué, je ne parviens pas à trouver le sommeil. L'excitation se glisse sous les draps, elle veut passer la nuit avec moi, elle caresse mon torse, murmure à mon oreille.

Consigne... Compiègne... Pierre... Louise... Qu'est-ce que tu vas encore découvrir ?

À sept heures, groggy après avoir somnolé par intermittence à la cadence d'un pendule infatigable, je vais prendre une douche pour me réveiller. L'eau me réchauffe, l'odeur factice d'un café s'immisce dans celle du savon.

Lavé, je réveille Pierre, difficile de le sortir de son inconscient, je lis dans son regard la surprise de me voir, ses souvenirs rassemblent les derniers instants de sa vie. Il sourit, une lueur, il n'a pas oublié que j'étais son oncle. Je lui demande d'aller faire un brin de toilette avant d'aller petit-déjeuner.

– Tu as besoin d'aide ? m'inquiété-je.

– Non.

Cinq minutes plus tard, sa voix retentit.

– Tu peux régler l'eau s'te plaît ?

– Oui, la serviette est là, le savon ici. S'il y a un problème n'hésite pas à m'appeler, d'accord ?

– Oui.

Il sort de la pièce embuée, propre comme un sou neuf, les cheveux encore humides, vraiment mignon le garçon.

– Avant d'y aller, tu vas te brosser les dents, tu ne l'as pas fait hier et avec toutes les cochonneries qu'on a mangées à Disney, il ne vaut mieux pas louper la séance ce matin.

Je patiente pendant qu'il frotte.

– Qu'est-ce que tu prends au petit déjeuner ? lui demandé-je.

– Des chocostoko.

– Tu n'en auras certainement pas aujourd'hui, je vais te faire découvrir autre chose. Tu connais le terrible mélange du feu de dieu : croissant-chocolat chaud ?

– Non, répond-il avec un intérêt certain.

– Je vais te le faire goûter. Prépare-toi à un décollage imminent pour la contrée des mille saveurs.

Dans une ambiance bon enfant, couverte par ses rires, je l'attrape et le balance sur mon épaule. De ma main libre, j'emporte nos sacs pour les déposer à la voiture,

Au café du coin, assis en terrasse, j'avale mon troisième café alors qu'il trempe sa deuxième viennoiserie dans sa tasse.

– Alors comment tu trouves ce duo magique ?

– Super bon.

– Tu me fais plaisir.

– Je vais revoir quand maman ?

– Je ne sais pas, aujourd'hui je pense. On va prendre le train, tu as déjà pris le train ?

– Oui.

– Tu aimes bien ?

À ma façon de parler, je me rends compte que je l'infantilise

Il hausse juste les épaules, je paie puis nous roulons à toute allure vers la gare du Nord.

Le tableau de bord me rappelle que la notion de durée n'est pas figée.

– Avant de partir en voyage, je dois passer prendre quelque chose. Dépêchons-nous, on va rater notre train.

En discutant et en l'observant durant le repas, je n'ai pas vu le temps passer.

Le train part dans vingt minutes, ce qui me laisse juste un court instant pour descendre chercher mon trésor. Les consignes se situent à côté des locations de voitures, avec un peu d'avance, j'aurais pu rendre la mienne. Les coffres ont trois tailles différentes, ils recouvrent les deux murs d'un couloir, jaune pâle, ils me rappellent les casiers dans les piscines municipales.

Douze minutes avant le départ, le train ne sifflera que trois fois.

Devant le 77, je compose le code sur un digicode, un déclic signifie qu'il est déverrouillé.

À l'intérieur se trouve un livre à la couverture molletonnée, aux pages cartonnées, un titre, *se souvenir des beaux lendemains*, un album photos.

Je le referme.

– On va rater notre train Pierre.

Je les porte, lui et les sacs, et je lance ma course.

Au rez-de-chaussée, le hall est bondé. Les voyageurs s'entassent sous le panneau des départs. Je tente de me frayer un chemin. Un coup d'œil. Compiègne. Départ voie 17.

La voix d'une femme annonce des horaires dans les haut-parleurs. Les gens râlent quand je les bouscule. L'horloge me nargue : *il te reste une minute, Charles ! C'est mort !*

Des groupes d'adolescents me ralentissent, ils feraient mieux d'aller à l'école plutôt qu'être dans mes pattes.

Je cavale plus vite que *L'inconnu du Nord-express*.

Les bâtons digitaux rouges changent de forme, neuf heures quarante-sept.

La queue du train, un contrôleur avec une casquette souffle dans un sifflet, le son strident prévient la partance.

Une accélération, les sacs rebondissent sur ma cuisse au même endroit depuis que j'ai quitté le sous-sol, une douleur naît.

Je vais le rater.

Je l'atteins.

– Vite, crie Pierre.

La porte automatique se referme. J'y glisse ma main, l'écarte, l'ouverture est assez grande, j'y balance Pierre et les sacs avant de m'y engouffrer à mon tour et de m'affaler au pied du contrôleur.

– C'était moins une mon vieux, résume assez bien ce con.

Impossible de lui répondre, plus de souffle.

La transpiration me dégoûte, je vais me la trimballer le restant de la journée.

La contenance retrouvée, mes jambes me soulèvent avec difficulté, des élancements se déclenchent un peu partout. Une déchirure fulgurante apparaît sur ma cuisse à l'endroit où ballotaient les sacs.

– Allons-nous asseoir Pierre ! Passe devant mon grand !

Nous devons nous rendre dans le deuxième wagon pour trouver deux places côte à côte.

– Je peux aller près de la fenêtre ? demande-t-il.

– Comme tu veux.

Je désire ouvrir l'album photos plus que tout mais la fatigue, l'effort, la vue trouble, mon cœur qui bat trop fort dans ma cage thoracique ne me le permettent pas. Le manque de sommeil ne fait qu'aggraver mon malaise avec un début de migraine. J'attends un peu avant de le feuilleter, le petit a la tête contre la vitre, il admire le paysage.

Pas encore au mieux de ma forme, je sors le livre, une partie de mon esprit me suggère de ralentir la cadence alors que l'autre s'affole devant le titre sur la couverture : *Se souvenir des beaux lendemains*. Notre phrase.

Le premier cliché me montre à ma naissance, dans les bras de ma mère, entourée par papa et Bérénice plus jeune que Pierre.

Sur le deuxième, je dois avoir trois ans, ma première guitare, en plastique, dans les mains.

Le suivant, je suis en vacances avec ma sœur à Balaruc-les-Bains, ma grand-mère nous porte sur ses genoux, nous avons plein de chocolat autour de la bouche.

– Tu regardes des photos ? C'est qui ça ? interroge Pierre.

– Tes grands-parents.

Pierre pointe le visage de mes parents, la dernière photo prise avant la mort de papa.

Les pages tournent.

– C'est toi ?

– Oui, je fêtais mes dix-huit ans, lui expliqué-je.

Ma vie défile sur des images jaunies. Plus les années passent, plus la qualité des photos s'améliore.

Toute une existence figée sur des morceaux de papier, une photo où Louise m'enlace, une reproduction de mon premier disque d'or, la pochette de mon premier album, le dernier Noël en présence de ma grand-mère, tout le monde habillé avec élégance, le mariage de Bérénice et Eustache.

– C'est moi ! s'exclame Pierre devant son portrait.

Sur la page de l'album face au portrait de mon neveu, un point d'interrogation dessiné, prend la quasi-totalité de la place, en dessous un texte manuscrit de la main de Louise.

Il ne manque qu'une photo, tu la verras bientôt.

Pour le moment, rends-toi à l'hôpital Saint-André de Compiègne, quelqu'un t'attendra.

Les informations vont vite, que signifie cet album, pourquoi ne pas mettre une photo ?

La fatigue tord ma réflexion, je ne parviens pas à saisir le fond du message.

– Pourquoi, il n'y pas d'image ici ? m'interroge Pierre.

– Je l'ignore mais je le saurai bientôt. Nous nous rendons à l'hôpital de Compiègne.

– Ah, maman m'a dit qu'on va voir mon papa là-bas.

Cette phrase circule à vive allure dans mon système nerveux ricochant sur des emplacements stratégiques à la manière d'une association d'idées.

Neveu… Pierre… enfant… mère… Bérénice… père… Eustache… hôpital… danger… malade…

37

Les mots du petit ne me sortent pas de la tête, l'instant des retrouvailles avec Eustache… dans un hôpital. Après toutes ces années, j'imagine le pire pour mon ami d'enfance.

Nous arrivons à Compiègne, la gare est semblable à celle des villes de province, un vieux bâtiment en pierres aux fenêtres opaques. Sur le parvis, j'apostrophe un taxi qui nous dépose au pied du centre hospitalier. Un complexe restauré récemment vu la clarté de la peinture. L'intérieur est climatisé, agréable malgré l'odeur de désinfectant typique de ce genre de lieu, une odeur pour masquer la mort. Dans l'entrée, sur la gauche, une cafétéria ouverte sur le hall. À la table la plus proche, Bérénice tient un gobelet entre ses mains et nous observe. Pierre court dans sa direction.

– Bonjour mon ange, salue-t-elle son fils.

– Bonjour, répond-il avec un baiser pour marquer son retour.

– Alors dis-moi, comment s'est passée ta journée à Disney ?

Le garçon raconte tous les évènements avec une rapidité déconcertante, un peu comme si quelqu'un avait appuyé sur le bouton accélération d'une télécommande. Bérénice l'écoute avec attention, elle me jette des coups d'œil par instants et me sourit. Quand le gamin a terminé son récit, elle prend enfin la peine de s'adresser à moi.

– Comment vas-tu Charles ?

Une seule réponse me vient.

– J'ai peur de ce qui m'attend.

– Je me doute. Votre journée t'a plu ?

– Très bien. Où est Eustache ?

Je ne me sens pas de parler de la pluie et du beau temps ou de mon périple avec Mickey, j'ai besoin de savoir ce qui arrive à mon ami.

Ma sœur marque une distance, un profond désarroi.

– Il est ici ?

– Je ne peux rien te dire. J'ai ça pour toi.

Sur sa table, elle attrape une enveloppe kraft, la même que sur le lit à Rome.

– Il faut que tu l'ouvres dans l'ascenseur, enchérit-elle.

– Qu'est-ce qu'il y a dedans ?

– Tu l'ouvriras dans l'ascenseur, monte au deuxième étage.

– Tu ne viens pas ?

– Non, je reste ici avec Pierre. Bon courage Charles.

Voyant que je ne tirerai rien de plus de Bérénice, je tourne les talons, les portes en acier strié s'ouvrent, je m'engouffre à l'intérieur appuie sur le numéro 2. Je contemple une dernière fois ma sœur à la mine abattue.

Je déchire le papier.

Une feuille simple, sœur des pages de l'album photos, un unique cliché, Louise en robe de mariée. Un bouquet accroché à son poignet, des fleurs tombent vers le sol dans un tourbillon de lianes. Un voile couvre partiellement ses cheveux, des mèches ondulent sur ses épaules nues. Son bustier épouse ses formes avec élégance, le bas de sa robe s'entasse sur des couches de plis. Magnifique. Sous cet instant figé, des lignes manuscrites colorent le papier beige épais.

Charles, je t'ai dit à Rome que j'étais mariée. En réalité, je ne le suis pas. Tu me vois sur cette photo telle que j'aurais dû être lors du plus beau jour de ma vie, en ta présence. Le seul homme à qui j'aurais dit oui pour l'éternité, c'est toi et uniquement toi.

Mon cœur t'a toujours été promis.

Un dernier rendez-vous t'attend dans la chambre 222.

Je tente d'assimiler l'information, Louise, ne s'est jamais mariée, elle m'a menti, enfin… elle m'a caché la vérité… L'environnement qui m'entoure disparaît, je suis dans la brume, une infirmière me frôle et pourtant, elle me semble loin. L'image de Louise en mariée ne me sort pas de l'esprit. J'avance vers la chambre 222, sans vraiment réaliser que je m'y rends.

Eustache redevient le centre de ma conscience. Ce roman m'apporte son lot de nouvelles, chaque nouvelle est une voiture, et en ce moment, un immense carambolage se produit.

La couleur de la porte est bleue, je trouve que la couleur a de l'importance en cet instant, elle me rassure, elle m'affirme que je ne rêve pas. La poignée est glaciale, ou me semble glaciale.

Une flopée de portraits s'agite dans mon esprit Sylvain, Guillaume, papa, maman, mamie, Bérénice, Pierre, Louise… Eustache… Eustache mon ami, que t'arrive-t-il ? Depuis la phrase de Pierre, « Ah, maman m'a dit qu'on va voir mon papa là-bas. », une idée sombre, semblable à un bidon d'essence libérant par à-coups le liquide visqueux, se répand en moi.

J'entre dans la chambre.

L'épée de Damoclès s'abat sur ma nuque. La foudre transperce mon cœur. Toutes mes suppositions disparaissent, l'incompréhension embrasse mes dernières forces, ce n'est pas Eustache qui se trouve dans ce lit d'acier, non… ce n'est pas lui.

Louise, couchée, transfusée, me sourit tendrement.

38

— Je t'attendais Charles.

– Qu'est-ce que tu fais là ? m'empressé-je de lui demander.

– Viens t'asseoir près de moi.

– Réponds-moi.

– Je vais le faire mais viens t'asseoir avant.

Je tombe lourdement dans un fauteuil, assommé de la voir dans ce lit, si pâle, si affaiblie.

– Comment vas-tu ? s'inquiète-t-elle.

– C'est à toi qu'il faut le demander ?

– Je suis dans une bonne période, il y a des hauts et des bas. Heureusement que cette histoire se termine aujourd'hui, je ne sais pas si j'aurais pu continuer. Ta nouvelle coupe de cheveux te va bien.

– Merci, un coup de tête. J'étais persuadé de voir Eustache ici.

– Je me doute, ta sœur a dû tout faire pour. Je lui en avais laissé la consigne. Si elle t'avait dit que tu me trouverais ici, tu n'aurais pas profité de ta journée avec Pierre.

– Tu aurais dû m'en parler depuis le début.

– Je ne pouvais pas, tu devais vivre chaque chapitre à fond, sans te douter de rien.

– Qu'est-ce que tu as ? C'est grave ?

– Je t'avais promis des explications, je t'avais dit que tu comprendrais mon objectif à la fin du roman, nous y voilà. Il y a un an et demi, j'ai commencé à avoir des nausées, des vertiges et des vomissements. Les médecins m'ont diagnostiqué des migraines, j'ai suivi un traitement mais rien n'y faisait, j'allais de plus en plus mal. Je suis venue ici pour passer des examens plus approfondis et ils m'ont trouvé un dysfonctionnement au niveau du système digestif. À partir de là, j'ai su qu'il me restait un an à vivre, un peu plus si je prenais des précautions. Tu sais quand on t'annonce la date approximative de ta mort, un compte à rebours se met en place, tu prends vraiment conscience que chaque seconde passée est révolue. Tout prend une tournure différente, tu te demandes ce que tu as fait et ce que tu n'as pas fait et ce qu'il te reste à faire. J'ai eu beaucoup de mal à me remettre de cette nouvelle. Je me suis posée, j'ai fait le bilan de ma vie, le bien, le mal, j'ai préparé mon départ mais j'ai réalisé que le plus difficile, c'était de me dire que je t'avais perdu, que tu ne serais pas auprès de moi durant le temps qu'il me restait. Malgré nos querelles et nos divergences, j'ai élaboré un plan dans l'espoir de te revoir et te retrouver. Nous avions toujours parlé de fusion dans notre relation, alors si tu souffrais autant que moi de notre séparation… Je ne voulais pas partir avec de si gros remords. Je ne voulais pas t'abandonner à ton sort aussi car j'étais certaine qu'un jour ou l'autre, tu te rendrais compte de la futilité du succès, que tu réaliserais que tu passais à côté de l'essentiel. J'ai pris mon temps pour tout ficeler, je n'avais qu'une chance, donc pas le droit à l'erreur. Je désirais par-dessus tout te faire revenir parmi nous.

Une pause, j'encaisse chacun de ses mots, elle tousse et reprend.

– Tu devais revivre nos débuts à Munich, revoir les membres de ton groupe qui t'ont aidé à te propulser au plus haut, tu devais te rappeler de ta promesse à Rome. L'arrêt à Balaruc était primordial, ta grand-mère est la première à avoir cru en toi, elle avait organisé ton premier concert, tu lui avais juré une représentation au *Point de Thau*. Elle est partie sans que tu tiennes tes engagements et surtout, tu as privilégié ta carrière à son enterrement. Tu ne lui as pas dit au revoir comme tu aurais dû. Avant sa mort, quand tu partais, nous parlions elle et moi. Elle s'inquiétait pour toi, elle te voyait changer, nous t'avons tous vu t'éloigner. Tu oubliais d'où tu venais et qui t'aimait. Après l'épisode difficile des funérailles, la rupture a été brutale entre toi et le reste de ta famille, personne ne s'en est remis. Tu ne parlais plus à ta mère, tu n'as pas pu profiter d'elle alors que la maladie la rongeait à petit feu, ta sœur et moi en avons beaucoup souffert. Je me devais de te montrer ce qu'elle est devenue, je n'ai pas besoin de t'expliquer pourquoi… Ensuite je t'ai envoyé dans la cabane de ton père, j'ai longuement hésité à te remémorer sa mort. Tu lui vouais une telle admiration… Je m'étais dit que si tu passais toutes les étapes d'avant, te souvenir de ton père serait une bonne chose. Et pour finir, je t'ai accordé une journée avec Pierre, un enfant merveilleux, n'est-ce pas ?

– Oui. Mais alors pourquoi m'avoir menti sur ton mariage ? Tu n'es pas enceinte non plus ?

– Non. Il n'était pas prévu que tu me vois aussi faible dans l'hôtel de Crépy-en-Valois, ce sont les effets secondaires de mon traitement. Je t'ai menti parce que je ne voulais pas que tu soupçonnes ma maladie, la grossesse était le mensonge le plus crédible étant donné que tu me pensais mariée. Si je t'ai menti pour le mariage, c'est parce qu'après nos retrouvailles, j'ai bien vu que tu avais encore des sentiments pour moi. Et si tu avais su que j'étais célibataire, tu aurais tout fait pour me reconquérir, sans te consacrer au roman, à l'aventure, à redevenir l'homme que tu étais. Puis de toute façon, dans la suite de l'histoire, il y avait la photo du mariage pour te dévoiler la vérité.

– Donc tu as fait tout ça pour m'aider ?

– Oui, entre autres.

– Comment ça entre autres ?

– Même si je te voyais souvent en compagnie d'autres femmes dans les médias, je gardais espoir que tu te battes pour me récupérer. Quand la maladie est arrivée, j'ai dû forcer le destin. J'ai connu un jeune homme merveilleux à Munich, un jeune homme aux rêves infinis. L'objectif n'était pas seulement de te récupérer, il fallait aussi que je te ramène, que je retrouve le Charles de ma jeunesse, celui que j'ai aimé avec passion.

Cette phrase reste en suspens, je me demande ce que je suis devenu. Je ne peux m'empêcher de penser à mon engueulade avec Herbert, à mon faux suicide, à cette chance de repartir à zéro que je me suis offerte.

– Je… je crois que tu as réussi, osé-je à voix basse.

– Je suis heureuse alors.

– Il te reste combien de temps à…

– Vivre ? Tu peux dire le mot. Environ six mois.

La nouvelle me semble impossible.

Quelqu'un frappe à la porte.

– Entrez. Charles, je ne t'ai peut-être pas tout dit encore.

La porte s'ouvre, Bérénice entre avec Pierre, le garçon me regarde, il voit Louise. Ses yeux s'agrandissent.

Un sourire immense se dessine sur son visage candide.

D'une impulsion, il se propulse hors des bras de ma sœur.

Bérénice le lâche.

La distance est courte entre lui et Louise, ses jambes sont petites, ses foulées sont gigantesques.

– Maman, crie-t-il en courant vers le lit.

39

— Bonjour mon cœur, lui dit Louise en l'embrassant avec fougue. Comme tu m'as manqué.

– Tu m'as manqué aussi maman.

– Alors, c'était comment cette journée avec Charles à Disney ?

– Super, on a fait des manèges. J'ai vu Mickey.

– Il était gentil ?

– Oui très. Quand tu sors, on y retourne ?

– On verra.

Louise me regarde, gênée, je lui renvoie mon incompréhension. Pierre ne peut pas être son fils, c'est celui de Bérénice. Ce… Ce… n'est pas…

– Pierre, tu veux bien m'attendre dehors deux minutes avec ta tante, je dois finir de parler avec Charles et après, nous irons nous balader un peu.

– D'accord maman.

– Viens mon ange, dit Bérénice gênée en lui caressant les cheveux.

Il quitte la chambre de sa démarche d'enfant. Mon expression doit ressembler à celle d'un ahuri. Je cherche du soutien, tout le monde m'ignore. Pierre ne peut pas être… Même dans mon esprit le mot ne veut pas sortir.

– Charles, je sais que l'annonce est brutale. Je vais t'expliquer. Avant de te quitter, je ne te reconnaissais plus, je faisais tout pour t'aider et j'aurais continué ainsi pendant longtemps parce que je t'aimais et que pour moi, il n'y avait rien de plus important. Quelques jours avant la dispute avec ta mère et Eustache, j'ai appris que j'étais enceinte, j'ai ressenti un tel bonheur, nous effleurions l'idée de fonder une famille même si tu ne voulais pas d'enfant tout de suite à cause de ta carrière… mais bon, on ne refait pas la nature. En te voyant plonger, partir pour les États-Unis, comprenant que tu serais de moins en moins présent, de plus en plus exécrable, j'ai fait un choix. Je t'ai laissé sans t'apprendre ma grossesse. Tu peux m'en vouloir et je le comprendrais mais, au moment de cette décision, je n'avais pas d'autre alternative. Tu étais dans ta problématique de te faire connaître par toujours plus de monde, on se voyait quand tu avais le temps. Un bébé n'avait pas sa place dans ton quotidien alors que moi-même, je perdais la mienne à tes côtés. J'ai passé des nuits blanches à réfléchir, à chercher la meilleure solution. Je cherchais une façon de te l'annoncer et à chaque fois que je voulais me lancer, tu avais un souci de promotion ou de chiffres. Tu étais tellement en colère que je craignais ta réaction en apprenant que tu allais être père.

Père… ce nom m'est destiné… l'assimilation me semble impossible.

– Comme je te l'ai dit, ta dispute avec ta famille a été l'élément déclencheur, j'ai su que je devais me retirer, te laisser avec ton rêve. Tu vois, Pierre est une des raisons pour laquelle je ne t'ai pas contacté pour la maladie de ta mère. J'élevais seule ton enfant, je priais tous les jours pour que tu reviennes, pour que tu nous aimes et que tu nous aides. À la place, je te voyais au bras d'une femme différente par semaine dans les médias. J'en souffrais, je t'aimais encore. Si je t'avais appelé pour te prévenir, que se serait-il passé ? Tu aurais découvert ton fils dans de mauvaises conditions, j'aurais souffert de te revoir sans pouvoir te serrer dans mes bras, tu aurais cru que je venais te présenter ton fils pour te soudoyer. Et je ne voulais pas qu'il grandisse dans ce train de vie infernal que tu t'infliges. Je ne voulais pas d'un père à mi-temps pour Pierre. Tu sais à présent, pourquoi je ne t'ai pas téléphoné pour la maladie de ta mère. Tu dois savoir pourquoi j'ai écrit *Même les étoiles s'éteignent*, pour te récupérer, pour te retrouver et pour que tu rencontres ton fils. Je vais partir Charles, bientôt je ne serai plus là et je ne pouvais accepter qu'il ne te connaisse pas. Je ne sais pas comment tu vas réagir, je ne sais pas ce qu'il se passe dans ta tête mais je devais le faire. Cette rencontre ne t'oblige à rien, je l'ai organisée uniquement parce que dans quelques mois... Il est déjà prévu que mes parents récupèrent le petit et je… Charles… tu m'écoutes ?

Je la regarde sans la voir.

– Oui. Tu aurais dû me le dire.

– Je sais.

Maintenant que je sais pour sa maladie, je la trouve différente.

Trop d'informations me reviennent en même temps, la mort de papa, la trahison de mes amis, l'enterrement de ma grand-mère, la dispute, la maladie de maman, le secret de Louise. Je suis papa… Elle m'a caché ma paternité, ce cadeau de la vie, parce que mon costume de chanteur imbu, irritable, égoïste ne convenait pas au rôle de père qui m'attendait. J'ai délaissé un enfant, mon enfant à cause de mon obsession pour une réussite éphémère, sans goût, sans véritable valeur. Aux regards de mes proches, je m'avère être un monstre, un con, un gosse pourri-gâté… une merde… Contre son gré, papa nous avait abandonnés, mort d'un arrêt cardiaque peut-être sous sa surcharge de pression. J'ai fait pire, j'ai délaissé mon fils et ma femme pour mon propre plaisir. L'humiliation, les remords, la solitude m'entourent, ils deviennent les seuls à m'accepter encore et m'obligent leur présence. Les yeux sombres de Louise m'accablent, alourdissent un peu plus mon fardeau… elle… en fin de vie… moi… absent…

Mon mutisme s'avère être encore pire que tout. J'admets mes fautes sans pouvoir les réparer. Elle m'a tendu la main, offert son âme et en retour, je les ai sortis de ma vie, elle et mon fils… L'incompétence à trouver un mot à lui répondre finit de briser le peu d'amour propre qu'il me reste… alors… alors je pleure…

Parfois, l'abandon de soi reste la seule alternative viable.

Mes larmes sont chaudes, mes larmes emportent ma détresse. Mon passé n'est plus qu'une masse informe, constitué de débauches, d'argent et de pitié. Cinq ans s'envolent en fumée. Je pensais avoir réalisé de grandes choses, je pensais avoir déplacé des montagnes, tout ce que j'ai fait, c'est faire souffrir mes proches. Je pleure parce que je ne peux encore une fois rien faire d'autre.

Parce que la mort n'est rien face aux regrets de l'âme.

– Ne pleure pas Charles.

– Pardon Louise. Je t'aime tellement…

Elle sort de son lit, pieds nus, s'approche de moi. Elle colle ma tête contre son ventre.

– Ce n'est rien. Tu es là. Nous sommes réunis à présent.

Alors, elle soulève mon menton, ses yeux noirs me fascinent encore et toujours. Ce regard… Elle me sourit, d'un sourire radieux, apaisé.

– Charles, l'important maintenant, c'est de se souvenir des beaux lendemains.

Épilogue

Six mois plus tard…

Je suis ce que je dois être et non ce que je devrais être.

Après tant d'années de carrière, c'est la première fois que je peux dire cette phrase. Seul en loge, le reflet du miroir est celui de Charles, Nilse n'est plus, ma coupe de cheveux en atteste. Finies, les tenues extravagantes, habillé d'un costume sobre, je me prépare pour mon concert. Le maquillage masque mes cernes, héritage de nuits de plus en plus courtes.

L'Olympia, plein à craquer, a revêtu sa robe des grands soirs, les fauteuils sont dépliés dans la fosse, moins de spectateurs pour une représentation plus calme avec invités triés sur le volet. Aucun débordement ne sera accepté. Les caméras de toutes les grandes chaînes de télévision ont été conviées à cet évènement hors du commun, je serai en direct dans plusieurs pays.

Je quitte ma loge, angoissé comme ce n'est pas permis, mes techniciens m'encouragent sauf que je suis déjà loin, concentré dans ma démarche.

Je monte le dernier escalier, celui qui mène à la lumière, la salle est éclairée, le public m'applaudit. Au premier rang,

Sylvain, Guillaume, Bérénice, Eustache, Pierre et Louise très affaiblie.

J'attrape le micro.

– Bonsoir à tous, je suis enchanté de passer la soirée avec vous. Avant de commencer, j'aimerais dédier ce concert à trois personnes extraordinaires : ma grand-mère, mon père et ma mère. Je les embrasse et les remercie pour tout.

Tout se passe parfaitement, la foule entonne avec moi mes chansons, je savoure chaque instant. Pas de singeries de ma part, je vais à l'essentiel pour entrer en osmose avec ces gens qui m'ont toujours soutenu. Deux heures plus tard, le spectacle touche à sa fin, une guitare électrique pousse un ultime cri d'agonie.

Je balaie d'un regard circulaire l'assemblée, elle se lève pour moi, pour mon travail, pour ma carrière. Je la salue à maintes reprises, je m'abaisse.

– Merci. Merci à tous.

Je vais de long en large, je m'incline. Je retourne au centre de la scène et pose le micro sur son pied.

– Merci encore. S'il vous plaît, je vais vous demander de vous rasseoir. Merci. Merci à tous.

Le calme s'empare de l'Olympia.

Comme convenu, l'ingénieur lumière plonge la salle dans le noir et dirige un faisceau simple vers moi.

La pénombre enveloppe le public créant au passage une atmosphère plus intimiste.

– J'ai une annonce à vous faire. Ce concert sera le dernier. Ce soir avec vous, j'arrête ma carrière.

Un râle me saute au visage depuis l'orchestre. Un soupir d'étonnement s'élève devant moi.

Je ne peux m'empêcher de retenir des larmes, je baisse la tête et me cache à l'aide de ma main. Des sanglots éclatent partout dans le public en accompagnement des miens.

– La musique, c'est ma vie, c'est une passion. Je dois vous dire que j'ai été heureux de la partager avec vous…

Vous avez été un public merveilleux, je souhaite à n'importe quel artiste d'avoir un soutien comme le vôtre. Je vous remercie, je vous remercie du fond du cœur. Avant de me retirer, j'aimerais vous offrir une dernière chanson. Celle-ci, je la dédierais à deux personnes, Pierre, mon fils.

Je regarde dans sa direction, bien que je ne le voie pas depuis la scène.

– Et à ma femme, Louise… Je te remercie. L'homme que tu vois devant toi, t'est entièrement dévoué et le sera pour toujours. Merci mon amour, je t'aime. Grâce à toi, je sais à présent me souvenir des beaux lendemains.

Quand le silence revient approximativement, je m'approche du micro et me prépare pour mon dernier grand moment musical, a capella. Les éclats de voix retentissent avec moins de vigueur. J'expire, je pense à tout le monde, mes amis, ma famille, Pierre, Louise.

Quand on n'a que l'amour
À s'offrir en partage
Au jour du grand voyage
Qu'est notre grand amour…

L'électricité est coupée…
Le dernier rayon de lumière se brise…
L'obscurité devient infinie…
Même les étoiles s'éteignent.

Retrouvez-moi sur ma page Facebook :
https://www.facebook.com/nicolas.carteron.fanpage

Remerciements :

J'ai obtenu le bac et un diplôme d'études supérieures scientifiques, mais le choix de ma vie est d'écrire des romans le matin, le midi et à minuit. Je crois d'ailleurs que si je devais me reconvertir à présent, je m'y reprendrais à deux fois. Après réflexion, je me verrais bien dans un grand verger ensoleillé. Un champ d'orangers, peut-être. Je porterais mon chapeau de paille tant apprécié pour me remémorer la sortie de ce troisième roman. Je me souviendrais des beaux lendemains et des mauvais jours avec en soutien, les irréductibles qui m'ont aidé à voir éclore cette histoire. C'est à eux qu'ira d'abord ma reconnaissance :

J'irais cueillir quelques beaux fruits de ce verger et j'offrirais la plus belle des oranges à mon ami et éditeur, Yves Grannonio. Tes conseils me sont précieux, tu as vu, je crois que la jeune pousse devient un arbuste.

Je ferais une copieuse salade de fruits à partager pour mes cueilleuses orthographiques : Danièle Assouline, Barbara Fontaine, Christiane Kaczynski, Christine Meurou, Evelyne Toudic.

Une fleur d'oranger pour Jennifer et Thalie, merci pour votre écoute et votre inspiration.

Je concocterais un sorbet à l'orange pour Sandrine Gaci. Merci pour la couverture et ton aide précieuse.

Ein Orangensaft, an orange juice et un succo d'arancia pour mes traducteurs grâce à vous je vais pouvoir exporter mes fruits, Béate Debladis, Séverine, Yves.

Une pâte de fruit pour Catarina et Romain, je vous remercie pour votre soutien.

Une orangeraie pour la médiathèque de Brie-Comte-Robert et toute son équipe.

Un gâteau à l'orange pour ma famille et mes proches. Merci d'être là.

Une douceur, une orange confite pour les libraires qui me soutiennent et me poussent à continuer.

Et pour finir, une pétillante orangeade bien fraîche à savourer avec vous, lecteurs. Je ne sais pas encore s'il y aura un quatrième livre mais je tiens à vous remercier pour votre soutien, et surtout pour m'avoir permis de rêver avec ces trois romans que vous avez portés. Je ne vous oublierai pas. Merci.

Achevé d'imprimer en novembre 2013
sur les presses de la **N**ouvelle **I**mprimerie **L**aballery
58500 Clamecy

Dépôt légal : novembre 2013
N° d'impression : 310397

Imprimé en France

La **N**ouvelle **I**mprimerie **L**aballery est titulaire de la marque Imprim'Vert®